苏台烟云石湖月

朱红 著

凤凰出版社

总　序

范小青

我从小在苏州长大，刚懂一点事，刚用眼睛看世界的时候，看到的就是苏州，而在苏州的几十年中，大部分时间都生活在吴中，住在吴中，吃在吴中，行走在吴中。虽然不敢说已遍历吴中山水，尽观吴中风物，但那青山绿水以及悠久而深厚的历史文化气息，就像阳光雨露那样滋润着我。许多年来，无论我身在何处，眼前总会浮现出一幅幅引人入胜的画面：春天光福的梅花，夏天太湖的碧波，秋天陆巷的落叶，冬天灵岩的风雪，还有那水巷橹声，粉墙黛瓦，小桥流水，太湖三白，石家十菜，乃至农家小院里的吴侬软语……既让我沉醉，更让我怀想，让我遐思。吴中不仅是典型的江南鱼米之乡，不仅集天下山水之秀，集天下工艺之精，集天下饮食之美，更是文化丰厚，人物鼎盛，人文历史源远流长，并且形成了风雅、秀慧、细腻、柔和的文化特征。

追溯吴中历史，当秦始皇统一中国之前，就置吴县，为会稽郡首县，千百年来都与苏州郡城同城而治。因为吴县是春秋吴国的中心，迟在汉初就别称"吴中"，后来的苏州，甚至以苏州为中心的更大范围，也别称"吴中"。直到 2001 年，分吴县(市)设吴中区，一个流芳千古的地方别称，正式成为地名。

吴中文明的曙光，出现在远古时期。三山岛遗址是长江下游惟一发现的旧石器时代文化遗址，它将长江下游特别是太湖流域的人类历史推至一万年前。张林遗址、陈湖遗址发现了崧泽文化、良渚文化的大量典型器物。近年木渎境内春秋古城遗址的发掘，被列为 2010 年中国十大考古发现，它对"吴大城"的研究提供了颠覆性的最新资料。迄至于今，吴中区下辖七个镇中，有三个中国历史文化名镇，两个江苏省历史文化名镇，五个中国历史文化名村，六个中国传统保护村落；区级以上文物保护单位一百二十四处，其中全国重点文物保护单位七处，江苏省文物保护单位十九处。就非物质文化遗产来说，总有五十项，其中联合国教科文组织一项，国家级四项，江苏省级五项。在一个七百四十馀平方公里的区域内，拥有如此众多、如此丰富、如此厚重的文化积淀，实属罕见。

崇文重教，人文化洽，这是吴中代代相传的优秀传统。进入二十一世纪的今天，更应该将前人留下的物质和精神财富传承下去。中共吴中区委、区政府审时度势，作出了编辑历史文化丛书《吴中文库》的决定，并由我来主持此事。这让我十分惶恐，深感力有不逮。但吴中区委、区政府对文化传承的那份热情和真诚，让我深受感动，更何况我自己深受吴中大地恩泽，能够为吴中文化的传承和推广作一点自己的努力，也是一种荣幸。说起《吴中文库》的编辑，不能不提到我的故交，吴中区委书记俞杏楠先生。他生于斯，长于斯，踏上工作岗位以来，从未离开过他深爱着的这方故土。经年累月，他对文化尤其是吴中文化有了自己独特的体会和感悟。文化是有生命的，需要呵护和打理，吴中文化与灿烂的中华文明是一脉相承的，它不仅属于吴中，属于苏州，也是炎黄子孙乃至全人类的共同财富。在他看来，发掘、整理并用文字和图片来记述吴中的优秀文化遗产，既是对历史的负责和尊重，也是我们这一代人的使命和责任。

近年来，吴中区着力打造“山水苏州，人文吴中”品牌，以“文旅融合”、“惠民富民”为抓手的文化旅游服务业蓬勃发展。光福、舟山的玉雕、核雕，甪直的水乡服饰，洞庭两山的碧螺春、红橘、杨梅、枇杷，无不饮誉海内外；西山、东山、光福、木渎、甪直等地，逐渐成为长三角地区的经典旅游景区；香山工坊、中国工艺文化城等载体的构筑，再度张显吴中工艺大观，使全国业界精英的目光向吴中聚焦。吴中文化既是吴中人民的智慧结晶，也是吴中人民的精神家园。将文化打造成产业，铸造成品牌，在保护中利用，在传承中弘扬，让文化惠及民生，走出了一条“保护发展两相宜”的文化创新发展新路，在传承和创新中续写吴中文化的现代篇章。

《吴中文库》凡二十种二十四册，涵盖了吴中的历代人物、名胜古迹、风物特产、民风习俗、工艺文物以及诗文等地方历史文献，无论是涉及的广度，还是深度，都堪称吴中历史文化的集大成者，可读者、观赏性、史料性并存。作为一名文学写作者，我还深切地感受到，吴中清丽的山水和璀璨的文化，也是文艺创作取之不尽、用之不竭的源泉和宝库。

在《吴中文库》即将付梓之际，允许我代表编委会，向所有作者和摄影者，向凤凰出版社和编辑者、装帧者，表示由衷的感谢和深深的敬意。

2014年10月18日

目　录

前　言

1980 年代，江苏省成立了太湖风景名胜区。《苏州词典》说，这个地跨苏州、无锡两市的名胜区“以山水组合见长”。这个定位好像不够严密，因为山水组合的风光别处也有，若论山高水深，它并不“见长”。但是它的山不高而多，峰峦连绵起伏，水不深而广，河荡星罗棋布，再加上太湖文化和水乡风情的浸染，风貌分外妩媚秀丽。前人对此有“山温水软似名姝”的赞誉，虽是诗的形容，却说到了点子上。

为何开头来说太湖风景名胜区？因为它由十三个景区组成，苏州拥有八处，吴中区拥有六处，其中木渎和石湖就是本书要介绍的两处。

木渎景区由灵岩山、天平山、天池山、支硎山、穹窿山五个景点和木渎镇组成，景区面积十三点八平方公里，保护区面积十九点七平方公里。镇西北和东南都有群山拱峙，又有胥江穿境而过，与香水溪、采香泾、白塔浜、兴福塘等构成了叶脉状水系。身临其境，只觉青山似画屏，涛声如歌吟，诗意盎然。

石湖景区在其南，由石湖、上方山、吴山、七子山、滨湖、钱家坞、上金湾七个景点组成，规划面积二十二点四平方公里，总面积三十四点六平方公里。这一景区以九里烟波为中心，襟带南北越来溪，呈现一派清旷的水野风光。其西有上方山、吴山等群峰峙立，湖光山色两相映照，恍若世外水云乡。

这两个景区都有悠久的历史。考其发端，可追溯到公元前六世纪末叶。其时吴王阖闾在今木渎境内兴造了两座离宫别苑，一名姑苏台，在姑苏山；一为石城乐宫，在石城山（即灵岩山）。姑苏台是以高台为中心的宫苑，下辟百花洲，台南有长洲苑、走狗塘等游猎场。阖闾之子夫差继任吴王后，把姑苏台宫苑范围扩展到横山，并在今上方山设立了祭天的拜郊台、演武的射台和宴请群臣的宴宫，此外又将石城山上的乐宫扩建为馆娃宫。他还开了一条采香泾从山麓直达香山，与西施和宫女前去采摘香草。不仅如此，吴王锦帆常出现于太湖烟云之中，或去洞庭西山消暑，或去东太湖采莲，并在石湖绮川等处留下了游踪。夫差还在越来溪西建有吴城，又在吴城之南造了酒城。凡此种种，无不表明早在古吴之时，木渎和石湖地区就已得到开发，是吴王和贵族的游憩之地。

除了自然美景和古吴遗迹，这两个景区还有丰多的人文景观。因为书里都要谈到，这里只说个概要。

先说木渎景区的人文景观。自汉末佛教传入江南，木渎在东晋就出现了寺院。永和间支遁和尚来吴，在支硎山、天池山结庐焚修，后来演变为支硎寺和华山寺。义熙间，西域和尚智积到砚石山（即灵岩山）开辟道场，至南朝梁重建为灵岩寺，并建金沙塔于琴台。五代末又在寺之东院建九层多宝佛塔，南宋绍兴间重建为七层砖塔。穹窿山的茅蓬寺也建于梁天监间。之后寺观祠庙渐多，著名的有天平山的唐白云寺，穹窿山的南宋宁邦寺，木渎山塘的后唐明月寺，金山的元金山寺，木渎东街的明法云庵。道观有穹窿山的北宋上真观，山塘的北宋富春道院。祠庙有天平山下的宋忠烈庙，祀范仲淹，后称范文正公祠；有走马塘的朱墅庙，祀抗倭英雄任环。名人墓葬有横山九龙坞的吴越广陵王钱元璙及子钱文奉墓，天平山的范仲淹远祖范隋墓及上三代祖墓，灵岩山下的宋蕲王韩世忠墓、清湖广总督毕沅墓，五峰山博士坞的清文学家金圣叹墓等。至于古桥，镇上有跨香水溪的永安桥，有跨胥江的西津桥，两桥均为明代始建的石拱桥。古宅有遗址在今梁巷村的东汉高士梁鸿宅，有遗址即今灵岩山寺的晋司空陆玩别墅。名园有香水溪旁的宋冯友能砚石山房，上沙的明徐白潭上书屋，天平山麓的明范允临天平山庄，灵岩山麓的明王心一秀野园；清代则有东街的吴铨遂初园，横山的叶燮已畦，虹桥的徐士元虹饮山房，在灵岩山半的毕沅灵岩山馆，鹭飞桥旁的冯桂芬显志堂，还有钱氏三园，王家桥畔的钱照端园，斜桥之西的钱炎潜园和钱煦息园。民国时期端园为严国馨所得，改建为羡园，故也称严家花园，又有鹭飞桥东的蔡少渔古松园。

再说石湖景区的人文景观。上方山有创于梁天监间的楞伽寺；山顶有楞伽寺塔，高

灵岩山寺　1920 年代摄

七层，始建于隋大业间。还有宝华山的晋宝华寺，吴山的晋吴山院，尧峰山的唐免水院，七子山的五代荐福寺，茶磨屿的宋潮音寺。道院有吴山西侧的城皇山道院。名人墓葬则有下周村陈黄门侍郎顾野王墓、吴山明大学士申时行墓等。古桥主要有行春桥，跨石湖北渚，其东有越城桥，跨越来溪，均约始建于北宋。园宅相传最早有石湖西的晋卫尉石崇别墅，丁家山的北宋晋国公丁谓宅。不过最著名的要数南宋范成大的石湖别墅，这是他在石湖兴建的大型园林，中有农圃堂、北山堂、千岩观、天镜阁、玉雪坡、锦绣坡、说虎轩、梦鱼轩、绮川亭等景观，由于名家推誉及宋孝宗题赐“石湖”两字，石湖就此声誉鹊起，一跃而成为与虎丘齐名的苏州近郊风景胜地。后人也多来此建造宅园，南宋宣教郎卢瑢的卢家园、元临安尹卢廷瑞的卢氏山居都在陈湾。明代有吴山桃花坞的许斯温吴山书屋，越城桥东的王宠越溪庄，治平寺内的石湖草堂，上方山东麓的张献翼石湖别业，宝华坞的董其昌思翁别业。入清后，尧峰胡巷有汪琬的尧峰山庄、王咸中的石隝山房和吴公绅的南垞草堂，吴山东麓有张大纯的泛月楼，七子山麓有徐大椿的一粟山房。至民国初，石湖东北有余觉的渔庄。

自先秦以来，沧桑变幻，两地景观屡有兴废。及至明清，由于苏州经济的发展，这两个地区空前兴旺起来，尤其是清圣祖、高宗两帝南巡，迭次来游，不仅使诸多景观一再修葺，而且将这两大景区的影响推向了新的高度。木渎镇即于此时成为苏州西南的商业中心，石湖则已形成清明踏青、灯船游湖、八月十八看串月、重阳登高等民俗活动的主要场所。据清顾禄《清嘉录》和袁学澜《吴郡岁华纪丽》记载，这两地都是当时的旅游热点。

自乾隆后期，清王朝开始下滑，辉煌不再。至近代，特别是经历太平天国战争，苏州地区遭到重创，木渎和石湖也都衰落了。虽在同治间和民国早期略有振兴，但因抗日战

天平山高义园　1920 年代摄

石湖上方山

争和国内战争的影响，风景区日益凋零。1949 年后重整旧山河，恢复风景区是题中应有之义，可惜好事多磨，“文革”临头，万事皆休。文化遗存非“封”即“资”，悉数难逃一劫。特别是天平山“先忧后乐”坊的拆除，表明即使是闪光的思想遗产也不要了，又遑论什么风景名胜！

自 1980 年代开始，着手整修恢复。1983 年，太湖风景区建设委员会确定了十三个景区，木渎和石湖即在其内。两年后，太湖十三个景区经国务院批准，列入国家重点风景名胜区。自后建设修葺的速度明显加快，到新世纪初，两大景区的主要景点已全部修

“吴中胜迹”坊

姑苏石湖仿西湖胜景　苏州年画

复。其中古迹如灵岩山吴宫遗迹、天平山范墓等，无不获得妥善的保护，园林如虹饮山房、严家花园等也都修缮一新，而且对荒废已久的古建筑如范文正公祠、范文穆公祠和治平寺等，也予一一恢复。今日来看这两个景区，其风光景观之美，已逾明清而无不及。

木渎和石湖一直是享有盛名的风光游览区，历代文人对之不乏记载，近代以来的旅游读物也多有介绍，如民国早期朱揖文、范烟桥所编《苏州指南》，辑有苏州名胜二十四处，木渎和石湖的景点就占了四处。1980 年代被确定为重点景区后，出版的有关读物就更多了。风景区的自然风光是基本不变的，山还是那个山，水还是那个水，换个角度来叙述，也不一定有新意，现在再来作介绍，岂不等于把耳熟能详的老戏重唱一遍？这倒无须多虑，因为这两个地区发展成为今天的重点风景区，经历了漫长而曲折的过程，其源流变迁就很值得研究梳理，何况它们又有丰富的文化宝藏，光是历代名人的踪迹就不可胜计，只要深入开掘，就有说不尽的话题；哪怕是老题材，推陈出新，也可别开生面；再说还有近年的变化需要补充，谈古论今，更是海阔天空。为此本书就不按常例作导游式讲解了，而是分篇来勾勒景区历史文化的各个节点，以期用“散点透视”来合成全景。当然，能否做到，还得由读者来评判。

尚需说明的是，木渎和石湖的掌故多多，其中广为人知的就从略了，但经典故事不可或缺，约略提一下也有必要。还有一些是传讹已久的附会，当据史实给予澄清。对于着眼于旅游效应的新制“古迹”，虽仅两三处，但为防“假作真时真亦假”，也得明确指出其非，以免损及景区声誉。至于这两地的一些历史疑谜，一向引人关注，本书则不惮多引史料，以期破解。虽然未必能尽如人意，但至少能向读者提供一些线索。不过有些观点和说法是本人一孔之见，或许有误，仅供参考。

细说姑苏台

姑苏台又称姑胥台、苏台、胥台，是春秋晚期吴国的大型建筑，历史上赫赫有名。但现代人对它很生疏，大多闻其名而不知其实。曾见今人所画的姑苏台，画上烟云树木相遮，露出楼台一角。这也是避实就虚的画法，但仍有破绽，因为先秦未有砖瓦，至少那个飞檐翘角的屋顶是古吴工匠做不出来的。其实姑苏台是啥模样，谁也心中无数，不过凭借古籍记载，也许可以捉摸出个概貌。

《尔雅 · 释宫》说“四方而高曰台”，从发掘到的古台遗基，可知是夯土而成的建筑。最初大多用于巫师望气或军事观察，也有用来藏珍宝的，如纣王的鹿台，那是台上有木楼了。后来又发展为以台为名的游乐区，如周文王的灵台，除台而外，还有畜养鹿鹤的灵囿和养鱼的灵沼，供人观赏。文王来游，乐师就架起钟鼓，一时鼓乐齐鸣，君民同乐。但后世君王造台，目的是占用自然风景资源兴建离宫别苑，专供自己游乐。姑苏台也是这样，因此它不仅是一座楼台，也指以此台为中心的宫苑。由于台高苑广，林茂池阔，设施华丽，而且是出于“断发文身”的“吴蛮”之手，顿令中原各国刮目相看。后来苏州的得名以及别称“苏台”，都是由它而来的。

可惜这座宫苑在战国前就消失了，但影响深远：当年秦始皇东巡，在吴县看了两处春秋遗迹，除了虎丘，就是姑苏台；司马迁少年壮游，也曾登台眺望。秦汉去古未远，想来那时废台还在，不无旧影残迹可寻，待岁月浸久，就只剩“山花野草一荒丘”（宋杨备《姑苏台》）了。然而历史记忆有灵，能为思想穿越者提供故国神游之趣，因而历代游人不绝。如唐天宝中李白到此，以《苏台览古》一诗发表了穿越感想。诗云：“旧苑荒台杨柳新，菱歌清唱不胜春。只今惟有西江月，曾照吴王宫里人。”一声喟叹，无限沧桑。

姑苏台如此有名，可是古代文献对它落墨不多。《越绝书》《吴越春秋》等仅提其名，都未展开描述。唐陆广微《吴地记》补了两句：“其台高三百丈，广八十四丈。”春秋一丈合今约二米三，则台高近七百米，土木建筑达到这样的高度，那当然是不可能的。但想必很高，才会有这样的传说。古籍中介绍得较为实在而具体的，当推南朝梁任昉《述异记》，说这座台苑“周全诘屈，横百五里。崇饰土木，殚耗人力。宫妓千人，台上别立春宵宫。为长夜之饮，造千石酒锺。又作天池，池中造青龙舟，舟中盛致妓乐，日与西施为嬉”。这一记载形象地展示了禁苑规模和吴王游乐的场景，令人浮想联翩，因此常被引用和演绎。如李白《乌栖曲》诗云："姑苏台上乌栖时，吴王宫里醉西施。"陈羽《姑苏台怀古》)诗云："忆昔吴王争霸日，歌锺满地上高台。"都取材于此。

记载中出现美女西施，那准是吴王夫差时代的事了，因此《洞冥记》、《山水记》都说此台为夫差所筑。但看《越绝书》、《吴越春秋》的记载，兴建者分明是吴王阖闾。到底是谁？《太平寰宇记》和《吴郡志》引《吴地记》说，两人都有份，乃阖闾首建，夫差“复高而饰之”。还有个冷门的说法，吴国第十二任国君壁羽(《史记》作屈羽)因与楚国打仗，造成“百姓疲敝”，临终嘱咐儿子齐玄(《史记》作夷吾)说，你接班后要宽松一点，“姑苏我民”(暂且让老百姓缓过劲来)。于是齐玄造了姑苏台，以示不忘父训。此说由《横金志》卷五、《红兰逸乘》卷一引自稀见笔记，很有“小说家言”的味道，而且对“姑苏”的释义显然有误，本可以不论，但因它大大提前了台的始建年份，可能造成误导，因此对此台的由来不能不作一番梳理。

话说春秋各大国靡不有台，其中著名的有周景王十年(前535)楚灵王在华容(一说在安徽亳州)建造的章华台。此台规模宏大，“高十丈，基广十五丈”，附属宫苑建筑也

姑苏山

极奢华,故又称“章华之宫”。这项工程动用了大量人力物力,以致民不堪命,相继逃亡。六年后楚国发生内乱,众叛亲离的楚灵王自杀身亡。楚灵王挂了,章华台还在。周敬王十四年(前 506),吴王阖闾率大军伐楚,攻克了郢都。这次战争因为吴军深入楚地,阖闾见识了楚国文明,其中章华台的壮丽气派尤其吸引了他。当时吴国也有离宫,但还没有以高层楼台为主的别苑,于是他归来后就造了姑苏台。《吴郡志》引《吴地记》说:“阖闾十一年,起台于姑苏山,因山为名,西南去国三十五里。”阖闾十一年为公元前 504 年,可知姑苏台始建于此年,得名于苏州西南的姑苏山。

但据楚臣子西说:“昔阖闾食不二味,居不重席,室不崇坛,器不彤镂,宫室不观,舟车不饰,衣服财用,择不取费”(《左传·哀公元年》),说明这位君王对个人享受不那么讲究。那他为何被章华台打动了呢?原因不明,或许是出于“楚国有的,我们也要有”的心理吧。可是楚灵王的教训不远,阖闾应该知道。从选址不高不大的姑苏山起台也可看出,他并不想搞什么形象工程,也无意与章华台比阔争胜,所以姑苏台的规模不是太大,规格也不很高。何以见得呢?《越绝书》卷二说他“秋冬治城中,春夏治姑胥之台。旦食于纽山,昼游于胥母。射于躯陂,驰于游台,兴乐石城,走犬长洲”,可见他不缺游乐场所,造姑苏台是为了在郊外活动时有个处理公务的地方。

八年后,阖闾兴师攻越,受伤身亡。夫差继位后打败越国,俘虏了越王勾践。由于勾践卑事吴王,被视为有悔改之心,特别是夫差生病,勾践为辨病情尝了他的粪便,把夫差感动得一塌糊涂,因此不但释放,还赐还国土。谁知勾践回越,如虎归山。《吴越春秋》卷九说,他为谋求复国,采用了大夫文种的“灭吴九术”,其第五术是“遗之巧工良材,使之起宫室,以尽其财”。在进献的木料中,有一种“大二十围,长五十寻”的“神木”,经“雕治圆转,刻削磨砻,分以丹青、错画文章,婴以白璧,镂以黄金,状类龙蛇,文彩生光”。按这记载,神木长约九十米,径粗十多米,肯定是夸大了,但显然是营造大型建筑的上佳材料,再加有精美华丽的雕饰,用以盖宫楼自然生色。夫差得之大喜,于是用来扩建姑苏台。《吴郡图经续记》卷中说:“盖此台始基于阖闾,而新作于夫差也。以全吴之力,三年聚材,五年而后成。高可望三百里,虽楚章华,未足比也。”自此,姑苏台旧貌换新颜,望去雄伟壮观,规模超过了章华台,因而名闻天下。

这是吴国的鼎盛期。夫差春风得意,于周敬王三十八年(前 482)率大军到黄池(今河南封丘),与晋定公争霸。勾践见吴国国内空虚,乘机大举进攻。这次偷袭不仅攻陷吴都,而且把美轮美奂的姑苏台烧掉了。不妨算一下时间,勾践于周敬王三十年(前 490)获释归国,伐木用了一年,夫差扩建用了五年,工程落成约在周敬王三十六年。也就是说，扩建的姑苏台只存在了两年左右。再隔十一年，越国灭了吴国。一座高台的存亡，就此成为吴国盛衰的象征。因此后世诗文凡提到姑苏台，都把它看作亡国祸水，举为骄奢必败的史例。这固然有理，但漏掉了另一重意义，那就是它代表了当时建筑的最高水平，显示了吴越工匠的高超技艺。

古建筑毁废后，地点如无记载，年久就会找不到遗址。但姑苏台不成问题，因为古代文献和历代方志都写得很明白。

可是到了北宋徽宗年间，有人发现它的遗址和古代记载不符，事见诗人崔鶠所作的《姑苏台赋》。作者在赋中说："与客游于横山之下，有台巍然出群山，荒基峻极，高彻云间"，"于是与客伛偻而上，快四面之暇睹。南望洞庭夫椒之山，湖水澄澈，其名销夏湾者，吴王避暑之所也。北望灵岩馆娃之宫，廊曰响屧，径曰采香者，吴之别馆，西子之遗踪也。其东吴城，射台巍巍；其西胥山，九曲之逵。"这是说，他在横山下就望见上有高高的土台，与同游者登临山顶后，可以见到南面的太湖和洞庭西山、北面的灵岩山、东面的吴城和射台（即鱼城和射圃，在越来溪西），以及西面的胥山（即姑苏山）。他以亲历亲见证明，姑苏台"荒基"不在姑苏山，而是在横山！

这一发现颠覆了传统，令人大为惊讶又疑窦丛生，然而南宋诗人范成大证实了这个说法。他有《重九泛石湖记》说，淳熙六年（1179）九月初九，他与客人"艬棹石湖"，在千岩观下饮酒后，"携壶渡石梁，登姑苏后台，跻攀勇往，谢去巾舆筇杖，石棱草滑，众皆飞步"，到了山顶上，只见"山顶平正，有坳堂藓石可列坐，相传为吴故宫闲台别馆所在。其前湖光接松陵，独见孤塔之尖。尖少北，点墨一螺为昆山。其后西山竞秀，萦青丛碧，与洞庭林屋相宾。大约目力逾百里，具登高临远之胜"。其中说的"姑苏后台"是指上方山东麓的郊台，可知他是从横山东面登山的。在山上向东能望见昆山，说明台在横山顶上，而不是在低矮的姑苏山。

这就奇了，权威文献都说台在姑苏山，怎么会搬到了横山上？要弄清这问题，先得说明一下姑苏山与横山的关系。姑苏山又名姑胥山，俗称和合山，"在尧峰、紫石山之北，为横山北出最西之峰"（民国《吴县志》卷十九）。横山又名踞湖山，隋朝时因它"四面皆横"而起了这个名称。这倒是名副其实的，因为从高空俯瞰，整个横山山脉状如巨蜥，头为尧峰山，高耸的背脊是七子山，长尾为上方山，四肢横伸，如向太湖爬行。其伸向西北的右前肢就是姑苏山，也就是说，姑苏山是横山山脉的西北支脉。

由此看来，台的变动可能是夫差"复高而饰之"造成的。志载扩建的姑苏台范围有"百五里"，那就不是小小姑苏山所能容纳的，只有向姑苏山东、横山山脉中部的七子山扩展才能实现。《吴郡志》等记载说，横山东麓有郊台、射圃等古迹；周必大《吴郡诸山录》说："吴王筑姑苏前后两台，相距半里（原注：俗云拜郊台），为城三重，遗基俨然。"可见当时扩建的范围，伸展到了七子山东北的上方山。《木渎小志》卷一说得很明白："盖是台本在横山绝顶，于左右望适中，由此西下姑胥，东下楞伽，诸峰峦皆得以'姑苏'统之。"

从这话可以知道，夫差的扩建工程大得很，不仅包括姑苏山原有的台榭宫苑，而且在横山顶上又建高台，新建的附属建筑和林苑范围至少覆盖了姑苏山、七子山和上方山。

这里顺便说一下，由于吴王的离宫较多，近太湖的皋峰山顶上有"石筑吴王殿基"（见《木渎小志》卷一），在它之西的清明山（又名胥山）有古吴山道遗迹，有人认为这两处都有可能是姑苏台遗址。还有人把馆娃宫和姑苏台混为一谈，认为台在灵岩山上。但是这些说法仅是推测，都无法推翻早期的文献记载和前人亲历的证言。

但也不能怪后世多猜疑，因为姑苏台毁灭得太早，沧桑陵谷，不容易弄清楚。可以肯定的是，越人一炬不是它的大结局，因为在南宋年间它又露面了，而且先后出现了两座。

这是怎么回事？原来自宋金和议成立，南宋政府为便于接待金国来使，命平江府建造外宾招待所。绍兴十四年（1144），知府王唤在古胥门（今胥门南）营建了南北两馆，名姑苏馆，并在胥门城上造了一座台，也叫姑苏台，还在台东辟百花洲，洲东设了射圃，把古吴名迹都搬来了。《吴郡志》卷七称其"体势宏丽，为浙西客馆之最"，"虽非故处，

吴门十二景·姑苏台　明沈周绘

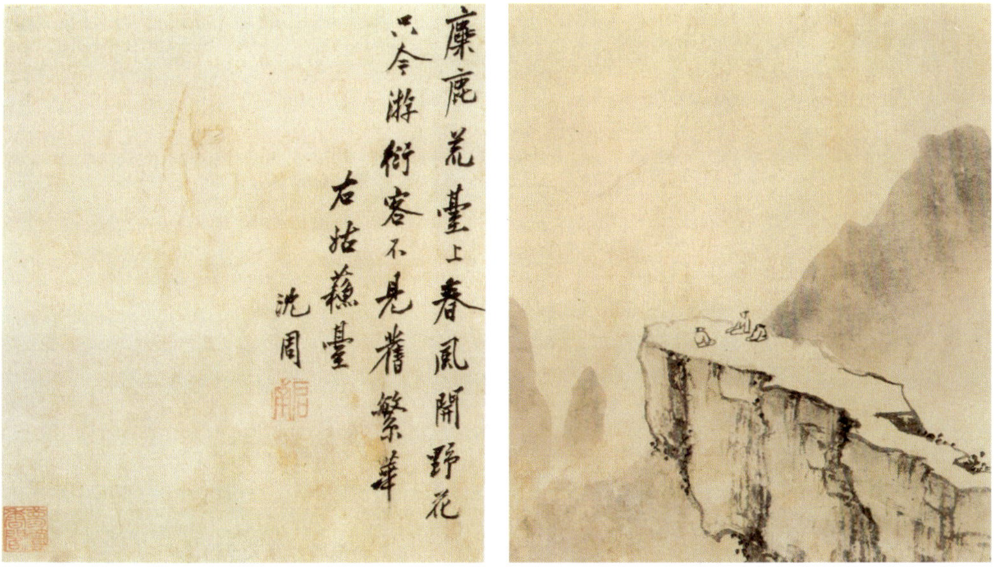

因馆而名，亦以存旧事也。制度尤瑰特，为吴中伟观”。不少骚人墨客到此都留下了诗文。

绍熙元年（1190），袁说友召集在吴同榜进士聚会。俞樾《春在堂随笔》卷四引范成大《同年酬唱诗序》说：“绍熙改元，建安袁起岩、张元善俱使浙西。始以岁五日，会同年之在吴下者，于姑苏之台，登临胜绝，倾倒情素，献酬乐甚，州里传写，一夕殆遍。”这个“姑苏之台”就是指造在胥门的台。王唤此举虽是“以存旧事”，却也造成了混淆，到明代就传称姑苏台在胥门了。明万历间吴县令袁宏道对此就有感触，他在《姑苏台》一篇中说：“胥门城上有小石亭一间，去门数武，俗说姑苏台旧址在此。余考诸书俱不类。”

古台重建并非坏事，但不在原址，也非原貌，就有造假古董之嫌了。宋淳祐七年（1247），宗室赵汝澄出任吴县令，他对胥门上的姑苏台颇不以为然。但人家已经造了，也不便拆除。为正视听，他便在横山废台遗基上重建楼榭，以示这里才是正宗的古台。这座姑苏台的规模不详，据元陆友仁《吴中旧事》中记载，宋淳祐中，浙西茶盐司幕干官潘庭坚有词说它“雕檐绮户”，造得很漂亮。这首词名《洞仙歌》，题写在此台的柱子上，词云：“雕檐绮户，倚晴空如昼，曾是吴王旧台榭。自浣纱人去后，落日平芜，行云断，几见花开花谢。　凄凉阑干外，一簇江山，多少图王共争霸。莫闲愁，金杯潋滟，对酒当歌，欢娱地、梦中兴亡休话。渐倚遍，西风晚潮生，明月里、鹭鸶背人飞下。”意思是，吴王的台榭重建起来了，好让人醉生梦死，忘却国家兴亡。这当然是反话，因为当时蒙元军队已逼近长江，平江府首当其

苏台揽胜　顾荣元绘

冲，地方政府不思防务而去修古台，显然不知轻重缓急。果然，再隔三十来年，南宋就灭亡了。元元统三年（1335），平江路总管张正议又对此台作了整修，因换去旧柱，此词遂不存。但据元曲名家萨都剌《姑苏台》云："野水满城飞燕子，谁家小艇载吴姬。姑苏台上一樽酒，落日昏鸦无限悲。"可知这座台榭仍是游览景点，他曾登临小饮。这都说明，在宋元期间，横山上有过重修的姑苏台。

到了明清，宋元建修的两台都已不存。胥门之台仅存石亭，横山之台也荒芜了，明人有诗为证："姑胥遗事有荒台，今日登临实可哀"（沈周《姑苏台》），"舞台荒草合，霸气野烟消"（文徵明《姑苏台》），"可怜遗址俱荒凉，空林落日寒烟织"（唐寅《姑苏台怀古》）。

那末姑苏山上的台又如何呢？清人汪琬有《游姑苏台记》说："台址颇平衍，有方石中穿，俗谓吴王用以竿旌者。其旁石壁直下数十尺，矮松寿藤相盘络，类一二百年物。壁上流泉数处，汇为池，其泉清泓可鉴。池畔皆石坡，土人呼为小赤壁。大率泉石拟虎丘而幽僻胜之。"后来江苏巡抚宋荦也来访游，却发现吴宫旗杆石和古松老藤都找不着了。他也有《游姑苏台记》，其中说："山腰小赤壁，水石颇幽，仿佛虎丘剑池，夹道稚松丛棘，薝葡点缀其间，如残雪，香气扑鼻。时正午，赤日炎歊，从者皆喘汗，予兴愈豪，褰衣贾勇，如猿猱腾踏而上。陟其巅，黄沙平衍，南北十馀丈，阔数丈，相传即胥台故址也，颇讶不逮所闻。"康熙五十八年（1719），昆山人龚炜因到紫石山女真道院做醮事，也来到这个地方，他在《巢林笔谈》卷二中说："横山之西北麓，故姑苏台址在焉。下有石壁瞰池，其色赤，高不及数仞；其流清，小不棹扁舟，以视黄州之赤壁，直一拳一勺耳，故名小赤壁。境绝凡尘，静如太古，四方游屐鲜有至者。"

这些记载都表明，清代姑苏山上台址的遗迹已磨灭殆尽，只剩"一拳一勺"的石壁和水池。及至1926年，李根源到姑苏山去寻访，更是旧影难觅，他在《吴郡西山访古记》卷一中说："和合山半有姑苏台。至则巨石峭拔，有石池、石壁，皆人工造作，非天然物。台四周隐隐有旧建筑遗迹。台内外丛冢数十。"

到今天，姑苏山上的"丛冢"已发展成为公墓群，恐怕连"隐隐"的旧迹也没有了。那末七子山上呢？七子山顶因有大量土墩石室，早被纳入考古范围，但是田野考古工作者考察的重点在于土墩石室的性质和用途，尚未顾及宋人发现的台址，所以值得有志寻梦者去看看。只是山道未辟，设施未备，弄不好就会迷路，寻访者必须谨慎从事。

木渎的童年

木渎是个古老的地名，相传得名于春秋时期，但是它作为行政建置在文献上露面，要到北宋。张郁文《木渎小志》卷一说："木渎为吴邑首镇，其名始见于《元丰九域志》，《宋史》因之。"《元丰九域志》编于宋神宗时期，其卷五说："望吴二十乡，木渎一镇，有虎丘山、姑苏山、洞庭山、吴江、太湖。"其实这不能算"始见"，因为《吴地记后集》就已提到木渎，它在"吴县"条下说："木渎镇，在县西南二十七里。"此书编于宋大中祥符中，比元丰年间至少要早六十多年。这也说明，木渎至晚在宋真宗时期就已建镇了。镇名采用老地名虽属常例，却也无法另拟。因为木渎的名声太大了，早在吴王阖闾、夫差时代，它就是演绎古吴风云的主要舞台，场景有姑苏台、馆娃宫、百花洲、香水溪、采香泾等十多处，名人轶事之多更是不胜枚举，所以"木渎"两字有丰富的历史文化含意。

不过木渎这方水土，不是一开始就受到吴国青睐的。

周灵王十二年（前560），吴王诸樊迁都姑苏，重心就转移到太湖东部地区。当时吴都有两条交通干线，一条是水路，北通泰伯渎到无锡；一条是陆路，西达太湖。从吴都到太湖，走西南方向距离最短，木渎其地正在这条路线上，无疑可得开发先机。但在公元前六世纪，吴西南大片土地尚处于原始状态，遍地榛莽沼泽，野兽多而人烟稀，加上木渎

胥江　1940年代摄

胥江

周边多山丘，因此选择了另一条路。《越绝书》卷二说："吴古故陆道，出胥明，奏出土山；度灌邑，奏高颈；过犹山，奏太湖。"经考订，"胥明"为胥门之误。"奏"与"走"通。"土山"，《越绝书》卷二说"去县十六里"，疑即何山。"灌邑"似为白马涧龙池。"高颈"即高景山。"犹山"也称卑犹山，今称阳山。这话的意思是说，吴国早先的陆路，是出胥门向何山，经过白马涧到高景山，再绕过阳山到太湖。为何曲曲弯弯？因为古时候桥少，遇水不得不绕。这也说明，早年吴都到太湖的公路不走西南捷径，而是向西偏北，把木渎撇在了一边。

然而隔了半个多世纪，吴王下令开了一条河，机遇就翩然降临了。

这条新开的河叫胥江，又名胥溪、胥浦。因为有个"胥"字，就传称"以吴伍大夫得名"（《百城烟水》卷二），甚至称它为"伍堰"。"伍大夫"即伍子胥，是胥江工程的总指挥。胥江以他冠名似乎顺理成章，其实不然。古吴地名带"胥"字的很多，如"姑胥"、"胥门"、"胥卑虚"、"胥主嘐"、"胥女山"等（见《越绝书》卷二），都与伍子胥不相干。古吴"胥"、"苏"同音，"胥溪"的意思是"姑苏河"。不过因为伍子胥是工程主持人，就难免附会了。

胥江以太湖为中心分东西两段，东段又称胥口塘，自胥口经木渎、横塘，到吴都外城河；西段经宜兴、溧阳到定埠，再从高淳到安徽芜湖，连通长江。这是吴国开凿的第二条运河（第一条为泰伯渎），全长约二百二十五公里。

不过东西两段河不是同时开通的，叶万忠《苏州之谜》转录前人所引《史记》佚文说：“敬王十四年，吴王阖闾伐楚，开堰渎运粮，东通太湖，西入长江。敬王二十五年，吴行人伍员凿河，自长泖，接界泾而东，纳尽惠高、彭巷、处士、沥渎诸水，后人名其河曰胥浦。”这是说，西段开凿于周敬王十四年（前 506），竣工后，阖闾就通过这条运河率军去打楚国了。是役吴军五战五胜，攻克楚国郢都（今湖北江陵纪南城），显示了胥江在运兵和后勤供应所起的重要作用。但是西段与木渎不搭界，只有东段经过木渎。东段开凿于周敬王二十六年（前 494），是年夫差率水师通过这条河攻入越境，打败越国，俘获了越王勾践。对木渎来说，一是有了贯穿东西的交通线，自此成为吴都到太湖的必由之路；二是引来太湖水，使两岸土地变成了良田。这不但迅速改变了它的原始面貌，而且打下了发展的基础。

不过，木渎的最早开发者当推阖闾，因为他伐楚归来，在姑苏山兴建了姑苏台，台下辟百花洲、长洲苑，还开了通向吴都胥门的九曲路，又在石城山（后称灵岩山）造了乐宫。看得出，那是开辟“新区”的架势。当然，夫差也起了大作用，胥江东段的开通，以及姑苏台的扩建和馆娃宫的兴造，等于完成了“新区”建设的后期工程。自此，胥江舟楫往来如织，两山宫苑南北相望，一扫万古荒寂。

这便是木渎历史的开端。

灵岩山西花园

琴台

一个地方能在历史舞台上亮相，就该有地名称呼了。但那时不叫木渎，叫什么呢？《越绝书》卷二有记载："吴西野鹿陂者，吴王田也，今分为耦渎、胥卑虚。去县二十里。""耦渎"是两水并流的意思。"卑"念"毕"音，古代用于野地名称。"胥卑虚"意为姑苏的墟野。这都符合当时木渎的地况。再看"吴西野"和"去县二十里"，方位、距离都与木渎差不离，故疑木渎最早叫鹿陂，是吴王养鹿的地方，胥江开通后，这里做了吴王的采田，称耦渎或胥卑虚。

不过，这只能算木渎的"曾用名"，大约在周敬王三十四年(前486)前后就改成今名了。据《吴越春秋》卷九记载，自周敬王三十二年起，越国向吴国进贡了大量木料。这些木料都是粗长的原木，通过南太湖运到胥口，再经胥江运到这里。相传由于"聚材三年"，木料在河岸堆积如山，还把这一带的沟渎都塞满了，积木"连沟塞渎"，因此改称此地为"木渎"(《木渎小志》卷一)。

越国无偿供应木料，还派来建筑工匠，从表面上看，是战败国主动作出赔偿的表示，也体现了对吴国建设的支援。其实目的在于诱导吴王大造宫馆楼台，让吴国劳民伤财。《吴越春秋》卷九说，伍子胥一眼看破勾践的祸心，谏言"王勿受也"，但"吴王不听"。不过从"聚材三年"的情况来看，夫差多少听进了一些，木料放在那里三年没有动用。

但越国又给夫差送来了美女，据说不是一般的靓丽，而简直是天仙下凡。晋王嘉《拾遗记》卷三说："越又有美女二人，一名夷光，二名修明(南朝梁萧绮注：即西施、郑旦之别名)，以贡于吴。吴处以椒华之房，贯细珠为帘幌，朝下以蔽景，夕卷以待月。二人当轩并坐，理镜靓妆于珠幌之内。窃窥者莫不动心惊魄，谓之神人。"《吴越春秋》卷九也说是送来了西施、郑旦两人，但唐皮日休《馆娃宫》诗云："犹有八人皆二八，独教西施占亡吴"，看来至少送来了以西施、郑旦领衔的九名佳丽。一群美少女来归乐坏了夫差，不造新宫以贮，岂非显得吴国太寒伧了？于是夫差大兴土木，扩建了姑苏台又兴造馆娃宫。

扩建姑苏台是因为原来规模不大，有了这许多木材，夫差便将此台的范围扩展到"百五里"，再加用金玉装饰宫苑，并以花椒和泥涂壁，使之保暖而又有芳香，总之造得富丽又奢华，从此名传四方。馆娃宫则造在石城山上，那里本有阖闾的乐宫，馆娃宫仿效乐宫而又踵事增华，加设了响屧廊、玩花池、玩月池、琴台等建筑，更突出了娱乐功能。《吴郡志》卷十五说："刘逵注《吴都赋》引杨雄《方言》云：'吴有馆娃宫，吴人呼美女为娃。'故《三都赋》云：'幸于馆娃之宫，张女乐而娱群臣。'今吴县有馆娃乡。又云砚石山有石城，去姑苏山十里。阖闾养越美人于此。"记载表明，石城乐宫也好，馆娃宫也好，都是吴王金屋藏娇之所、歌舞燕饮之地。由于宫女如云，这就引出了“香水溪”的故事。

香水溪简称香溪。关于它有两种说法，一说是灵岩山上的溪涧，如《吴郡志》卷八说：“香水溪，在吴故宫中。俗云西施浴处，人呼为脂粉塘。吴王宫人濯妆于此溪上源，至今馨香。”元末周南老有《香水溪》诗云：“暖波浮涨腻，晴渚泛红芳。美人曾此浴，魂消水犹香。”可见这一说法很有影响。另一说是山下的河，它的水流从太湖经光福塘流经灵岩山南麓，在今斜桥注入胥江。木渎古称耦渎，大概因为其地有胥江和这条河。此河现称木光河。

斟酌情况，两说并不矛盾。虽说古吴有“男女同川而浴”的习俗，不知避忌，但西施和宫女毕竟属于吴宫中人，内外有别，洗沐当在山上苑池内。据《洞冥记》等古籍说，当时宫内有宫女“千人”，天天有大量洗妆水流入山下河中，致使河水常年飘香，故称香水溪。香溪独一无二，后来成为木渎的雅称。

能使溪水常年泛香，香料的日用消耗肯定不少。这些香料从何而来？据记载不是进口货，而是吴国自产的，有一条水上运输线专事运送。这条专线叫“采香泾”，《吴郡志》卷八记道：“采香泾，在香山之傍，小溪也。吴王种香于香山，使美人泛舟于溪以采香。今自灵岩山望之，一水直如矢，故俗又名箭泾。”“箭泾”是指这条河像从灵岩山向香山发箭的射程，显然是人工开凿的河道。

香山在灵岩山西南，《木渎小志》卷一说：”香山，与穹窿毗连，南址近太湖为胥口。昔吴王种香草于此，遣西施及美人采之，故名。下有采香泾通灵岩山。其山麓有南宫，山北地有大园、小园者，皆吴王艺花处也。”

看上述记载，可知自称“吴蛮”的夫差也颇注重生活情趣，香山的“大园”、“小园”无疑是他开辟的植物园，其中香草是特供物资。香草含有香草醛，也叫香兰素，常用于化妆品和食品中。现在多由人工合成做香精，在古代却是纯正的绿色用品。

由于两代吴王经常在此活动，大批随从、宫女、卫队、工匠都集中在这里，木渎之热闹自可想象。不仅如此，因阖闾“春夏治姑胥之台”，每半年在木渎办公，这里自然成为吴国第二行政中心。后来夫差在馆娃宫“张女乐而娱群臣”，木渎又变成王公贵族的游艺场。查《越绝书》、《吴越春秋》记载，当时前来觐见或观看歌舞演出的知名人物，王族有太子友、王子地、王孙弥庸、王孙骆等，大臣有伍子胥、伯嚭、被离、逢同、子泄、胥门巢等。一时车马络绎，簪缨交错，蔚为大观。此外还有越国人，如随王伴驾的西施、郑旦，为吴王洗马打杂的战俘勾践、范蠡等。末期到此的有为夫差占梦的公孙圣，还有越国大将泄庸（姑苏台就是他和范蠡放火烧掉的）等。光看这张名单，就知道当时的吴越名人

胥江敌楼　1920 年代摄

几乎都在这里留下了足迹，当时木渎地位之重要于此也可见大概。

拜历史记载所赐，我们得以了解木渎的童年。但是古籍所记往往不全，甚至有误。据近年在苏州城西南的田野考古，就发现了文献记载的缺失。这次考古发掘在木渎、藏书一带找到了春秋晚期的大城遗基，经专家考证，此城平面呈打开的折扇形，木渎正好在这扇面内。这说明，木渎不仅是公元前五世纪初的内河码头，也不光是吴王两大离宫的所在地，而且是吴国大城的故址。换句话说，阖闾、夫差时代的吴都位置很可能就在木渎！

这一发现引起了轰动，也掀起了争议热潮。因为据权威古籍记载和顾颉刚等古史专家论证，春秋吴大城遗址在今苏州古城区，现在来自地下的物证能否推倒千古定论，这需要作深入研究。但不管怎么说，有一点是肯定无疑的，那就是童年的木渎是古吴重地，它为春秋晚期的苏州绘就了辉煌的图景。

古镇梦华录

苏州有一批古镇，因为保持了旧日风貌，今已成为旅游热点。

什么叫“旧日风貌”？一般是指民国以前的景观和风情。但从古代到清末，时间跨度极大，古镇屡有盛衰兴废，风貌并不固定。例如木渎在二千五百年的进程中，有古吴的辉煌，汉晋的沉寂，有明清的繁盛，近代的衰落，还有当代的复兴，风貌变化无常。那么，它的“旧貌”是指哪个历史时期的样子呢？

木渎的原始面貌不详。据现代考古的发现，最早可能是座大城，著名建筑有姑苏台、馆娃宫等宫苑，想来平民的茅屋也不会少，但在越国灭吴时全化为焦土了。后来虽有秦始皇来访姑苏台遗迹，汉吴王刘濞在古长洲造茂苑，全都是轰动一时的大事，却未能带动木渎的恢复。东晋有郡人陆玩来盖别墅，继有西域和尚智积来建寺庙，似乎有了起色，可惜都造在灵岩山上，仍旧谱不成闾井之歌。倒是陆玩去世后，朝廷“给兵千人，守冢七十家”（《晋书》本传），日久就形成了自然村，为木渎复苏创造了条件。入唐后苏州开始繁荣，州列雄州，县为望县，这对位于近郊的木渎十分有利，于是村聚渐多，人烟渐密，到北宋便建为镇。据《吴地记后集》记载，它是吴县首建的三镇之一。初时镇区不大，仅在香水溪一带，后来逐渐向胥江两岸延伸，形成了上塘、下塘两街。明清时更兴旺了，上下塘街巷相连成网，中市一带商铺、牙行、饭店、酒楼林立，构成了吴西繁华商埠。清沈钦韩说：“木渎自唐以来，人物浩穰，农贾凑集，虽名曰镇，其实县也。”（《木渎桂隐园记》）再加地擅山水之胜，古迹和景观众多，遂又成为著名的风景旅游胜地。

木渎的再度崛起，固然是经济发展的形势所趋，但与清圣祖玄烨、高宗弘历两帝的多次南巡有一定关系。尤其是高宗，他对旅游点的期望值甚高，两江总督高晋《南巡盛典》卷八十五说：“乾隆庚午岁，皇上下诏省方，稍加修葺，以备临幸。”皇帝说一声“稍加修葺”，地方官员的领会就是措施要大大加码，不光景点要修缮一新，但凡经过的道路、码头也不能马虎，市容更要大加美化，以打造盛世升平气象。再说木渎是御驾到苏州游山入湖之必经之地，皇帝每来一次，镇貌就要刷新一次，因此这一时期就成为木渎史上大显亮色的一页，它的历史面貌也于此定格。后来虽有清咸丰末年的战争打击和改革开放后的振兴发展，但其总体格局犹是清中期奠定的基础，徜徉其间，仍能感受到乾隆年间的韵味。

那末，乾隆时期的木渎是什么样子？

这不必遍翻乾隆以来的相关资料，只消看《木渎小志》卷六所录的《木渎杂咏》和《香溪杂咏》就大致有数了。

《木渎杂咏》是吴溥的作品。吴溥字霖施，自号西津。乾隆年间的秀才。因乡试十次落榜，灰心了，便放弃举业，在家从事文史著述，著有《历代氏族人物志》、诗集《鸣秋草》等作。他的诗名不著，但因久在木渎寓居（从他的号来看，可能住在西津桥畔），对本地风光非常熟悉，故落笔写照能抓住特点。他的《木渎杂咏》是“十景诗”。从前风景区例有“八景”、“十景”之目，每景的名称大抵是四个字，由地点加特色组成。这已成了俗套，但也不无好处：既便于游人按目寻访，更可让逸兴遄飞的诗人按题成咏。明清木渎有名胜古迹近五十处，可是吴溥仍按惯例，选十景作为代表。这组诗浅显易懂，但毕竟不是说明书，需要做点解释和补充。下面来看他笔下的木渎。

“法云古松”诗云：“何年高挺两虬枝，郁作慈云荫古姿。夜静涛声谁领得，山僧出定四更时。”

这是对木渎东部风光的描绘。“法云”指法云庵，位于木渎东街东端。明天启年间僧鉴明募建。清代重修时置有康熙翰林尤侗所撰《誓愿碑记》和道光吴县令熊传栗所撰《开兴福塘记》两碑，都是地方史料。“两虬枝”是说庵内有两株明代老松，挺拔苍古，远近闻名。庵前有兴福塘与胥江交汇，由于兴福塘可直抵姑苏山、城隍山和尧峰山，乘船去游山的旅客常在此歇宿，静夜听涛声潺潺，也别有意趣。庵西有座跨胥江的桥，初名西跨塘桥，因同名的桥多，继名兴福桥。此桥比庵老，建于宋淳祐六年（1246）。明崇祯三年（1630）重建时，依年号改名崇祯桥。清康熙间，洞庭东山人吴序商重修，改称崇政桥。庵东有遂初园，也名遂园，是康熙吉安知府吴铨的府邸。吴铨字容斋，安徽新安人。晚年退居木渎，造了这座三路七进的大宅园。内有补闲堂、掬月亭、听雨篷、拂尘书屋、璜川书屋、鸥梦轩、凝远楼、清旷亭、横秀阁等建筑。沈德潜《遂初园记》说它“楼阁亭榭、台馆轩舫连缀相望”，“嘉花名卉、四方珍异之产咸集于此”，可见规模之大。他又是藏书家，至曾孙四代积书达数万卷，多善本、珍本和乡邦文献，因此遂初园又有吴氏藏书楼之名。

“白塔归帆”诗云：“布帆叶叶送轻舠，却共归鸦落影遥。村市依微灯火出，数声柔橹过溪桥。”

“白塔”指白塔浜，在崇政桥西。它是胥江的分支，北通沈店村野。浜上有两座桥，一座连通御道，一座连通上塘东街。在桥上远望帆影，近听橹声，可领略江南水乡的风味。白塔浜南口有座石基砖楼，高十二米，名叫“敌楼”，这是对付倭寇的防御工事。倭寇是明朝海盗勾结日本浪人组成的武装抢劫团伙，至嘉靖年间尤为猖獗，苏州阊门近郊、横塘、横山、木渎、胥口，甚至洞庭东西二山，无不遭到烧杀抢掠。后经兵备副使任环，总兵汤克宽、俞大猷等率兵抗击，方予歼灭。为防倭寇再次入侵，嘉靖三十六年（1557），巡抚御史尚维持主持建造了这座工事，直到“文革”拆除前，它一直是木渎东部的地标。在东街近中市地段，有条殷家弄，弄内有座古朴的石亭名“怡泉”。此亭建于明崇祯二年（1629），建造人叫殷心揖。事起于他的好友冯怡泉曾将一百两银子寄存在他家，后来冯亡故了，又无家属后人，殷便用这笔遗金凿井造亭，并以“怡泉”为名，以表对亡友的纪念，同时也方便了公众。小巷深处的一座井亭无多观赏价值，但它表明了古人对信义的担当，因此也吸引着游人。

“南山晴雪”诗云：“连峰积素浩漫漫，晃漾朝光兀自寒。正似海天初照里，玉山一抹压银栏。”

这是写木渎南部的山景。“南山”是指南面横山山脉的上方山、七子山和姑苏山，以及西南面的清明山。群山绵延起伏，俨若天然屏障。隆冬雪霁天开，望去漫山素裹，一片银光，十分壮观。其实北面的灵岩、天平诸山

木渎南街

的雪景也不差，因格于十景，便以“南山”作了代表。

“斜桥分水”诗云：“山溪交汇激难留，拍岸跳波骇过舟。何事汹汹争两派，终看合并作东流。”

这是木渎中部的景观。“斜桥”是宋皇祐四年（1052）始建的平板石桥，位于中市香水溪上。香溪于此注入胥江。香溪水清，胥江水黄，汇合处清浊分明，景观奇特。其旁有明代所建的郁巷桥（原名东安桥），跨胥江。两桥横竖相连，人称“木渎双桥”，有“一步跨两桥”之说。明清以来，这里是闹市中心。北埯有乾隆四十六年（1781）开设的“费萃泰”茶食店，以生产枣泥麻饼闻名。光绪间店铺易主，更名为“乾生元”。新店主对枣泥麻饼的质量作了进一步提升，从此成为木渎特产，名闻遐迩。著名的老店还有石家饭店，传说清高宗曾微服光顾，吃到热油现浇的茄汁虾仁锅巴，赞美不已，命名为“天下第一菜”。不过那时饭店名尚叫叙顺楼，店小无闻，皇帝未必看得上。到1926年秋，李根源品尝了老板石仁安所做的鲃鱼肝汤后，叹为奇味，他误肝为肺，遂题匾“鲃肺汤馆”以赠。1929年又应请为饭店更名，题为“石家饭店”。自后又经于右任等名人揄扬，这家老店声誉日隆，成为木渎餐饮业的代表。

“虹桥晚照”诗云：“雨馀霞绮落云间，绚作晴虹跨碧湾。好在红栏高处倚，举头无限夕阳山。”

“虹桥”也是建于宋代的平板石桥，在斜桥西北，跨香水溪。两侧桥栏为金山石条，说“红栏”是拟古。这一带在明清时多园林，北埯有虹饮山房，这是清徐士元的宅园，厅堂高敞，园内多梅。乾隆南巡时，扈从词臣即在此歇宿。南埯有钱氏的潜园和息园。潜园又名桂隐园，原为明代李氏小隐园，入清已废，嘉庆十八年（1813），里人钱炎购得其地

白塔归帆　1920年代摄

重建，有亭榭池阁诸景。息园在潜园西数十米处，原为薛氏废园，钱炎季弟钱煦重建为园林。

“下沙落雁”诗云：“数点横斜夕照边，水云乡畔宿寒烟。谁从传此无人态，芦荻萧萧雪满天。”

这是木渎北部的风景。“下沙”是香水溪的支河，水流自虹桥、斜桥之间分出，向北经金山南浜注入枫桥塘。南浜一带是水网区，深秋时节，芦花飞扬，如雪纷飘，雁落芦苇，构成了生动的画面。其地有清诗人张锡祚的啖蔗轩和陶篠的怡园。张锡祚，字永夫，早年住在苏州城东的南园，曾与沈德潜一起师从横山叶燮学诗。“啖蔗轩”是他移居下沙后自题的居室名，也是他教书卖卜的工作室。“啖蔗”是晋代大画家顾恺之的典故，他吃甘蔗爱从蔗梢吃起，说是“渐入佳境”，后来用以比喻境况逐渐好转。可惜这个室名没给张永夫带来好运，后来他穷饿而死，葬在灵岩山下，留有诗集《锄茅集》。怡园是里人陶篠在乾隆初所建的园林，有舞彩堂、爱吾庐、环山阁、湘竹亭等。下沙之西为上沙，相传是东汉梁鸿夫妇的暂居处。梁鸿本在陕西霸陵山中务农，因见皇亲国戚大造宫馆楼台，写了一首讽刺诗《五噫歌》。闯祸了！章帝闻知很不爽，下令抓人。梁鸿只得改名换姓，携妻孟光逃亡，落脚在上沙夏王庙后，其地后称梁巷村。这里还有一处名迹涧上草堂，在戚字圩，是清康熙元年（1662）灵岩山和尚弘储为徐枋造的院落。徐枋字昭法，号俟斋。明亡后其父徐汧自沉殉国，他为躲避清廷的迫害和征召，一直在吴西诸山寺辗转寄居。自住进涧上草堂，便终身杜门不出，以卖画为生，时与明遗民沈寿民、巢鸣盛并称“海内三高士”。他去世后，这草堂就做了纪念他的祠堂。

“山塘榆荫”诗云：“山郭人家似水村，榆阴深处半开门。最怜微雨新晴后，染得溪流绿有痕。”

“山塘”是指香水溪北岸的山塘街。这条老街与河平行，东接斜桥闹市，西达灵岩山麓。从前河岸多榆树，自鹭飞桥到灵岩山下的垂荫亭，绵亘数里。街北多大宅深院，与榆树绿荫交相辉映，组成了独特的风景线。街头北有明月寺，为后唐清泰三年（936）僧明智所建。主建筑有天王殿、大雄宝殿和藏经楼，这是佛寺的常规布局，但因它是硕果仅存的五代古刹，便显得珍贵了。寺东南有鹭飞桥，跨香溪鹭飞浜。浜与桥名均取唐张志和“西塞山前白鹭飞，桃花流水鳜鱼肥”句意。桥畔有乾隆诗人沈德潜故居，后来归了道光进士冯桂芬，改建为前宅后园的大院。因冯在会试中考得一甲第二名进士，故称此院为“榜眼府”。鹭飞桥西有王家桥，桥畔有端园，为钱炎仲弟钱照所建。光绪间为木渎首富严国馨所得，重葺后改称羡园，俗称严家花园。

“灵岩晚钟”诗云：“平林暝色接苍茫，却听疏钟出上方。满径松风吹不断，一声和月度寒塘。”

“灵岩”是木渎西北的名山，风光优美，有“秀绝冠江南”之誉。据记载，吴王阖闾的石城离宫和夫差的馆娃宫就造在此山上，遗迹有吴王井、玩月池、琴台等。东晋陆玩曾在吴宫遗址上造别墅，继有梵僧智积来建寺庙，后称灵岩寺。

“姜潭渔火”诗云：“晒网船头日近残，夜来蓬底话团圞。自缘怕涉风波险，只守寒灯傍旧滩。”

这是木渎西部风光的写照。“姜潭”位于西街西安桥西，是胥江南侧的一处河湾，水面宽阔。其地旧名姜窑，居民以挖土烧砖为业，年久积水成潭，后来做了渔村，因距闹市不远，可就近供应新鲜鱼虾，这一带就成为水产品市场。

“西津望月”诗云：“水环小市石桥横，清旷偏宜待月明。一片秋光浸楼阁，知谁望远最多情。”

“西津”即西津桥。同名的桥有两座（另一座在镇北枫桥塘），此指跨胥江的西津桥，位于西街姜潭以西。此桥为单孔石拱桥，由里人茅郊建于明万历年间。清康熙二十年（1681）吴序商重建，为避重名，改称永年桥。同治年间又重建，因“西津望月”作为木渎十景之一已久为人知，故仍称西津桥。这一带比较空旷，无论望云望月，看水看船，都有“静观皆自

虹桥晚照

王家桥

得”的情趣。

当然，十景只能举其典型，无法总揽全貌，虽然作了补充说明，但如清末蔡少渔的古松园、民国早期严良灿的馀里楼等均未列入，因为后起之秀够不上乾隆时代。但从大体而言，这十景诗已包括了主要景点。

再说《香溪杂咏》。这是王汝玉继吴溥之后的同类作品。他有小序说：“余游兹土有年，间为录其人情风土，辑其遗闻轶事，成《香溪杂咏》若干首，以示后之游者。”可知他曾寓居木渎，对这方热土也是相当熟悉的。这组诗有三十二首，有不少内容与吴溥诗重复，故选录十六首。

“山近灵岩地最幽，香溪名胜足千秋。翠华侈说曾巡幸，锦缆高牵御马头。”原注：“御马头在镇东，圣驾巡幸灵岩，为御舟停泊之处。”

“一春赛会盼天晴，社鼓咚咚市上行。共喜丰穰年事好，村村敲出太平声。”原注：“每年二月，各乡赛会都来市上。”

“赤章空自奏遥天，瘦尽腰肢亦可怜。谁识南朝老家令，荒祠门掩碧溪边。”原注：“《府志》载沈约祠在木渎，问诸居人，鲜有知者。”

“灵岩山下谒荒坟，十丈穹碑黯夕曛。八字褒题人共仰，模糊难读赵雄文。”原注：“韩蕲王墓在灵岩西麓，其碑首孝宗御题‘中兴佐命定国元勋’八字，文则赵雄所撰，残渺不能读矣。”

“牧牛明月结比邻，古院荒凉日就湮。芳草梨花工点缀，高吟那不忆诗人。”原注：“‘梨花明月寺，芳草牧牛庵’，李客山《泛舟木渎》句也。”

“雪点繁英几树开，山僧终岁费栽培。春风十日纷游屐，相约披云去看梅。”原注：“披云庵在灵岩山下，梅花开日，游者颇众。”

“三尺残碑卧道旁，八间遗迹已茫茫。紫阳良法今谁继，此地曾闻立社仓。”原注：“吴县社仓，一在木渎，其屋八间，载于《府志》。康熙间曾实力奉承行，今只存一碑在道旁矣。”

“故址韩园众口传，山房往事渺云烟。达人胸次诗中见，屋角松山即墓田。”原注：“地名韩家园者，为慕庐先生之弟所居。‘屋角’句，即尚书《宿山房》诗也，见于集中。”

“砚山当日四诗人，老笔应推沈石均。一集长吟真学社，荻村才笔更超伦。”原注：“石均名磐，尤西堂之友，钱宫声学士其门人也。著有《香草垞集》。《长阁吟》，黄野鸿诗集名。黄为灵岩嶁村人。”

“志士饥寒总不妨，高轩犹说下沙塘。诗坛一辈留人口，更访岩东旧草堂。”原注：“张永夫啖蔗轩在下沙塘，今莫知其处。盛青嵝岩东草堂在山塘，后人犹居此。”

“一区旧宅太萧条，耆硕惊心百岁遥。我亦寓公来过此，吟魂黯黯鹭飞桥。”原注：“沈归愚尚书旧宅，在山塘鹭飞桥西。”

“诗酒风流一瞬馀，尽多群彦集簪裾。荒园今日何人访？只我犹来说遂初。”原注：“吴太守铨构园一区，曰遂初。其孙竹屿与兰泉、西庄诸先生交，极一时人物之盛。今已屡易其主，园亦荒废。”

西津桥

明月寺

“山馆闲寻意暗伤，尚书声望信非常。登临易醒繁华梦，一杵疏钟冷夕阳。”原注：“毕尚书灵岩山馆，未尝身至，今为蒋氏墓矣。”

“抟埴何人小技夸，摩睺罗竞说袁家。居然一艺难为继，著录曾烦入梦华。”原注：“宋时镇人袁遇昌工于塑像，精巧绝伦。见《梦华录》。”

“良工一代姓名标，精制银槎手段超。岂是此间曾托迹，也同市隐说皋桥。”原注：“元朱碧山《银槎歌》，见竹垞诗知为秀水人，而《府志》则引为镇人，岂同曹顾庵诗所云‘市隐皋桥称绝艺’者，经争相引重耶？《居易录》云杯尾有篆二十八字：‘欲渡银河隔上阑，时人浪说贯银湾。如何不觅天孙锦，只带支机片石还。’”

“古松翠色几株含，隔水青山对佛庵。他日好修居士传，有人弥勒爱同龛。“原注：“法云有松甚古，近造弥陀像一座，顶礼者日至。”

吴溥写的是“十景”诗，而王汝玉的诗除了描绘风景，还说到了当时的人物和风情，可视为对吴溥诗的补充。这两组诗相辅相成，把乾隆时代的木渎风貌展示得相当清晰，勾人怀想，不过诗是语言艺术，不及图画有直观效果。好在与吴溥、王汝玉同时代的徐扬绘制了《盛世滋生图》，其中有对木渎部分的形象描绘。同时参看，则清代中期的木渎风光也就浮现在眼前了。

徐扬，字云亭，苏州吴县人，乾隆时任清宫画院供奉，后获钦赐举人，官至内阁中书。

盛世滋生图(局部) 清徐扬绘

《盛世滋生图》作于乾隆二十四年(1759),图卷全长十二米馀,重点描绘了一城(苏州)、一镇(木渎)、一街(虎丘山塘)、一村(山前)的景观,其中木渎部分约占全图三分之一。图中的山前村在香水溪畔,村前后分列佛庵和小店,有男耕女织的农家镜头,也有往来的商贩和工匠。村左为灵岩山景,南麓络绎而上的游人和山腰迎晖亭等景物都依稀可见。由此沿山塘街到斜桥闹市,只见河中各式舟船连绵不断,两岸店铺栉比而立,市招参差,百货纷陈,显现一派繁盛景象。接着沿胥江向东,便是法云庵和遂初园了。作者通过艺术概括,集中表现了那个时代的镇区风貌,把历史记忆铸成了不灭的形象。

自乾隆至今两百多年间,有破坏也有建设,但格局未变。1949 年后,木渎老街继续向东西伸展,到 1980 年代,镇区沿木东公路开辟了新街,又沿苏福公路建立了新工业区,至今已建成现代化城镇。再看旧景观,有的经修缮而重光,如虹饮山房,有的则新陈代谢,如沈德潜旧居变成榜眼府,还有的已消失无存,如涧上草堂。但从总体风貌来看,仍不失古典韵致。

时光匆匆如胥江东去,木渎却涛声依旧。这也许是这座古镇的魅力不减的原因吧。

一山五名的故事

提起木渎灵岩山，几乎无人不晓，但说它有好几个名称，恐怕知者不是太多。这些名称都是见于文献记载的，不包括俗称和外号，如它有“秀绝冠江南”之誉，宋人雅称为“秀峰”，不是名字，不好作数。这样算，它的大名至少有五个，下面分别道来。

灵岩山历史悠久，二千五百多年前山上就有吴王离宫了。在原始山岭造大型建筑当非易事，因为此山高一百八十二米，山势虽比天平山平缓，但陡峭之处也不少，像由姑岭、百步阶等地段不开山路就很难爬。再说吴王离宫又造得讲究，所以古籍对此不乏记载。如《越绝书》卷二说：“石城者，吴王阖闾所置美人离城也。”《吴越春秋》卷四也提到了阖闾“兴乐石城”。还有《太平寰宇记》引《郡国志》说：“石城山有吴王离宫，越献西施于此。”这个“吴王”是指夫差，他为接纳越国送来的佳丽，把阖闾乐宫扩建为馆娃宫。《吴郡志》卷八说：“《方言》曰：‘吴有馆娃宫。’今灵岩寺即其地也。山有琴台、西施洞、砚池、玩花池，山前有采香径，皆宫之故迹。”

这些记载都表明，灵岩山最早叫石城山，因有吴王离宫而闻名。为何称之为“石城”？相传离宫的围墙全用山上的花岗石砌筑，今灵岩山顶寺西尚有遗迹可寻。俞友清《灵岩山志》正编说，石城“高约二丈许，石砌，悉成冰梅纹”。高约七米的宫墙用不规则

石城遗迹

石块砌出图案，技术难度相当大，因而自古就是观赏景点。不过也有人认为石城是天生的，地点在今灵岩南坡，迎笑亭、落红亭以西，那里有一道长约四十米的崖壁，高峭如危城，那才是石城。今从南麓仰望，旧貌仍可辨认。民国《灵岩山志》卷一引潘志恒《三吴杂志》说："灵岩最奇处，在西施洞上，半壁如芙蓉城，亘可十馀丈，前代词人吟赏未及，疑称石城山者指此。若云吴王所筑，则是郛郭之常，乌足取胜以冠山哉。"一说是人工建筑，一说是自然景观，说法虽不同，但都在今灵岩山范围内。

记载中提到的西施洞，在今落红亭西的石壁下，传说当年范蠡送西施来吴，就在这石洞里候召，故有此名。另有传说是，这个山洞是囚室，勾践夫妇就关押在这里，故也叫石室。此洞高约二米多，不深不宽，也无其他设施，临时在这里等候还马马虎虎，但长期在此生活肯定不是滋味。怪不得后来越军攻入吴国，把石城山上的宫苑烧得精光，这是火洗"国耻"啊！

吴国灭亡后，木渎的辉煌消歇，石城山就沦为荒山野岭了。秦汉之际发现它的西麓有紫石可作砚台，因此有了另一个名称，叫砚石山。

《吴郡图经续记》卷中引《越绝书》佚文说："吴人于'砚石'置馆娃宫"，因"其山出石，可以为砚"而得名。《百城烟水》卷二也说，灵岩山"西产砚石（原注：即获村石），一名砚石山"。获村今作嶻村，在灵岩山西。此村以雕凿澄泥页岩砚台闻名，至今在国内外都有影响。关于村名的来历，《吴门表隐》卷二说，石城山有"汉高获寓居，卒于此。石城人思之，共为立祠。本名获村，后讹为嶻。挖石琢砚，文有金星，不减歙端，有青黄二种"。其中提到的高获，字敬公，《后汉书》有传。他是汝南新息（今属安徽）人。早年游学京师，师从博士欧阳歙，并与太学生刘秀有交往。刘秀称帝后，欧阳歙得到重用，官至大司徒。谁知他是巨贪，事发下狱，按律当斩。高获为救老师，自系刑具求代。刘秀不准，而要他出来当官。但他跟严子陵一样，喜欢徜徉山水，不愿从政。为避官府征召，就远走吴郡，隐居于石城山西麓，后来那里就叫获村，也写作嶻村。明袁宏道在《灵岩》中也提到这个小村，他说："山下有石可为砚，其色深紫，佳者殆不减歙溪。米氏《砚史》云：'嶻村石理粗，发墨不糁。'即此石也。山之得名，盖以此。""米氏"即宋书画名家米芾，他在著作中肯定了嶻村石砚优点，发墨快而不伤笔毫。袁宏道认为砚石山以此得名。

但也有人认为砚石山之名来自山上的"砚池"，即今大雄宝殿前的上方池。上方池呈长方形，像砚端贮水处。但看它的位置和形状，显然是建寺时开凿的，并非吴宫遗迹。还有人认为砚石山得名于馆娃宫的"砚池"，因为它像凹形的大砚台，又名玩花池、浣花

观音洞（古西施洞）

玩月池

池、金莲池，传说是夫差与西施赏荷的地方。池旁有“吴王井”，唐代淘井时得一玉钗，上刻古篆“敕”字，于是传说是西施临井照影时遗落的。池和井的遗迹均在今山顶花园内。不过说玩花池就是砚池，恐怕也不确，一是《吴郡志》所记玩花池和砚池是两个池塘，二是先秦笔砚尚未流行，砚石山之名当是秦后因产砚石而传开的。

玩月池

吴王井

到了东晋，山名又改了。当时吴中士大夫以建山水园林为尚，如王珣、王珉兄弟就在虎丘造了两座别业。咸和年间，砚石山上也有人来造别墅。此人叫陆玩，相传他的别墅就造在馆娃宫遗址上，后来他到京都建康（今江苏南京）去当官，就把别业舍作佛寺。到义熙年间，有个和尚来到砚石山，见佛寺已荒圮，想重开佛教道场。他叫智积，来自西

灵岩山下　摄于 1920 年代

域。当时西域僧人被视为佛教的正宗传人，因此吴中各大寺庙争相延请，他却宁愿在荒芜的砚石山创业，不多年就把新寺造起来了。事情进展得这样顺利，当是“西域和尚”的招牌起了作用，另一个原因是山上出现了“灵迹”，寺东有块石头上凸现出三枚灵芝图案。灵芝是仙草，怎么会在石上显现？由此引得人们都来观看。其实这是一块风化石，到智积芟除榛莽才被发现，但大家认为是智积的法力所致，于是信徒大增，纷纷解囊捐助建寺。由于有了这块罕见的灵芝石，砚石山就改称灵岩山。

还有在东坡半腰、百步阶曲处，有一群山石，人称石射堋，也很有名，甚至有人称灵岩山为“石射堋山”。但更有名的是其中的石鼓，那是一高一低的大石墩，顶面平整，用力敲击则砰然有声。《吴郡志》引董监《吴地记》云：“南有石鼓，鸣即兵起。”传说晋隆安二年（398），石鼓忽然作响，次年十月就发生战事了，天师道首领孙恩在海上起兵，连破吴郡、会稽等八郡，乱了两个月，才被晋将刘裕击退。石鼓作响成了紧急警报，郡人都怕再次响起，元杨维桢有《石鼓诗》云：“父老惧谶言，山空石长哑。”明王宾也有同题诗云：“山灵休遣声音起，零落吴侬厌见兵。”可见这传说的影响之大，因此它又名石鼓山。

它还有个名称叫象山。明王鏊《天平范氏坟》诗中提到城西诸山，有“狮子奔伏象山回”句。“狮子”即狮子山，“象山”就是灵岩山。这个名称当与山形如大象有关，但是无论近看远望，都看不出来。这是怎么回事？清初灵岩寺僧在山腰百步阶西造了一座落红亭，住持弘储为亭作题跋时谈到了这事：“灵岩一名象山，其势右旋，作象王回顾状。有亭翼然，出于林杪，为监寺劭公所创，命曰‘落红’，盖取‘象王回顾落花红’之义也。”“象王”是象中之王，佛经中常用以比喻佛的进退威仪。“其势右旋，作象王回顾状”，

落红亭

是说灵岩山势像大象扭头回望。这种山势的形成要从地质史说起,一亿五千万年前,地球发生了剧烈的造山运动,上升的岩浆到一定位置冷凝成岩石,就变成花岗岩山体,苏州灵岩、天平、金山等就是这样生成的。又因冷凝前内外应力的作用,部分岩流受阻而回旋,形成了灵岩奇特的山貌,也即峰峦的走向自西部山巅南下,逐渐向东弯。因此它的山形如同伏地休憩的巨象,琴台是它的头额,头颅向东回顾,象鼻顺势扫向落红亭西。这要从高处向南俯瞰,才能感受“象王回顾”的气势。

象山之名流传不广,弘储点出“灵岩一名象山”,并以“象王回顾落花红”句意名亭,是有含意的。他在明亡后,一直暗中联络同志,积极从事反清复明活动,此志始终不渝。其实“落红亭”自宋就有,亭名为苏轼所题,其意明僧苍雪《齿塔记》中有阐释:“大师狮吼一声,芳草皆绿,象王回顾,落花通红。”以示事在人为,力可回天。弘储重拾此名,自然意味深长。但一般游人对此不经意,后来清高宗来山上,读了弘储的题跋,就觉得亭名大有问题,朱明王朝早如落花消失,还回顾它干什么?应该迎我大清朝晖才是!于是谕命改为“迎晖亭”。但是改名没起作用,不是不买皇帝的账,实在是落红亭已经叫惯了。

随着时光洗汰,诸多山名只有“灵岩”之称固定下来。到今天,其他名称都被淡忘了,但是每个名称都蕴含一定的历史信息,这里作一钩沉,或许有助于增添游兴吧。

迎笑亭

吴王宫作空山寺

题目借用清人叶燮《听灵岩钟声》诗中的一句，来说灵岩山上的佛寺。

万历年间，吴县令袁宏道上山游览，见到响屧廊遗址下有松林，风吹阵阵作响。他笑对寺僧说："此美人环珮钗钏声，若受具戒乎？宜避去。"为什么说和尚如无定力就该躲开？因为从前这里是吴王馆娃宫，那时美女如云，环珮丁当，如果引发遐想，对佛弟子是个考验。当然，他只是开个玩笑，因为早在东晋，这里就已造了佛刹，不过寺名和规模均无记载，只知道舍宅为寺的人叫陆玩。

陆玩字士瑶，乃陆机的堂弟，在《晋书》有传。晋室东迁，元帝为团结江东陆、顾、朱、张大族，召请他当丞相参军。苏峻作乱，他因固守宫城有功，封兴平伯。执政大臣王导、庾亮相继去世后，他进迁侍中、司空，位居"三公"。《晋书》说他"虽登公辅，所辟皆寒素有行之士。诱纳后进，谦若布衣"。这很不容易，因为魏晋重视门阀出身，寒门子弟很难出头。他去世后"谥曰康，给兵千人，守冢七十家"。旧志补充说，因为有七十家守墓，"自是遂成邑聚。或曰今木渎南有陆家场，灵岩山下有陆家村，皆其遗迹"。说明他不但是化吴宫为梵宫的当事者，而且是木渎形成村落的关系人。

晋末寺废，又有智积和尚来重建，可是智积建的寺院名称与规模也不见记载，要到南朝梁天监二年（503）再次重建，寺院的名称方为人知。宋孙觌《智积菩萨殿记》说："梁天监中，以吴王馆娃宫故地为灵岩寺。"但寺的规模不清晰，只知寺院有塔，名金沙塔，"在琴台下稍西"（明冯翼《灵岩塔辩》），也即在今寺之西。这是灵岩山最早出现的佛塔，据考为砖木结构方塔。隋开皇中江南大乱，文帝命越国公杨素率军征讨，兵燹所至，玉石俱焚，金沙塔大约毁于其时。

入唐后，因为李唐奉老子李耳为始祖，崇尚道教，佛教的风头开始减退。到开元中，道教大行其时，叶法善等道士成了皇帝的红客。这当然要有点本事，如叶法善能带唐明皇"游月宫"，这种法术绝无仅有。皇帝崇信道术，佛教只好暂落下风。可是苏州灵岩寺不受影响，为什么？原来灵岩寺也有奇迹，当时纷纷传说，智积菩萨显灵了！

据《妙法莲华经宝塔品》记载，智积本是多宝如来佛的侍者，故称菩萨。孙觌《智积菩萨殿记》中，披露了这一传说：“唐宰相陆象先，吴人也。有弟失其名，得危疾，国医不能疗。一日，有僧扣问疾，象先引至卧内，僧索杯水噀之，一噀而病良已。象先惊谢，出金帛数床，勿受。顾谓其弟曰：‘我灵岩僧，它日还吴，来过我。’遂去不复见。其年，象先弟入尚书为郎，观察桂管。道吴中，趋灵岩，如约问僧。所舍无有，从寺僧求之，亦非是。方怅然欲还，俄见壁间所画像肖焉，如言如笑，如见师友，惊喜亟拜，施钱五十万，修供佛事，徘徊数日而后去。”

孙觌说得活龙活现，有根据吗？查《旧唐书》，陆象先本名景初，吴县人。睿宗时任同中书门下平章事，为宰相之一。他确有弟弟，而且有四个，景倩、景融、景献、景裔。其中“入尚书为郎”的当是陆景融，他曾任工部尚书。大家知道，菩萨显化是佛教传说，但陆景融被一名自称来自灵岩的和尚救治，可能有其事，证据就是陆象先在灵岩寺增建了两座建筑。明黄习远《灵岩山志》说：“唐宰相陆象先建智积殿，又建涵空阁，智积小像即在其下。”据考，唐开元十年（723），陆象先“以继母忧免官”回吴，殿、阁约建于此时。丁忧期间造佛殿为先人求冥福，也是当时的风气，但是宰相大人来造智积殿，等于肯定了菩萨显化的传闻，因此吸引了不少信众和游人，附近村妇也争以粽子作供品，后来形成了“角黍会”习俗。

唐代苏州刺史韦应物、白居易及诗人赵嘏等都曾来游，并有题咏。韦应物《游灵岩寺》云“始入松路永，独忻山寺幽”，“地疏泉谷狭，春深草木稠”，强调山的幽静。白居易《宿灵岩上院》云“娃宫响屟寻已倾，砚池香径又欲平”，抒发了

智积菩萨像 《灵岩山志》卷首

灵岩山寺山门

怀古幽情。赵嘏《灵岩寺》则云："馆娃宫畔千年寺，水阔云多客到稀。闻说春来倍惆怅，百花深处一僧归。"捉摸这些诗句，尤其是赵嘏的诗，可知唐代的灵岩寺比较冷清，虽有人来智积殿烧香，然而"客到稀"，总体不怎么热闹。

宋太平兴国元年（976），吴越国戚孙承祐为纪念亡姐孙妃，在寺东部建造了九层砖塔，因入奉"古佛舍利二颗，并书《金刚般若经》一编"（《灵岩山寺塔记》），故名多宝佛塔。高塔矗立于山巅，为山寺增光不少，也添加了吸引力，至南宋绍兴十七年（1147）重建时，塔改为七层。因灵岩寺奉律宗，重持戒苦修，少与外界打交道，所以未能打开局面。元丰中，经苏州知州晏知止奏请，山寺改奉禅宗，赐寺额为"秀峰禅寺"，由苏州和尚宗本任住持。宗本是"通诸经典，旁及儒墨"的高僧，神宗归天的佛教仪式就是他主持的，因赐号圆照禅师。一时政要如富弼、苏辙等人都做了他的俗家弟子。苏轼来游，曾应宗本之请，题写了"落红亭"亭名（今亭重建于清初，苏轼题书已失，亭名为后人补书）。名家常来拜会，无疑提高了山寺的知名度，但因对象局限于士大夫圈子，人气仍感不足。这从宋人胡宿、李复圭、刘无降等游灵岩的诗中可以得到印证，这些诗篇大多是说灵岩风光优美，古迹众多，环境清静，很少提到秀峰寺貌。由此可见高踞名山的这座古刹，在唐宋的影响没有想象的那么大。

南宋绍兴中，韩世忠奏请秀峰寺为功德寺，经高宗允准，赐额为“显亲崇报禅院”，人称崇报寺。韩世忠请名僧佛海来当住持，据说前后请了五次，后来佛海的弟子在琴台造了五至堂，以表纪念。元代改称永祚寺，有名僧石湖、南堂等相继任住持。明洪武初，又赐额“报国永祚禅寺”，当家和尚有南石、天际等人。自宋至明虽然改了三次寺名，但都经朝廷赐额，有寺田充经费，而且不愁无香火，和尚的生活是有保障的。但到明代，因永乐、弘治、万历间发生三次大火，造成寺院经济困难，僧众时聚时散，景况陷入了低谷。万历间住持天际甚至要靠卖山石来应急。袁宏道在《灵岩》中也谈到了山寺的衰败，他说去访吴王井时，只见“其间挈军持瓶钵而至者，仅仅一二山僧，出没于衰草寒烟之中而已矣。悲哉”。到清顺治初，经名僧弘储重建山寺，方有一番振兴。民国《灵岩山志》说：“清顺治六年，僧继起弘储大师主席是山，檀施云涌，广建殿阁。”所建有“宝王殿，天山、慈受等阁，大鉴、善法等堂，以及寮、庖、廪、湢”。建成后，复南宋寺名为崇报禅寺。

在自宋至清的历届山寺住持中，影响最大的，除了宗本，当推弘储。弘储俗性李，字继起，号退翁，扬州兴化人。明万历十三年（1605）生，少年出家，曾在常州、台州、苏州、秀州、衡州等十个大寺驻锡，而在灵岩住了二十多年，时间最长。甲申国变，清兵下江南，他目击国破，再也不能安心念佛参禅了，于是积极从事抗清活动。顺治六年（1649），他

灵岩山寺大殿

入主灵岩寺，又把山寺办成了抗清志士联络站，因此得祸。《木渎小志》卷四说："南都覆，吴越兴义旅，弘储皆阴为画策而左右之，连染几及祸，诸义士争救得免。"这是顺治八年（1651）的事，是年清军攻克明鲁王的据点舟山，与鲁王有联系的浙东义士纷纷被捕杀，由此牵连到弘储，被押往永嘉审讯，挨了一顿拷打，后经多人营救，方始得脱。但他不改初衷，说："道人家得力，正于不如意中求之，使忧患得其宜，汤火亦乐国也！"（孙静庵《明遗民录》卷四十五）康熙三年（1664），因名士黄宗羲和弟宗炎来吴，弘储召集文秉、徐枋、高斗魁、王廷璧、邹文江、周茂藻等同道，及弟子正志（熊开元）、南潜（董说），在灵岩天山阁举行了座谈会。会开了七天，经常秉烛谈到深夜。讨论了什么问题？旁人不得而知。但黄宗羲有《集灵岩》诗记其事，有"松风五月隔兵尘"，"应怜此日军持下"，"狂言世路难收拾"等句，可知他们讨论了时事，很可能是对郑成功、张煌言抗清失败后的形势作了分析研究。还有"不道吾师狂绝伦"句，说明弘储的发言尤为激昂慷慨。康熙十一年（1672），弘储圆寂于灵岩，全祖望说，明清交替，不少遗民隐入佛门而不把自己看作和尚，这是当然的，但"退翁本国难以前之浮屠，而耿耿别有至性，遂为浮屠中之遗民，以收拾残山剩水之局，不亦奇哉"（全祖望《南岳和尚退翁第二碑》），显然是高度表扬弘储的爱国之心。

明遗民的现象很值得研究，恐怕不仅是为坚守节操，还有对文化的顽强护持，原因很复杂，这里不谈。且说历史翻过一页，到了康乾年间，由于经济发展，灵岩山也兴旺起来了。尤其是皇帝南巡要在山上驻跸，寺旁兴建了行宫，又修了近千米御道，而且每次来前，山寺总要修葺一番，因此山貌焕然一新。

两江总督高晋《南巡盛典》卷八十五说："圣祖仁皇帝南巡，驻跸于此。皇上法祖省方，吴中大吏于寺旁营构行宫，松栋云轩，不尚粉饰，其高处为临湖榭，俯视具区三万六千顷，如在几席间也。"圣祖玄烨有《登灵岩》诗曰："霏微灵雨散春烟，按辔逍遥陟翠巅。香水通流明若鉴，琴台列石势如拳。""诸峰尽在青萝外，万井全依彩仗前。闻是吴宫花草地，空馀钟磬梵王筵。""皇上"是指高宗弘历，他六次南巡，都要上灵岩山，有《驻跸灵岩》诗云："塔影遥瞻碧汉中，梵王宫侧旧离宫。观民展义因时切，石栈云林有路通。""竹籁萧萧喧处静，梅花漠漠白边红。太湖万顷轩窗下，坐辨洞庭西与东。"高宗喜欢舞文弄墨，每来必题额联，如题寺额为"吴范香林"，行宫额为"晴湖远碧"、"云峰罨翠"等，楹联先后作了十八副。皇帝墨宝当然要精心装挂，这样就更丰富了观瞻，信众和游客自然来得多了。

可惜好景不长，咸丰十年（1860），崇报寺毁于太平军兵火。这次打击非常酷烈，跟虎

多宝佛塔

灵岩山寺大殿和佛塔

灵岩山寺　1930 年代摄

丘一样，除宝塔而外的建筑全部化为灰烬瓦砾。同治中，住持念诚在彭玉麟的帮助下，作了有限的修复。清末，山寺由真达任住持，自宣统三年（1911）起，陆续重建。1926 年，真达遵莲宗宗师印光之嘱，改山寺为净土宗道场。净土宗不重苦研经典，也不重经忏形式，主张常念“南无阿弥陀佛”，即可进入极乐净土。这种朴素的修持方式，无疑适合于文化程度不高或生活忙碌的信众。印光还主张佛教要关心群众，贴近群众生活，为他们解决日常疑难，因此更受社会下层群众的欢迎。山寺由此获得了大量信众，成为净土宗中心。

1932 年，复名灵岩山寺。五年后，长达二十六年的重建工程竣工。重建的寺院，规模宏敞，殿宇僧房多达二百三十多间。以山门天王殿、大雄宝殿、藏经楼等殿宇为中轴线，东为塔院，西为花园。中轴线两边分列企归轩、念静轩、方丈室和客寮、库房等。塔院以多宝佛塔为中心，前为智积殿，后为香光厅，东为息虑堂和斋堂。塔西南为香岩厅，东南为钟楼。西花园有吴王井、智积井、玩花池、玩月池、梳妆台等，大部分为吴宫遗迹。

“文革”中“破四旧”，山寺自然不能幸免。由于小和尚也参加“造反”，里应外合大闹梵宫，破坏得更加厉害。住持妙真不堪批斗而自缢，佛像和藏经毁灭殆尽。后来的修复工作是从 1980 年代初开始的，其间重建了印光塔院，增建了真达、妙真纪念塔及智积殿、千佛殿，如来佛和菩萨们也重塑金身归位了。1990 年又修复了多宝佛塔，寺貌基本恢复。这座寺院现为苏州市文物保护单位。

灵岩石景的变迁

明末文学家朱鹤龄来游灵岩，对山上的石景印象特别深刻，他在《游灵岩山赋》中说："戴石嶙峋，诡状非一，或偃如兽蹲，或森如人立，或奋如涛奔，或巉如斧割；张势竞形，空翠滴历，弥天之云，触焉斯出。"这种奇石纷呈的现象，当是大自然的杰作。灵岩山本是熔岩冷凝而成的花岗石岩体，经历亿万年漫长的风化剥蚀，才形成了这样的山貌。因此石景就成为此山景观的重点。俞友清《灵岩山志》正编记有"灵岩十八景"，它们是馆娃宫、响屧廊、琴台、佛日岩、吴王井、玩花池、灵芝石、披云台、望月台、划船坞、石室、石城、石鼓、石射堋、石鼍、石幢、醉僧石、采香泾，其中石景占了多数。但若按图索骥，有些景观根本找不到，如馆娃宫、响屧廊等早已消失，但石景能耐天磨，理当无恙，可是世事难料，有些见于记载的奇石后来却消失了。例如晋代发现的灵芝石，到晚明就不见了。

灵芝石是灵岩山得名的由来，而且一直是此山的标志，怎么会没有了呢？

传说明万历间，寺僧夜闻东院砰然作响，翌晨去看，塔旁石壁上的灵芝石失踪了！慌忙报告当家老和尚，老和尚说，此石本非凡石，它在神僧智积来后自生于岩壁，今尘缘已满，就"自崩"而去了。这一传说不知是不是寺僧编出来的，但没有编圆，山石"自崩"是可能的，但总有残体存留，怎么会片石无存呢？俞友清《灵岩山志》卷一说："明万历初，僧天际闻灵芝石被凿而夜泣，诘朝石崩，石工三人死。今无存。"他戳穿了神话，说明灵芝石并非"自崩"，而是毁于采凿事故！僧天际是当时住持，《木渎小志》卷四对他有介绍："天际，来自少林，习拳棍，推第一手。嘉靖中敕赐金牌剿倭。终老灵岩。嗣玉庵亦得其法，盗至随手皆毙，能护持佛法。"失敬！原来天际和尚有少林功夫，又曾参与抗击倭寇立功，是位本领高强的武僧。可他怎会任人凿掉灵芝石，而且还要哭鼻子呢？这就要从采石说起了。

原来采石始于唐宋，以充园林布置。初时是采太湖石，至宋徽宗时最盛。到明代江南私家园林兴盛后，连庭院都要布置花石小品，太湖石就供不应求了，于是打山石的主意。弘治年间沈周有《凿石歌》云："朝凿山，暮凿山，斧斤匝匝声不间。阶材岸费真琐屑，攒峰叠嶂生愁颜。天池芙蓉抱霜死，卓笔琅玕折新趾。呜呼！文章扫地石有冤，老夫作诗代石言。”“天池芙蓉”指天池山莲花峰，“卓笔”指天平山卓笔峰，是说采石已采到了名山头上。这股风发展到万历中期，愈演愈烈。神宗皇帝为扩大他的小金库，派出内监到各地去增收“矿税”，为此鼓励开山，以致苏州金山、天池山等成了采石场，尧峰山、支硎山等也常有人盗窃山石，造成了山景大破坏。灵岩山上多奇石，当然有人觊觎，但因天际师徒威名在外，不敢造次。可是到了万历二十二年（1594），多宝佛塔遭了雷火，延烧寺院，经济发生困难，天际只得以卖山石自救。这块灵芝石当是有人看中，在施工时发生事故碎毁的，所以天际只能自责无能，暗自伤心。

不过张一留的记载也有疑问，灵芝石在采凿时崩坠，压死了三人，那末坠落的碎块哪里去了？没有说。其实下落是有线索可寻的。

谢家福《五亩园小志》说：“灵芝石，在五亩园。高七尺，纵横八九尺，石面平坦，四旁若无数灵芝大小相叠，嵌空玲珑，不假人力。乱后尚存。”五亩园在城内西北桃花坞，宋熙宁间宣教郎梅宣义所筑，后毁于建炎兵燹。到晚明，有吴江诸生吕毖在此建造园林，名小桃源。如果他园中的这块灵芝石是山上原物，则说明当时石坠而未碎，卖给了吕毖。可能因为灵芝石是镇山之宝，寺僧不敢说卖掉了，只说“自崩”以掩人耳目。

醉僧石

不过当时人大多相信灵芝石已毁于采凿。王醇有《采石谣》诗云：“朝采山，暮采山，谁知鬼斧出人间。山灵夜哭向风雨，奇峰悔不先飞去。石芝昔含元气生，兹山始有灵岩名。石马之形绘不出，四蹄宛踏空中行。海

石鼋

水不枯石不烂，可怜神物翻成幻。九茎破作冷尘飞，五花分逐愁云散。”从中可知，在采山热潮中，不仅灵芝石被凿掉，石马等景观也遭到了破坏。《木渎小志》卷一说，“旧志所载”的灵岩石景“十无二三”，大概都毁失于此时。

这事引起了有识之士的忧虑。世居木渎山塘的黄习远对此尤为关注。黄习远，字伯传。工诗文，又好游山水，灵岩是他常游之地。当他得知著名的灵芝石都被凿毁了，非常痛心，为此奔走呼吁，要求制止乱开采。他的呼吁虽然得到了文震孟、周顺昌、赵宧光等士绅的支持，但是毫无效果。为什么？因为采石涉及三方利益，官府可收税、宕户（采石商）有利润，石工得工钱。法所不禁的事靠几个文化人哪能扭得过来？后来他求助于工部主事兼浒关税务主管马之骏，事情才有了转机。

马之骏是河南新野人，却对苏州很有感情，如与范允临在灵岩山麓造了泰伯墓，还出钱修复了虎丘等地的一些景观。如今听说名山奇石流失，他觉得不能不管。到底是税务官员，他一琢磨就知道症结是经济问题，要用经济手段来解决，于是他“捐俸赎山”，也即自己掏钱使之归公，这叫“给价官买”。灵岩变成了国有资产，就可以采取行政手段了，他在灵岩东坡石髻处“勒石永禁”，这才把灵岩山保护下来。黄习远再上灵岩山，见到这块禁碑很高兴，有《灵岩寺》诗云：“萧帝经营日，神僧显化年。始为张乐地，终属净居天。二井供香积，重廊绕梵筵。浣花将涸也，醉石尚颓然。沏碣沈幽莽，冷泉代夜弦。池亭千嶂月，风雪五湖船。雷毁存孤塔，岩栖待四禅。荒台低落照，茂苑散空烟。郭远人游少，峰奇法护全。愚公恐移尽，为施赎山钱。”自注：“时马司农赎石还山。”你高兴，宕户和石匠却很不高兴，他们不敢找马之骏算账，就到黄家去出气。天天有人去叫骂，甚至打门砸窗，黄习远给骚扰得无法安居，只得走避他乡。不过他的心还在灵岩，在南京完成了《灵岩山志》八卷。说来也多亏这两人，到今天还能见到不少石景和奇石。

旧时把这些石景归纳为“十二奇石”，它们是灵芝石、石马、石鼍、石鼓、石射堋、佛日岩、披云台、望月台、醉僧石、槎头石、牛眠石、石幢。《木渎小志》的作者张郁文以诗概之，诗云：“灵芝天挺独超群，佛日崖边马迹分。黾鼓鸣更宜望月，射堋飞的欲披云。醉僧渴望槎头乐，牧竖头寻牛背纹。读罢经幢无个事，钟声塔影送斜曛。”

为便于读者寻访，下面依次介绍一下：

灵芝石，一说原在多宝佛塔东侧的石壁上，一说在百步街之北。有不少人去找过，但都无功而返，可知确实不在了。《五亩园小志》说它流落在五亩园，但是此园多经变迁，到光绪年间已荒废，此石下落不明。不过这种庞然大物除了可供观赏，别无他用，很可能堙没在土中或沉于水，想来总有被发现的一天。

石马，在上山路旁的石佛上方，望之似一人骑马奔上山来，很有气势，故又称“上山马”，可惜经万历年间采石，残损过半，不大像了。

石鼍，在藏经石幢南。此石似鳄又似鼋，作探头西望状，故又名“望佛来”，今石背上

蒲鞋石

有这三大字的题刻。俗称“乌龟望太湖”,也很形象。

石鼓,其处聚有大小不等的石块,参差而立,仿佛靶场的一个个箭靶。古称靶场为“射棚”,因此人称“石射堋”。明高启有《石射堋》诗描述道:“石射堋,张石城。石鼓响或发,石骑势欲行。方弗古战场,上有愁云生。饿鸱啸寒风,砉若箭镝鸣。何人作此留山中,鸟兽欲过胆尽惊。疑是神禹治水时,来教鬼射降妖精。至今风雨夕,犹听人马声。”不过现在那里竖立如靶的石块不是太多,不像射棚了。

佛日岩,在琴台西南下,是峭拔的石壁,上有“佛日岩”大字题刻。“佛日”是对佛的敬称,意谓佛如太阳普照万方。这是个人崇拜的滥觞。

披云台、望月台,都在佛日岩下,前者旧有宋苏轼题字,今已磨灭。后者有今人题刻。

醉僧石,位于东南岭,如人伫立,又名石罗汉,清金兰有《醉僧石》诗云:“何必长髭请点睛,石头功德已圆成。吴宫自见西施后,醉眼昏昏过一生。”说得很有趣,和尚功德圆满,却仍过不了美人关,只得借酒浇愁。此石俗称“痴汉等老婆”,可与辽宁兴城望夫山上的“望夫石”相媲美。“望夫石”传说为孟美女所化,“痴汉等老婆”也有民间故事附丽。

槎头石,在百步阶旁。原长约十六米,形如搁浅的木筏,被采伐后尚存其半。一说在醉僧石下,有裂痕如乂,故名。

佛日岩

石幢

琴台　1920 年代摄

牛眠石，一在西施洞口右侧，似牛在沙土中露出脊背，也称石牛。

石幢，在寺东御道旁，为方形砖石台，相传为藏梵经处，又传说是智积的衣钵塔。

“十二奇石”是择要而言，这里不妨作些补充，如石鼓这一带，还有石髻，如古代妇女的发髻，因又像大馒头，俗呼馒头石。其旁有袈裟石，形如僧衣，也很奇特。石鼓下北麓有两石牛，形若双牛饮水，俗称“饮水牛”。醉僧石下又有升箩石，上大下小，像量米的升箩。还有蒲鞋石，在百步街上端北侧，传说是智积化缘归来，在此脱下的一只草鞋所化。西施洞口还有猫儿石，如猫蜷卧状。此外，东北麓有两石相偎依，名和合石。东麓松林间有寿星石，又名老鹳石。另外有“出洞龙”、“下山兔”、老鼠石、石蝉、石蟾蜍等，虽非十分形似，但加上想象的因素，一经说穿，也饶有趣味。

末了作个小结，游寺可识沧浪之变，观石可知造化之奇。这是饱览灵岩风光之外的两得。

韩墓与“天下第一碑”

灵岩山西麓有座大墓，是韩世忠和妻妾的合葬墓。灵岩有“秀绝冠江南”之誉，自这位南宋名将下葬于山麓，不啻在“秀绝”之上添了英烈之气，为这座名山增色不少。

韩世忠的家乡在陕西，按古代规矩，即使在外地去世，也要扶柩还乡，怎么葬到了数千里外的苏州来？这要从头说起了。

韩世忠，字良臣，陕西绥德人。陕西有句俗话，叫“米脂的婆姨绥德的汉”，夸这两地一出美女一出帅哥。韩世忠长得高大魁梧，双目炯炯有神，又孔武有力，正当得起“绥德汉”的称誉。《宋史》本传说他“家贫无产业，嗜酒尚气，不可绳检”，有点流氓无产者的样子。十八岁“以敢勇应募乡州”，去当兵了。他确实是当兵的料，入伍后马上崭露头角，因为“勇冠三军”而连连擢升：在抗御西夏的战斗中首建军功，“补勇进副尉”。宣和初，方腊起义，“世忠以偏将从王渊讨之”，于睦州青溪峒“擒腊以出”，但功劳被守在峒口的辛兴宗抢去。宋金战争起，他在河北地区奋力抗击，升定国军承宣使，加平寇左将军。

建炎二年（1128），金兵入淮，宋军多处失利。次年初，韩世忠在沭阳（今属江苏）遭遇金兵主力，吃了个大败仗，退至盐城。后随高宗赵构南渡，“在阳城（今阳澄湖）收合散亡，得数千人”，就在那里作水战训练。三年春，忽然接到张浚从平江（今苏州）发来的

中兴四将图·韩世忠　宋刘松年绘

急信，说是钱塘发生兵变，苗傅、刘正彦逼高宗让位，叫他同去救驾。他忙领兵赶到平江，张浚怕他兵力不足，向刘宝借了两千兵给他，当时“舟行载甲士，绵亘三十里”，声势浩大，所以一过钱塘江，苗、刘就逃跑了。这两人后来被韩世忠擒杀。

建炎四年（1130）三月，金国副帅完颜宗弼（兀术）率大军过江，紧紧追击高宗一行，企图斩草除根。后来发现犯了孤军深入的大忌，有被切断归路的危险，于是在江南饱掠后，准备从京口（今江苏镇江）渡江返回北方。韩世忠闻讯即率水师溯长江而上，扼守在京口焦山附近的江面上。金军战船一到，宋军即予阻击。战斗最激烈的时候，韩夫人梁红玉击鼓督战，宋军士气大振，金军严重受挫。兀术无心恋战，提出以重金名马“借道”。强盗用抢来的财物向事主行贿，这不是笑话吗？韩世忠当即断然拒绝，将金军逼入建康（今江苏南京）东北的黄天荡。这是个死港，宋军封住出口后，金军一条船也出不来。兀术仗着兵多船多，几次强行突围，却全都失败了。两军足足相持了四十八天，最后金军掘开一条通秦淮河的故道，在密射火箭的掩护下，才得以逃入长江，仓皇离去。

韩世忠在沭阳之战几乎溃不成军，为何这次能取得大捷？一方面是金兵饱掠财宝，打算回家享受，士气不振；另一方面是韩世忠加强了练兵，而且是有备而来。自从去年金兵破扬州后，韩世忠料定长江必有一战，就作准备了。以前他在河北、河南抗金时，领教过金兵弓马的厉害。每逢阵地战，宋军往往一开始就被金兵骑队冲散，无法组织有效抵抗，沭阳大败就败在对方骑兵的突击；还有金军弓箭手密集发箭的杀伤力也强。他在河南有次夜袭金营，不防迎面就遇上一阵箭雨，他身中十几箭，力战方得回营。但他知道敌人也有软肋：三国赤壁之战，曹操的兵力是孙刘联军的五倍，只因北兵不习水战，发挥不了骑兵优势，最后大败而归。再看兀术过江以来，行军全靠舟船，水战只会射箭，一遇风浪就晕船，船上格斗根本不行。因此韩世忠屯兵在阳城湖，就是为了加强水战训练，果然取得了战术上的优势。

黄天荡一战，韩世忠以八千兵对十万金军获胜，威名远扬，从此“胡马不敢窥江”，使南宋朝廷站稳了脚跟。这次大战，梁红玉也出了名。她不仅击鼓督战，而且还“大义灭亲”，指控丈夫放跑了敌人有罪！罗大经《鹤林玉露》卷二说：“蕲王尝邀兀术于黄天荡，几成擒矣。一夕，凿河遁去。夫人奏疏世忠失机纵敌，乞加罪责。举朝为之动色，其明智英伟如此。”

绍兴四年（1134），韩世忠又在大仪（今江苏扬州西北）击败金兵，但在进击承州（今江苏高邮）时失利，旋即撤回江南。两年后他又兵进淮阳（今江苏邳县），因对方援军至而后撤。这两次都打得主动，而且全身而退，以功升任京东淮东宣抚处置使。

绍兴九年（1139），宋以称臣、割地、纳币等屈辱条件与金达成和议，至此高宗松了一口气，回过头来收拾抗金将领了。这不是自毁长城吗？但高宗有他的想法。他认为在金强宋弱的形势下，主战是以卵击石，将招来灭顶之灾。只有求和，还能偏安一隅，因此他力排众议，重用主和的秦桧。还有主战派提出"收复中原，迎回二帝"的口号，虽然鼓舞人心，但他私下并不赞同，徽、钦二宗真的回来，他这个皇帝往哪儿摆？再说自苗、刘兵变，他对将领很不放心。本来祖制有规定：兵将分离；训练、调动、指挥三方分权，互相牵制，但因抗战形势的需要，军制发生变化，将帅专兵权，甚至打出了"岳家军"、"韩家军"等旗号，只怕尾大不掉，演变为拥兵割据局面。因此当绍兴九年宋金和议告成，他就急于收回兵权了。可是金国发生政变，完颜宗弼执政。他不顾和约，继续攻宋。虽然形势对宋方有利，岳飞、韩世忠等部收复了不少失地，但是高宗更加担心对将领的失控，于是下令全面撤兵，以致前功尽弃。

绍兴十一年（1141），高宗解除了岳飞、韩世忠、张浚等人的兵权，任命张、韩为枢密使，岳为副使。接着就发生了秦桧指使王俊诬告张宪的事，制造了所谓"张宪串通岳飞父子谋反"的冤狱。岳飞是韩世忠的老战友，两人曾多次联合作战，岳飞的谋国之忠，也是韩世忠所敬佩的，因此这事使韩世忠大为震惊。宋熊克《中兴小纪》卷二十九说："先是狱之成也，太傅韩世忠尝以问秦桧，桧曰：'飞子云与张宪书不明，其事体莫须有。'世忠曰：'相公言莫须有此三字，何以使人甘心。'因争之，桧不听。""莫须有"的意思是"也

今韩蕲王墓碑

韩蕲王祠

许有”、“大概有”。事情不确定就兴大狱，无怪韩世忠愤怒。其实他也知道，尽管秦桧权大，要杀枢密副使，没有高宗点头是不可能的。同时也明白，张、韩、岳三将同进枢密院，无非是高宗解除他们兵柄的花招，因此他主动辞去了枢密使职，自后赋闲于临安（今浙江杭州），常在西湖骑驴逛游。又因他有别墅在苏州沧浪亭，高宗又将灵岩秀峰寺赐给他作功德院，他也常来苏州小住。绍兴二十一年（1151）去世后，因故乡绥德沦在敌手，故在同年四月，葬在灵岩山西麓。据赵雄《韩忠武王世忠中兴佐命定国元勋之碑》记载，高宗给他的身后待遇是赠通义郡王，遣敕使徐伸护葬事，子孙次第进秩，封妻白氏秦国夫人、梁氏杨国夫人、茆氏秦国夫人、周氏蕲国夫人。白氏、茆氏同封秦国夫人，疑有误。但清顾沅辑《韩忠武王祠墓志》中“金石考”，也作如此说。

绍兴三十二年（1162），高宗禅位，孝宗上台后“锐意恢复”。但是历史机遇不好，外逢金国政局变动，精明强悍的金世宗取代了昏乱的废帝完颜亮，金国实力加强，更不好对付；内有太上皇干政掣肘，重大决策都要取得他的同意，因此北伐往往无疾而终。但自金国撕毁和议，宋国主战气氛高涨，对已故的抗金将领非常怀念。孝宗为顺应民意，于淳熙四年（1177）追封韩世忠为蕲王，次年为岳飞平反，赐谥武穆。八年（1181），赐韩世忠谥忠武。那时太上皇还活着，孝宗这样做也不容易。

韩世忠追封蕲王时，他的四位妻妾都亡故了，因此韩墓重修为合葬墓。规格也较前为高，坟山为半球形，高出地面约三米，三面围以罗城。墓左建显亲崇报道观，作为守墓之所。墓后石墙上嵌“宋韩蕲王墓”碑。墓道南端立有高约十米的神道碑，上镌两直行大字“中兴佐命定国元勋之碑”，中有小字“选德殿书”，为孝宗御书。碑文为赵雄撰，周必大书，共一万三千二百馀字。皇帝题碑，大臣兼名家撰书，加上碑高十米，碑文之长绝无仅有，故有“天下第一碑”之称。神道碑南有同时建造的韩蕲王祠，内有塑像，明清均曾重修。

1939年，此碑被大风吹倒，碎成十几块。1946年，由灵岩山寺妙真法师主持修复。但用水泥胶合的碎碑不能承受自重，只得分作两段，用水泥框成“门”字形，并排立在一起。

1982年，因韩墓失修，罗城断缺，墓碑倒卧，由江苏省文化局拨款，修复了墓冢、罗城、石阶，竖立了标志碑。1989年又集资整修韩蕲王祠，迁出小学，辟为“韩世忠史迹陈列室”，室内重塑韩世忠着甲坐像，陈列了介绍他生平事迹的彩绘壁画。1990年，墓园对外开放。如欲了解更多情况，不妨在访游木渎时，顺便去瞻仰一番。

毕沅与灵岩山馆

清顺治十年（1653），弘文馆大学士陈之遴买下苏州拙政园，重加修葺后作为别墅。他是浙江海宁人，长期在京供职，后因“结党营私”罪谪戍辽阳，这座名园一天也没住过，就给充公了。无独有偶，清乾隆五十三年（1788），湖广总督毕沅在灵岩山麓造了一座别墅，名灵岩山馆，他同样没有住过，死后也给抄没了。

王汝玉《香溪杂咏》组诗中，有一首就是凭吊灵岩山馆的，诗云：“山馆闲寻意暗伤，尚书声望信非常。登临易醒繁华梦，一杵疏钟冷夕阳。”原注：“毕尚书灵岩山馆未尝身至，今为蒋氏墓矣。”毕沅，字纕蘅，一字秋帆，他是镇洋（今太仓）人，却自号灵岩山人，晚年又在灵岩山造别墅，这是为什么？俞友清《灵岩山志》正编说：“毕宫保沅，少读书灵岩，从沈德潜、惠栋游。”说他少年时曾在灵岩山寄读，当时诗人沈德潜、经学家惠栋都住在木渎，他虽非入门弟子，却因常去请教，也得益不少。这段读书生涯给他留下了深刻印象，其中灵岩山更是回忆的闪光点。

毕沅在灵岩读书期间，就显示了与众不同之处。一般士子为求功名，专致于攻读四书五经，“废他书不读”，他却除此之外，喜欢博览群书，连魏晋志怪、唐人传奇之类的闲书也看，而且有边读边做笔记的习惯，无疑增强了记忆力。俞《志》记下了他的一

毕沅像 《清代学者像传》第一集

件轶事："后举进士，及廷试，策问屯田事，条对精核，上亲擢第一，尝侍上亲耕，上询：'布谷、戴胜，是一是二？' 公对：'布谷即戴胜。' 上称善，因垂询出身甚悉。此简在之所由也。""简在"是指在皇帝心目中的印象。这是说他书读得多，记性好，因此得到了高宗的赏识。

其实，毕沅在乾隆二十五年（1760）中进士前，就受到皇帝重视了，二十八岁即以举人破格擢拔为内阁中书、军机处行走。三十八岁应会试，以廷对第一，中了状元，授翰林院修撰，进侍读。乾隆三十五年（1770）外放陕西按察使后，历任陕西布政使、巡抚，河南巡抚。在河南任上，遭遇大面积洪水，灾民数以万计。他见情况危急，果断下令开仓赈济，救活了不少人。放粮不经请示是有大风险的，但高宗认为他"急民所急"，处理得及时，反加表扬。乾隆五十一年（1786）升任湖广总督。嘉庆二年（1797）死于任上，追赠太子太保。故后人称之为"毕宫保"。

写到这里，刚巧看到《雨花》杂志上一篇文章《两份耐人寻味的名单》，作者阮直。这篇文章很有意思，其中说："有人从国家图书馆查到来自清朝的两份名单。名单上各有九人，第一份名单是付以渐、王式丹、毕沅、林秄堂、干云锦、刘子壮、陈沅、刘福姚、刘春霖。第二份名单是李渔、洪昇、顾炎武、金圣叹、黄宗羲、吴敬梓、蒲松龄、洪秀全、袁世凯。有人把这两份名单给一百个人看，问他们对这些人是否熟悉？结果一百人中，对第一份名单上的人一个都不知道的有九十人，对第二份名单上的人则大多数都知道。"前份名单上的人都是清朝的科举状元，而后份名单上的人全是清朝的落榜考生。作者说这九名状元显赫一时，过后未必有人记得，倒是九名落榜者反而名列史册。

这也不能一概而论，至少毕沅这个状元，既是封疆大吏，又有文化建树，似乎不应该不知道。他不但是诗文名家，而且精通经史、文字、金石、地理之学和书画鉴赏。他的著作也多，经学有《传经表》、《经典辨正》，史学有《续资治通鉴》，诗文有《灵岩山人诗集》和《文集》，并编有《西安省志》、《河间书画录》、《关中胜迹图志》、《中州金石录》等作，还对《山海经》、《晋书》、《地理志》作了校注。他编关中、中州、山左金石诸记，除了广泛收集资料，大多靠实地寻访，因此很有学术价值。更值得称道的是，他在陕西任上，做了不少文物古迹的保护工作，如整修西安碑林，重葺司马迁祠和苏轼祠，重建灞桥等。

另外他对人才的重视也出了名。他当了方面大员，幕下多名士，有的成了他文化工作的助手，有的则在诗酒之外无所事事，他也优容。有次闻知著名诗人黄景仁在都门揭不开锅了，他连忙派人送去五百金，并邀请诗人到陕西来休养。虽然黄景仁不幸病故于赴陕途中，但是毕沅对人才的爱护于此也可见一斑。

不过人无完人，他也有缺点，由于精力过多放在文化上，处理政务不免有疏漏。如在陕西，部下贪污救灾款，他没有查究。在湖北任上，发现竹溪有白莲教活动，他也隐而不报，湖北人叫他“毕不管”。上司包庇下属贪污，是乾隆后期高宗庇护和珅造成的风气，不能全怪毕沅，但隐瞒反情是要出大漏子的，何况湖北非闭塞之地，总会传出去。后来当阳白莲教闹大了，他只得派兵去围剿。事后他因瞒报而遭参劾，幸而高宗对他印象好，给的处分并不重，他还是当他的总督。毕沅为何一再遮掩实情？因为他知道皇帝的脾气，高宗晚年常以亲手缔造了“太平盛世”而自豪，不爱听负面反映。在当阳出事之前，他是上报过的，说白莲教有蔓延之势，要求增兵三千。结果高宗说他“张皇失措”，“调度失宜”，传旨申饬，吃了一通批评。因此毕沅尽可能报喜不报忧。但这样做的后果是，白莲教起义从湖北蔓延到陕西和四川，成为动摇清政权的一大推力。

嘉庆四年（1799），太上皇去世，仁宗亲政。不到半月，即将“天下第一贪”和珅查办。抄没的财产不可胜计，大体超过了清政府十年的财政收入。新皇帝从

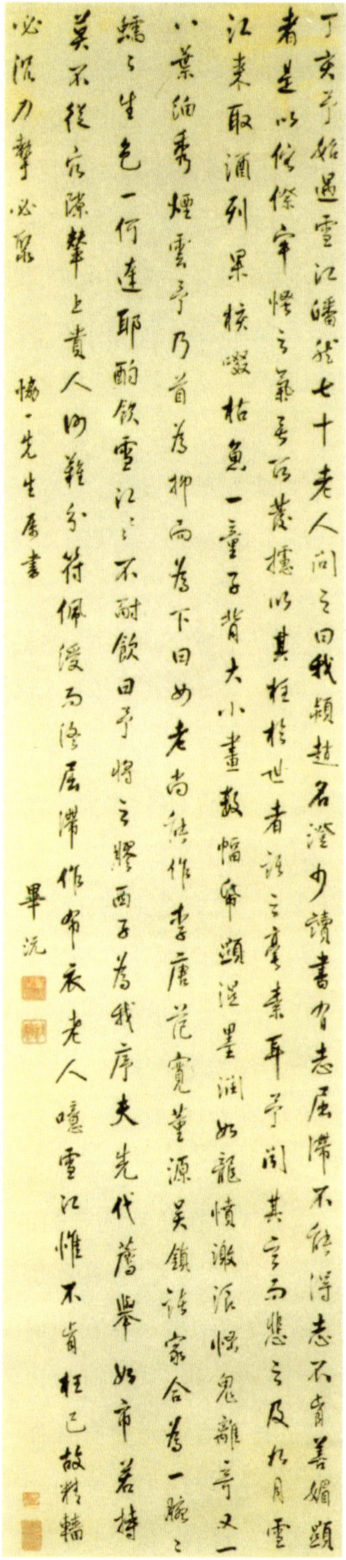

毕沅行草轴

中得到启发，接着查究和珅私党，不论罪行大小，总要抄没他们的财产。是年九月，皇帝发现湖北白莲教军势力愈来愈大，便要追查责任，一查就查到了前湖广总督毕沅头上。但人已故世两年，就以失职之罪，查抄他的家产。家产中有两座园林灵岩山馆和小灵岩山馆，本当全部籍没归公，但因灵岩山馆内有毕母张太夫人祠，清律家祠、墓地不籍没，故仅没收了小灵岩山馆一处。

嘉庆二十一年（1816），灵岩山馆为常熟人蒋氏购去，改称蒋园。但因已空关了十七年，园景略有减色。何躬行《灵岩山馆记》说："灵岩山麓有蒋园者，一望平芜，池亭遗迹，隐约可寻。曩日登眺灵岩，虽屡经其地，究未详其颠末。暇读梁氏笔记，知系为灵岩山馆旧址。"从中可知，他只是从灵岩山上眺望蒋园，没有进去看过，园景情况不得其详。"梁氏笔记"是指梁章钜的《浪迹续谈》，是书卷一说："按山馆即在灵岩山之阳西施洞下，乾隆四十八九年间，毕秋帆先生所购筑，营造之工，亭台之侈，凡四五年而始竣，计购值及工费不下十万金。至五十四年三月，始将匾额悬挂其头门，曰'灵岩山馆'，联云：'花草旧香溪，卜兆千年如待我；湖山新画障，卧游终古定何年。'皆先生自书，而语意凄惋，识者已虑其不能歌哭于斯矣。二门匾曰'锺秀灵峰'，乃阿文成公书，联云：'莲嶂千重，此日已成云出岫；松风十里，他年应待鹤归巢。'由此蟠曲而上，至御书楼，皆长松夹路，有一门甚宏敞，上题'丽烛层霄'四大字，是嵇文恭公书。忆昔游时，是处楼上有楠木橱一具，中奉御书匾额'福'字，及所赐书籍、字画、法帖诸件，今俱无之。楼下刻纪恩诗及谢恩各疏稿，凡八石。由楼后折而东，有九曲廊，过廊为张太夫人祠。由祠而上，有小亭，曰澄怀观。道左有三楹，曰'画船云壑'。三面石壁，一削千仞，其上即西施洞也。前有一池，水甚清冽，游鱼出没可数，中一联云：'香水濯云根，奇石惯延采砚客；画廊垂月池，幽花曾照浣纱人。'池上有精舍，曰'砚石山房'，则刘文清公书也。嘉庆四年九月，忽有旨查抄，以营兆地例不入官，故此园至今无恙。至嘉庆二十一年，始为虞山蒋相国后人所得。"

关于蒋氏之后此园的情形，俞友清《灵岩山志》正编说："灵岩山馆在西施洞下。毕尚书少读书灵岩山，宦达后筑此。中有御书楼、九曲廊、澄怀观、画船云壑、砚石山房诸胜，然未尝一日安居也。清嘉庆间归虞山蒋氏，故亦曰蒋园。咸丰中毁于兵燹，片瓦不存。惟残壁颓垣，犹可凭吊也。"原注："前年，有人拟将山馆遗址借于外人设医院，蒋氏后裔应杓辈出而相阻，事未成焉。蒋园前有迎笑亭，在山半，供游人休憩之所。"他补充了两点，一是园子坐落西施洞下、迎笑亭后，二是毁于咸丰十年（1860）兵火，仅存残壁断垣。

灵岩山馆

毕沅还有一座小灵岩山馆，也可顺便说说。此园在城中黄鹂坊桥南，原为宋朱长文的乐圃，明为申时行赐闲堂的一部分，清为康熙巡抚慕天颜所得，后归退休的绍兴知府席椿。毕沅买下其东部重新经营，以水池为中心，四围以假山亭阁，并缀以花木，成为精致的小园。抄没时，留了北部几间屋（在今环秀山庄西）给家属居住。后来此园发卖，归了董氏，清末又为安徽刘氏买下，改名遂园。1920年代，郁达夫曾去一游，他在《苏州烟雨记》中说："遂园是一个中国式的庭院，有假山有池水有亭阁，有小桥也有几枝树木。不过各处的坍败的形迹和水上开残的荷花荷叶，同暗澹的天气合作一起，使我感受到了一种秋意。"可见此园虽破败而韵味犹存，今其遗迹在儿童医院内。

毕沅去世后，葬在木渎上沙。这个墓址以前很有名声，原为清初吴江高士徐白的潬上草堂。康熙中郡人陆稹增拓为园林，名水木明瑟园，据说"清胜甲于吴中"。园中馆宇额均为朱彝尊、何焯题署，朱还为此园写了长赋，一时名家如厉鹗、全祖望都有诗咏。乾隆间渐荒芜，于是做了毕沅的墓园。当时他的身份是湖广总督，又有追赠太子太保之荣，因此墓葬规格不低，墓身为浇浆构筑，呈半球状，直径十米。墓穴为三个相连的圹，内葬七口棺具（毕沅和六名妻妾）。墓周三面围以青石罗城，前有享堂和神道碑，碑志由钱大昕撰书。两年后因追究罪责，墓园建筑全废，仅存坟堆。1957年被列为江苏省文物保护单位。1970年经南京博物院发掘清理，出土随葬品一百十件。内有"清制嵌碧霞金凤冠、翡翠朝珠、嵌宝石花插、连瓣绾髻玉冠等；还有三孔古玉刀、唐海兽葡萄铜镜、玉斧、玉熊、玉扳指等”（1998 年编《木渎镇志》第十九章）。

2002 年，木渎镇政府斥资恢复灵岩山馆，根据清人《灵岩山馆记》等史料所载的格局，在原址重建为景区。今进入景区，即可见以砚石山房为主的建筑群，山房古朴典雅，还有山馀轩、浣香榭、待月亭等馆亭，其南为一片水域。从砚石山房折向东北，过小石桥，即是灵岩山馆的主建筑——毕沅纪念馆。两侧有厢房，由曲廊连接。东厢房名还读庐，中堂挂有《灵岩读书图》，绘毕沅早年学习情景，两侧联曰：“诗从松韵泉声得，人学筠心石骨坚。”这是毕沅的原句。西厢房名见南山斋，取陶诗“采菊东篱下，悠然见南山”句意。毕沅爱梅，曾在灵岩山馆中“植梅千株”，并辟有问梅精舍，今也予以恢复，且在正中悬匾曰“经训克家”。这是当年高宗表彰毕母教子成才的题词，原悬于张太夫人祠内，复制于此，也是以存旧意。

重建的灵岩山馆景区内，还有两处建筑，一是张永夫纪念馆，一是姑苏台。张永夫即清诗人张锡祚，永夫是他的字。他的墓就在馆西围墙外，今为苏州市文物保护单位，就近在这里建他的纪念馆是恰当的。但在张馆之北造了一座姑苏台，这就叫人困惑了。重建和修复古建筑是要有根据的，尤其是像姑苏台这样极有影响的古迹，更得慎之又慎。从古籍记载来看，姑苏台原址不在灵岩山，就算是移建，今台的规模与格局也与记载不符。因此最好加个说明，表示仅为“以存旧意”，免得游人误会。

横山求学记

清康熙年间，苏州有十几名青年在横山（今七子山）进修，修什么课程？诗歌。这就怪了，他们都是县学生员，写诗是日常必做的作业，何以还要到横山来专修？这是因为名师叶燮在那里设席开课，讲授诗史和诗论，这在县学里是绝对学不到的。这次进修虽然时间不长，但因老师教得尽心，学生学得专心，所以很有成效。常言道名师出高徒，这些学生后来个个都有诗名，其中以沈德潜为最著。但在横山拜师前，他还是个找不着北的文学青年。故事就从他说起。

沈德潜，字确士，后改字归愚。苏州长洲人。康熙十二年（1673）出生于葑门外竹墩（今杨枝新村）。少年贫苦而有志于诗，李白、杜甫一直在梦中向他招手。然而生活逼迫他走另外的路，二十二岁入庠后，为了显扬身家，将大量的精力和时间用于应试，又为了养家活口，一直教书。可贵的是，他的理想是长翅膀的，一直在向诗的王国飞翔。

由于祖父沈钦圻的培养，他在童少时期就开始练习写诗。从他的《归愚诗钞》，可以见到他早在十四岁写的《慈乌叹》。之后又有以家乡荷花荡为背景的《菱湖曲》、《采莲曲》、《采菱曲》等作。这都是少年时代的作品，虽已清新可咏，但尚不脱摹拟痕迹。后来又借用汉魏乐府古诗题，写下《饮马长城窟》、《苦寒行》等诗作，那时他最得意的作品是《战城南》，诗云："战城南，苦寒月。刀声过处红雨飞，一片黄沙堆白骨。战罢飞狐西，又战金河东。今日壮士死，他日将军功。军中夜宴挝鼍鼓，饰帐妖姬对歌舞。残兵僵卧风雪中，鬼马相随鬼妾语。鬼妾语，鬼马号，雄鸡剪梦天不高。羽书晓过阴山麓，十万髑髅作人哭。"他没见过长城，也没身经战争，此诗全凭艺术想象，而且出语奇警，表明他在摸索中迈出了新的一步。

自后他从杜甫、白居易的作品中获得启发，开始倾向反映生活，抒发自己的感受。当时苏州自康熙三十二年（1693）起，连续三年遭遇水旱灾害，农家不堪其苦。他有《愁霖歌》诉说久雨给农家造成的灾难。次年夏天又是暴雨成灾，他身受其害，又写下《后愁霖歌》三首："前年赤地千馀里，去年三吴逢大水。今年霪雨仍不休，波涛滚滚通平畴，鱼鳖出没蛟龙游。田家有麦刈不得，对此嗷嗷叹无食！""吾家老屋墙垣圮，堂阶泥深没屐齿。中宵檐溜鸣奔湍，床床屋漏无时干。风吹灯昏四壁空，晓闻邻家压茆屋，风雨声中一家哭。”“比岁柴荒贾无比，况今菜麦淹欲死。百斤三百青铜钱，乡村日高无爨烟。穷民忍饥伐林木，带雨担向豪家鬻，鬻之豪家烂鱼肉。”其中虽有学习杜甫和白居易的痕迹，但都是现实生活的写照。并可看出，民间疾苦已成为他关注的题材。这些诗作得到了同学和师长的好评。

当时长洲县、吴县的县学是合在一起的，秀才们为能互相切磋，提高水平，经常举办诗文会。开始时，常在张景崧家聚集，因为张家在乐桥西头，正处苏州城中心，同学与会比较方便。

张景崧，字岳未，号锻亭，吴县生员。他的父亲张函，字涵西，明末吴县生员，与金圣叹同学，两人住地相近。顺治末年，“哭庙案”发生的那天清晨，金圣叹头一个就来敲门叫他。他正在拉肚子，到如厕完毕来开门，却不见人影，原来金圣叹等不及，去叫别人了，他因此得以免祸。这次请愿的悲惨后果对他的震撼极大，从此不预世事。不过老来对儿子主持的诗文会倒很热心，经常担任“评委”的角色。

青年人聚在一起自有一番热闹，尤其是讨论诗歌。

张景崧写诗初学王维、孟浩然，追求清淡自然，结果淡是淡了，却少诗味，他转而学温庭筠、李商隐，力求工整秾丽，大家又说他失之浮浅。他不知怎样才好，自嘲说：“与其为假王、孟，不如为浅温、李！”沈德潜呢，他读诗最多，写得也多，最推崇汉魏乐府和

横山

唐诗,宋元诗人一概不入他的眼,这又引起了苏轼、陆游崇拜者的反对。沈德潜不服,掮出王士祯的牌子来为自己辩护,这位康熙诗坛的权威也是推重唐音的。秀才们争论到最后,问题都没有解决,于是慨叹缺乏高人指点。张函听到后笑道:“吴郡岂乏名师?横山先生近在咫尺,为何不去求教?”

他说的是诗学名家叶燮,大家顿时眼睛一亮。

叶燮,原名世倌,字星期,号已畦。苏州吴江人。其父是著名诗文家、抗清志士叶绍袁,著辑有《午梦堂集》、《甲行日注》等,都很有影响。叶燮是第六子,生于明天启七年(1627),四岁就能诵读《楚辞》,少年即有文名。他在康熙九年(1671)登进士第,十四年任宝应知县,次年即被巡抚慕天颜参劾落职。这事引出了两种评论,一是批评,一是赞扬。批评者认为,父为抗清志士,失败后逃亡又卒于外乡,其子怎可当清朝的官?如近人柳亚子《叶琼章墓道歌》云:“六郎忽现宰官身,转瞬荣枯仅尺咫。”就对他出来当官又很快给打下去表示不值得。其实到康熙年间,政局已定,士子应新朝科举已是大势所趋,甚至连顾炎武也不反对三个外甥出来当官,故不能苛责前人。表扬者认为,叶燮罢官是因得罪了户部和翰林院的官员,说明他秉性伉直,不惧权贵。这好像也没说到点子上,因为革职有明文:“河漕驿站百事废弛”,说他不称职、不作为。其实叶燮一上任就忙得要命,因为宝应是运河要冲,每天都有军政要员过路,需要接待,但因县乡连遭水灾,地方财政无法支撑,所以接待规格上不去。叶燮是方正人,宁可自己借债来应付,也不

肯出花样搜刮民财。因此要员们意见很大,纷纷向巡抚投诉,导致他罢官。

削职归来,他没有回吴江老家。缪荃孙《艺风堂杂钞》卷五说:“星期闺房反目,至于分居。”原因大概如此。因而他择地吴县横山北麓,在那里造了座住宅。这个地点背阴,而且前有马路,不是太理想。《横山志》说:“横山胜处,在东南隅。山临石湖,水光山色,朝晖夕阴,气象可观。次则尧峰、宝华,峰峦秀美,林木蓊蔚。再则山之阳,虽不及东西面,然风土朴茂,尘迹罕至,桑麻鸡犬,有桃源之遗意焉。至于北面,山则块然,濯濯然。地为城市往来之孔道,殊乏幽深之致。”

横山胜地多得很,选这块地方因为地价便宜,当官欠了一身债的叶燮只能降格以求。他的山居有一半以上的地做菜畦,故取名“已畦”,并作为自己的号。山居内“所筑堂曰‘二弃’,亭曰‘二取’,疏泉曰‘方池’,叠石为假山,名‘小天平’,假山后筑屋三间,名‘独立苍茫处’”(《木渎小志》卷一),有时也以主建筑“二弃草堂”作为山居的名称。从此潜心研究文学理论,人称“叶横山”。

这时,翰林院编修汪琬辞官归来,在尧峰山庄设席讲学。叶燮和他的文学观点不合,便在横山摆席论文,跟他唱对台戏。

汪琬以学问自负,自称“汪子”,又爱挑别人的毛病,叶燮便以其人之道还治其人之身。例如犀首是东周纵横家公孙衍的号,而汪琬误以为是两人,经叶燮指出,汪琬认为没有什么大不了,说:“班固不知士会、范武子为一人,不害其为良史。郑元不知周时有两公孙龙,不害其为大儒。司马相如不知枇杷即为卢橘,不害其有词赋名。”(《柳南随笔》卷一)言外之意是叶燮吹毛求疵。同时他也摘出叶文的错处讥嘲一番。于是双方互相批评,往复辨驳,成为轰动一时的文坛新闻,时称“双山论争”。康熙三十年(1691),汪琬病逝,叶燮失去了对手,反而感到汪琬是他的诤友,深悔自己意气用事,于是烧毁了当初的论争文集《汪文摘谬》。

由于叶燮早年的学生张玉书已官拜大学士,所以文名远传京师。江苏巡抚宋荦到任后,特地轻车简从到横山来拜访他。民国《吴县志》说:“巡抚宋荦重其名,尝减从来访,辞不见。荦曰:‘独立苍茫处,容一立否?’延伫久之乃去。燮亦不往报也。”一省之长枉驾上门,居然不见,这种清高是不掺水分的。这样的老师自然是青年学子崇拜的偶像,但要找到他却不大容易。因为他把“行万里路”视为丰富文学创作素材的一途,自称“余生平好名山水如同饥渴”,经常外出旅游。早年他曾游览泰山、嵩山、庐山和黄山,仍以“独未登太华、峨眉为憾”,为了完成心愿,他在七十岁那年春天,不顾亲友和门生的劝阻,又独自出游去了。

张景崧和沈德潜赶到横山，正是叶先生西游之时，两人扑了个空，怏怏而归。

康熙三十七年（1698）四月，沈德潜又到张家参加诗文会，得知叶先生回来了，仍在横山开讲席。这次机会万不能错过，于是和张景崧再度赶赴横山。两人在二弃草堂拜见了七十二岁的叶燮，表示了从师学诗的愿望，并各自呈上诗文。叶燮披览后，觉得都有一定基础，尤其是沈德潜，他的诗如《战城南》、《远别离》等作虽有刻意求工的痕迹，但已显得相当成熟老练，于是收入门下。

沈德潜在横山，主要学习叶燮的《原诗》。这是一部思想精深的诗论著作。后来沈德潜介绍《原诗》的成因说："先生初寓吴时，吴中称诗者多宗范、陆，究所猎者，范、陆之皮毛，几于千手雷同矣。先生著《原诗内外篇》四卷，力破其非。"沈德潜这个说法，大致根据《原诗》中这一段批评："又推崇宋诗者，窃陆游、范成大及元之元好问诸人婉秀便丽之句，以为秘本。昔李攀龙袭汉魏古诗乐府，易一二字，便居为已作，今有用范、陆及元诗句，或颠倒一二字，或全窃其面目，以盛夸于世，俨主骚坛，傲睨今古。"这话显指汪琬，他因摹拟范成大、陆游等人表现自然景物和闲居逸趣的诗作，造成追随者的仿效，形成了当时苏州诗坛"新潮流"。然而这仅是叶燮批评的种种流弊之一，是捎带提到的毛病，可见不是写《原诗》的主要原因。

那末，叶燮因何要写《原诗》呢？我们从此书的序中可见其大概。序作者林云铭是叶燮的同学，他说："大约尊古而卑今，其所从来旧矣。凡此皆未睹乎诗之原也。嘉善叶子星期，诗文宗匠，著有《原诗》内外篇四卷，直抉古今来作诗本领，而痛扫后世各持所见以论诗流弊。"这就清楚了，当时引起叶燮注意的是"尊古而卑今"的诗风，这是对前明拟古流弊的沿袭，完全脱离了诗的本原。为从根本上解决问题，叶燮花了十年功夫，于康熙二十五年（1686）写成《原诗》，这也是他讲课的主要教材。

叶燮自己的诗作也不乏精彩篇什，例如他写镇江的诗句有"片帆满贮双峰翠，嫁与金焦不用媒"。"金焦"指金山和焦山，前句构思奇特，后句更具丰富的想象力。又如《客发苕溪》云："客心如水水如愁，容易归帆趁疾流。忽讶船窗送吴语，故山月已挂船头。"先写水隔乡土，归心如箭，后写船窗外忽然传来乡音，朝外看，月华中的故乡已经到了，真切自然，归家的喜悦尽在不言中，达到了艺术的化境。

叶燮忠实于生活，不回避社会现实的阴暗面。他有组诗《山居杂咏》、《纪事杂诗》等作，表现了诗人对民生疾苦的关注。现选叙事诗《湖大霜》，以概其馀："湖天湛然清，盛夏飞严霜。霜严结阴惨，白日沈荒凉。厉鬼啾啾鸣，行路闻心伤。埋冤尔为何，毅魄非国殇。生为蚩蚩民，安分柔且良。真盗失伏辜，渔人罹祸殃。杀人不抵死，袖手反代偿。

有耳非不闻，有眼讵失芒。一人爱功名，片语进斧戕！原初失咎由，一误成猝仓。救误成再误，两失并榆桑。我躬荣利关，遑恤彼刳肠。邈矣三宥仁，孰察五过章。一朝四百指，骈首堆荒冈。湖水自终古，流恨徒汤汤。寄语司牧者，杀人宜慎详。”诗中的“三宥”、“五过”指古代刑法有可以宽恕的三种情况和五种过失。这里说当官的不管三七二十一，杀了拉倒。此诗记述前任宝应知县孙蕙缉盗未获，妄杀射阳四十六名无辜渔民以报功的事，反映了可怕的社会现实。

横山学诗，使沈德潜获得了系统性的诗歌理论指导。这不仅是一枚开启诗宫的钥匙，而且也是登堂入室的石阶。他的受教时间虽然不长，然而收获不小，叶燮的思想、胆识和诗学理论都对他产生了重大影响。如他的诗作《民船运》咏道：“天旱河流干，粮船难运行。官府日捉船，挽漕输神京。虎吏奉符帖，远近皆震惊。商船敛钱送，放之匿郊坰。民船空两手，点之充官丁。大船几百斛，中船百斛盈。江干集万艘，一一标旗旌。三月发京口，四月停淮城，五月下黄流，六月指济宁。口粮半中饱，枵腹难支撑。黠者盗粮粒，愚者时呼庚。太仓急转输，王事有期程。运官肆榜笞，牛羊役穷氓。夜月照黄芦，白浪闻哭声。愿汝停哭声，努力事远征。大农有贤者，惠汝如孩婴。”此诗反映了官征民船的苛政，对下层船民寄予了同情，从中可以明显看出叶燮《湖天霜》对它的影响。再从诗歌评论和编选工作来看，也可发现这种师承关系。而在诗歌艺术的研究方面，沈德潜可称“青出于蓝”，成就超过了老师。

由于沈德潜在去横山之前，已有一定的诗歌学养，并受到毛先舒、王士禛等诗家的影响，因此对《原诗》中反复古的观点有他自己的理解。后来他在《唐诗别裁集》自序中声言“有志复古”，显然与老师观点不合，因而受到了后人的批评。不过，沈德潜本人

沈德潜像　五百名贤祠石刻

《原诗》康熙刻本书影

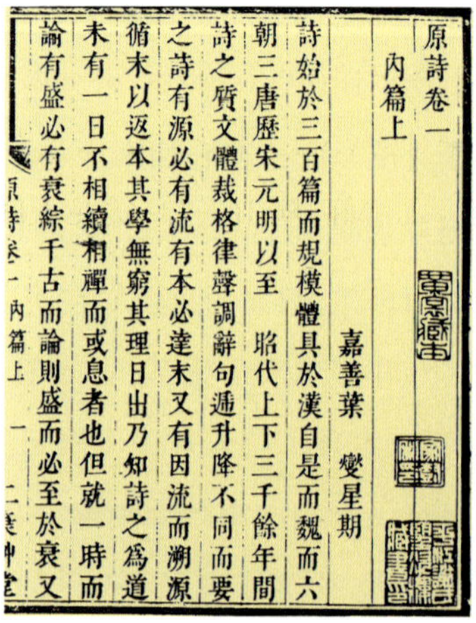
原詩卷一
內篇上
嘉善葉　燮星期
詩始於三百篇而規模體具於漢自是而魏而六
朝三唐歷宋元明以至　昭代上下三千餘年間
詩之質文體裁格律聲調辭句遞升降不同而要
之詩有源必有流有本必達末又有因流而溯源
循末以返本其學無窮其理日出乃知詩之爲道
未有一日不相續相禪而或息者也但就一時而
論有盛必有衰綜千古而論則盛而必至於衰又

大概不认为有分歧，因为他在后来的编著中一再阐述和发扬老师的学说，扩大了《原诗》的影响。再说叶燮指出复古派的毛病主要是：知“正”而不知“变”，“拟古”而不知“创”，学古而不知其“所以然”，对“温柔敦厚”的诗教理解狭隘，不能“神而明之”。而沈德潜也反对这些毛病，而且批评“主复古者拘于方隅”，表明他的复古，跟老师批评的复古派不搭界，虽然招牌都是张小全，但剪刀的好坏截然不同。

在横山学诗期间，沈德潜认识了不少同学，有薛雪、张锡祚、叶长扬、顾嘉誉、谢淞洲、沈严、李果、张镛、张釴、周之奇等人。其中薛雪是个多面手，后来行医成名，著有《医经原旨》。他还著有《一瓢斋诗存》和《一瓢诗话》，对老师叶燮的观点有所阐发。

又因同学中有不少木渎人，沈德潜常作古镇之游，写下不少关于木渎名胜的诗篇，如《琴台》、《响屧廊》、《吴王井》、《采香泾》、《玩花池》等，其中《馆娃宫》云：“秋气惨梧宫，宫中散歌舞。英雄与儿女，寂寞俱黄土。高台歇鸣弦，香径凋兰杜。一听山寺钟，色相空千古。”“梧宫”指吴王夫差的离宫梧桐园，借指灵岩山上的离宫。“高台”指山顶的西施琴台。“香泾”指山下的采香泾。诗以寺钟作结，颇有沧桑感。

叶燮曾将学生的诗作选寄给王士禛。这位诗坛前辈回信对这些作品作了评点，并称许沈德潜、张景崧和张锡祚三人“不止得皮得骨，直已得髓”，即已掌握了叶燮诗学的精义。王士禛是康熙诗坛的领袖，他对沈德潜等人的赞誉，原有奖掖新进的厚意，经他评点，这三位青年诗人从此诗林知名。

忽忽过了半世纪，乾隆十二年（1747），时任内阁学士的沈德潜获诰封三代之荣，奉旨回乡祭墓。衣锦荣归，自不能忘记老师培养之恩，再说他已是乾隆诗坛宗师，“格调派”掌门人，更应以此告慰老师在天之灵，于是他在正月初五，约集当年的老同学到横山二弃草堂拜祭老师叶燮。那时张景崧、张锡祚、张镛等都已去世，存有叶长扬、顾嘉誉、张釴、谢淞洲、沈岩、李果、薛雪、周之奇八人，连同沈德潜九人，平均年龄超过了七十二岁，个个鬓白发苍，接待他们的叶燮之孙叶启祥也有七十一岁了。沈德潜在《二弃草堂燕集序》中记下了这次活动：“今兹九人，皆向时请业于二弃草堂者，讨术业之渊源，合通门之情好，横山一脉，犹在人间，此又太傅、郑公所未闻，而今兹所独有者也。于时登小山，穿桂丛，抚琴尊，寻故简，阐先生《原诗》上下篇之议论，并泝巢黄山，经罗浮，攀匡庐，登泰岱，寻五泄之高风，旨酒斯柔，谈谐永日。山樵田父诧诸老翁之汇集于斯堂，而毛发未白者莫之或与也。传闻城中，亦以为美谈，洵为吴中之盛事也已。”

在这五十周年的宴集上，老学生各赋诗一首，后勒石于草堂，作为永久的纪念。

沈德潜在木渎

再说一则沈德潜在木渎的故事。

清雍正七年(1729)正月,沈德潜游常熟归来,想起今年八月又要省试,得找个清静之地作准备。巧了,三月里吴县诗人盛锦来访,说起木渎山塘王家桥边有空屋出租,地址与他所居的岩东草堂相近,去后也可有照应。木渎是沈德潜旧游之地,那里明秀山水和淳朴民风都给他留下好印象,于是在四月,他独自移居到王家桥边。

一到木渎,就去看望住在下沙的老同学张锡祚。阔别重逢,他发现这位把药当饭吃的穷诗人还是老样子,头不戴帽,脚着木屐,只是人更瘦了。张锡祚则发现这位久困场屋的老秀才齿缺鬓白,老了不少。两人既高兴又感慨,不觉谈到了深夜。沈德潜有诗记述:"钟鸣群动息,明月出峦岭。疏林散浮烟,平莽接馀景。并坐玩清光,虑澹无可屏。人生几会合,况此良夜静。因思后面难,转惜前别永。坐久风露寒,空山孤鹤警。"是年省试还是不中,但在木渎的生活很愉快。他与当地的新朋旧雨如老诗人沈磐,老同学张锡祚、张镛、张釴及诗友盛锦、黄子云、黄昇、殷愈、许玑、沈香祖等人,或往还聊天,或讨论诗文,或联袂游山,倒也逍遥自在。九月登高时,他和周准、张釴等人游览了天平山、茶坞山一带,归来写下了《游牛头坞记》。

雍正八年(1730)正月,作为长洲县学生员的沈德潜,读到了朝廷颁发的《大义觉迷录》。这是一本案件审讯记录,共四卷,内收清世宗胤禛的按语九条,案犯曾静口供四十七条,同案犯张熙口供一条,诸王大臣奏本两份,曾静的检查书《归仁说》一篇。总起来看,是一桩谋反大案的处理经过。

这桩大案发生在雍正六年(1728)九月,湖南永兴文人曾静听到民间传闻,以为川陕总督岳锺琪是岳飞的后代,有反清之志,便派门生张熙到西安向岳锺琪化名投书。信中说,清王朝是"夷狄窃位",皇上胤禛有"谋父、逼母、弑兄、屠弟、贪利、好杀、酗酒、淫色、怀疑诛忠、好谀任佞"十大罪状,是个无道之君,而且得位不正,希望手握重兵的岳锺琪起来造反,"为宋明复仇"。岳锺琪读罢惊恐万状。他决定对策反分子严厉打击,以表忠诚。于是亲自上堂审讯张熙,重刑逼供,但张熙是条好汉,熬刑不招。后来岳变换招术，用对天盟誓、许以同谋的手法骗取了对方信任，张熙方始和盘托出。于是曾静等人全部落网。

世宗得报后也很震惊，但冷静地作了分析，认为此案有重大背景。曾静是乡野文士，怎知宫廷内幕？“十大罪状”必是皇室内部人员以“小道消息”的方式向外传播的，而反清思想则来自曾静的精神导师吕留良。因此光消灭曾静一伙，反清思想和流言蜚语还会在社会上流传。于是他来了个“出奇料理”，曾静等“大逆犯”一个不杀，让他们当“反面教员”，按皇帝的口径到各地去现身说法，用他们的思想转变来教育群众。

但是，“反面教员”的宣讲毕竟影响有限，曾静到家乡永兴现身说法时，家乡人根本不要听，大叫大嚷要把他沉潭处死，以示湖南人忠于皇帝。于是皇帝亲自编定《大义觉迷录》，刊行天下，要大家擦亮眼睛，明辨是非，不要上曾静谋反集团的当。此书发到县学生一级，是因为生员面广量大，通过他们，可以起到家喻户晓的宣传作用。

谁知此书一出，其负面影响远远超过了正面教育的效果。因为皇帝的按语是一面之词，曾静的《归仁说》一看就知道是在压力下的讨好话，可信度不高。倒是在上谕和供词中透露出来的宫廷秘事丑闻，特别引人注意。

沈德潜读了《大义觉迷录》不禁摇头。这倒不是相信曾静对皇帝的攻击，而是觉得皇帝的辩护词实在过甚其词，反而不能令人信服。比如为了驳斥“酗酒”，皇帝声称“朕之不饮，出于天性”，好像是天生滴酒不沾的圣徒，这又何必。又如为了驳斥“怀疑诛忠”，皇帝在提到年羹尧处这样说：“年羹尧受皇考及朕深恩，忍于背负，胸怀不轨，几欲叛逆。其贪酷狂肆之罪，经大臣等参奏九十二条，揆以国法，应置极刑。而朕犹念其西藏、

清世宗胤禛朝服像　清佚名绘

青海之功，从宽令其自尽。”这个说法也有不合事实之处。说年大将军恃宠而骄并不过分，但说他有谋反之心真是天晓得。

年羹尧，字亮工，汉军镶黄旗人。康熙末期以军功授定西将军。世宗即位，年羹尧有拥立之功。雍正二年（1724）任抚远大将军，因平定青海罗卜藏丹津的叛乱，进爵叙一等公，家仆也多封官受赏，后因结党营私及其他罗织的罪名，于三年（1725）被逮入狱，责令自裁。

年羹尧的问题引起了沈德潜的深思，他的权势从何而来？对于他的“贪酷狂肆”为何不及早制止？他是罪有应得还是兔尽狗烹？作为诗人，不免有以诗寄慨的冲动，但他迟迟没有动笔。因为自雍正三年（1725）到本年，以文字得祸的已有汪景祺《西征随笔》案、查嗣庭试题案、钱名世诗颂年羹尧案、谢济世注《大学》案、陆生楠《通鉴论》案、车氏兄弟逆诗案等，文人一不小心就会落入政治旋涡。尤其是敏感题材不能涉及，稍有不慎则祸不旋踵。如写什么“清风不识字，何事乱翻书”，“大明天子重相见，且把壶儿搁半边”，作者即被处斩，就是前车之鉴。

然而，这些感触如骨鲠在喉，不吐不快。终于在两年后，他完成了长诗《汉将行》。诗云：“汉京崇阅阀，汉代多高勋。鼓刀狗徒皆得势，何况卫霍天家亲。天家之亲本荣贵，叱咤风云众人畏。浑邪此日尚称王，诏遣立功向边地。追随不数执金吾，鞭挞常加骑都尉。归来献捷觐王都，剑履公然殿上趋。姓名已勒燕然石，方略还成充国图。请夺田园武安客，横行朝市霍家奴。宝器征求归邸第，通侯爵赏及童雏。誓辞真许天长久，雨露恩私无日无。祸福循环倚还伏，从来欹器常倾覆。井泉流溢鸣昼鸣，牦缨加剑全家哭。铁券丹书返内庭，柘林兔苑移他族。报恩之子倏操戈，珠履三千去何速。北邙坏土竟无存，万事豪华如转烛。

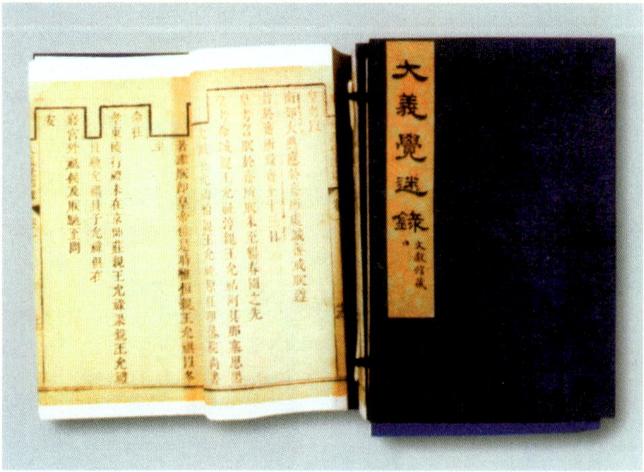

《大义觉迷录》书影

前车之覆后车诫，后车不诫终当败。窦田骄横总沦亡，博陆功名空盖代。君不见，波浪掀天舸舰危，使舵全在转帆时。功成早办藏弓意，输于江湖钓客知。”

这首诗表面是说汉代将军，实为暗喻年羹尧。“阈阀”谓功劳和资历。“卫霍天家亲”指汉代大将军卫青、骠骑将军霍去病。卫青的姐姐卫子夫是武帝皇后，霍去病是卫青的外甥，故是“天家亲”。此暗喻年羹尧之妹为世宗妃子，也有椒房之亲。“誓辞”是说武帝对宠臣表示要永远保全，暗喻世宗对年羹尧许诺“我二人做个千古君臣知遇的榜样”。“牦缨加剑”是指责令自尽。“窦田”指外戚权臣魏其侯窦婴、武安侯田蚡。“博陆”即博陆侯霍光，霍去病的弟弟，曾以大将军名义废昌邑王而立汉宣帝，并长期主政。

很明显，这是借古讽今之作。诗人挑明的教训是骄横必败，不如功成身退，但这是表面文章，由表入里便可看到批判的锋芒所指不在“汉将”，而在至高无上的皇帝。这首诗出来，沈德潜的朋友都暗自吃惊，这分明是捋虎须呀！

明清诗文研究家钱仲联说：“在大兴文字狱的雍乾时代，归愚敢为此诗，并刻入《归愚诗钞》，表现了作者的胆气。”这是公允的评价。由此也可见沈德潜的思想深度和诗人风骨。

在王家桥租住不到一年，因为又到太仓王鹤书家坐馆，他就把房子退掉了。年底回木渎，在山塘鹭飞桥西买下一所住宅，一直住到乾隆三年（1738）。清叶廷琯《鸥陂渔话》卷三对此有记载：“沈归愚尚书未达时，曾居木渎镇。自题门帖曰：‘渔艇到门春涨满，书堂归路晚山晴。’二语极肖乡村清远之景。后来居者知为尚书手墨，即镌诸门间。余少时过之，见老屋破扉，犹存字迹，因常口诵不忘。五十年来询之渎川人，无复知者，而余亦迷其处矣。近见王韫斋集中《香溪杂咏》有一章云：‘一区旧宅太萧条，耆硕惊心百岁遥。我亦寓公来过此，吟魂黯黯鹭飞桥。’自注：‘沈归愚尚书旧宅在山塘鹭飞桥西。’王君居木渎久，访之必确。”

在这期间，他时而游山玩水，时而吟诗作文，时而寻僧访友，活得够潇洒的。因为木渎在群山环抱之中，只要有体力，就可一山连一山地寻幽揽胜。这大大触发了他的诗兴，写下大量诗篇。如游天池山留句云：“水寒鱼不生，穴黝龙疑偃。想当融结初，天匠费镌铲。鉴影须眉寒，洗心烦郁遣。沿缘把垂藤，趺坐藉苍藓。”游支硎山云：“松阴媚沦涟，境冷人踪灭”，“时有野鹤飞，空山叫残月。”夜泊虎山桥有句云：“月上霜烟空，寒林白于旦。犬吠识荒村，泉响缅深涧。”同时，他对田园生活越来越神往。竹墩老家虽在水乡，但近城郊，还有六月观荷的喧闹，而这里的山村围在青山绿水之中，绝无尘嚣，这才是真正的陶渊明赋归之地。他有诗描绘说：“白云护山村，红叶隐茅屋。门前跨板桥，户后罗修竹。牛闲系道旁，磨痒向古木。是时秋风高，霜重粳稻熟。老农颜色喜，早晚食新谷。惟苦欠文墨，举动成鄙俗。今年幸有秋，送子入里塾。”这是一幅农家乐的风情画。

旧时农业基本靠天吃饭，他在木渎的九年中，恰好除雍正十一年（1733）外，都是好年成，因此在他看来，这里的山村真如世外桃源了。山林清景和山村风情排遣了他失意的烦闷，甚至惹动了出世之想。这种心情在写给葑门妻子的诗中也有流露：“绿荫邻家树，香流户外溪。奇花叹识种，好鸟各成啼。拾橡空林近，剧苓野径迷。鹿门期可践，安稳报山妻。”这是以诗代替平安家书，介绍了他在山塘的近况。“鹿门”句是说夫妻双双归隐山林是不成问题的，表达了他对山居生活的向往之情。

他同盛锦游览木渎西北群山时，对小白阳山（即伏龙山）古龙庵的印象不错。为领略清静的山寺生活，他于次年正月再度到古龙庵，借宿于清尼轩，一住就是好多天，感觉好极了。他有诗赠山寺的鸣谦、鸿渐和尚云：“飞鸟晚投林，予亦栖方丈。开帘耿明河，东峰月稍上。相对道门旧，窅然断心想。观空得县解，超尘指迷罔。夜静听始清，风泉发幽响。”这两位和尚是有文化的，见他诗笔高妙，就来讨教。这时沈德潜正坐在松下石上，聆听“鸣鸟弄晴，流泉赴壑，天风送谡谡声”，享受着大自然的美妙，不想谈什么，只说：“你们听，这就是诗歌的元声呀，我们不都体会到了吗？”两位和尚笑了。鸣谦说：“能不能讲得具体一点，比如谈谈诗歌的源流？”“这个题目太大了。”他笑着摇摇头。他到山寺不是来给和尚上课的，但是和尚的话却触动了他。于是每到夜晚，就在灯烛下写一点诗话。不想在几天内陆续积下

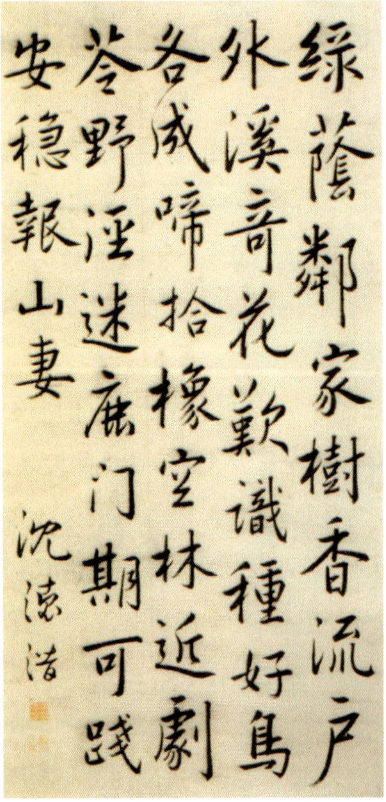

沈德潜诗轴

二百多节，经整理后，共得两卷。这就是《说诗晬语》。“晬语”是比拟小儿“抓周”的晬盘，表示这是零碎的体会，不是有系统的论文。

《说诗晬语》是沈德潜的一部重要著作。书中自《诗经》到明末的历代重要诗人诗作，几乎都作了精要的评说，内容紧凑又丰富。这本书的特点有以下几个方面：一是主张作诗要用形象思维，主张诗歌要用艺术形象来表现事、理、情；二是强调诗歌必须通过完美的艺术形象表现思想感情，做到情景交融，主观与客观统一；三是主张诗人应有自己个性和风格；四是他对“温柔敦厚”的“诗教”不作狭隘理解，而主张诗歌题材、风格多样化。《说诗晬语》确立了“格调说”。格调，是指对诗的格式和声调的要求。明“前七子”领袖李梦阳曾说：“高古者格，宛亮者调。”沈德潜再加以具体化，形成了一种诗派论据。书成后，他誊了一份送给鸣谦和尚，作为后者提问的书面答复。

到乾隆三年（1738），他终于中举，次年连捷进士，已六十七岁了。由于高宗的欣赏，不仅官至礼部侍郎，而且成了皇帝身边的红客。但奇怪的是，他自当了官，再也没有写出像《汉将行》这样的好诗来，马屁诗倒有一大堆。因此有评论家说，这位开宗立派的大诗人虽然活到了九十七岁，但在乾隆三年已经死了。话说得尖刻，却不无道理：诗人一旦把诗当作求荣取宠的工具，无论他的官职有多大，专业水平有多高，都逃不脱“见光死”的命运。沈德潜是这样，后人也是这样。

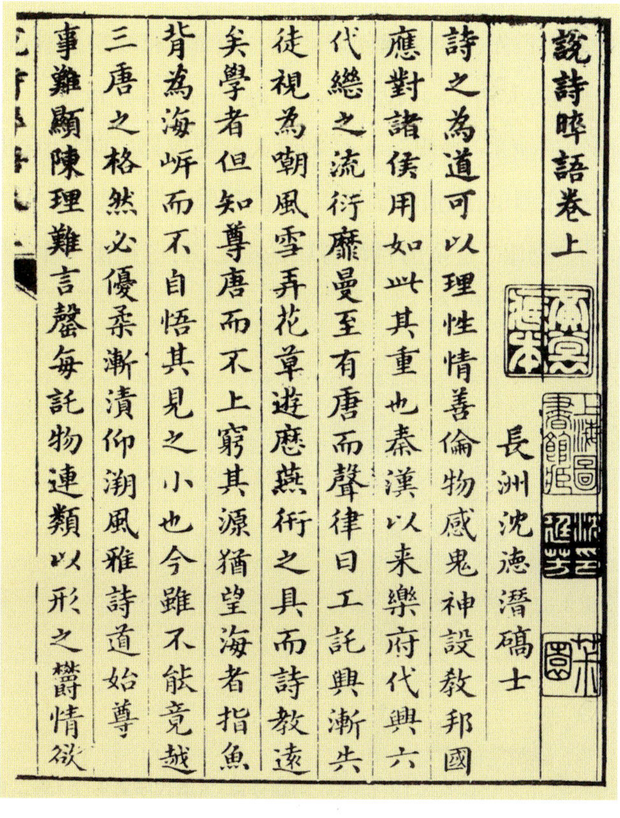
說詩晬語卷上

長洲沈德潛確士

詩之為道可以理性情善倫物感鬼神設教邦國應對諸侯用如此其重也秦漢以來樂府代興六代繼之流衍靡曼至有唐而聲律日工託興漸失徒視為嘲風雪弄花草遊歷燕衎之具而詩教遠矣學者但知尊唐而不上窮其源猶望海者指魚背為海岈而不自悟其見之小也今雖不能竟越三唐之格然必優柔漸漬仰溯風雅詩道始尊

事難顯陳理難言罄每託物連類以形之鬱情欲

《说诗晬语》乾隆刻本书影

榜眼府的历史回声

沈德潜在木渎住了九年，乾隆四年（1739）中进士后，就离开木渎了。晚年他在城内带城桥南造了新居教忠堂，木渎鹭飞桥的旧宅就卖给了别人。同治四年（1865），有人将这旧宅连同周边地块一起买下，兴建了一座大宅园，此人就是近代启蒙思想家冯桂芬。《木渎小志》卷二说："晚年徙居木渎，得沈归愚旧宅，名所居曰校邠庐，疏池凿石，种竹栽花，又建高楼。"这一记载似有小误，因为宅名并非新取，而是从临顿路史家巷老家带过来的，史家巷冯宅的书斋就叫校邠庐。冯家的堂名叫显志堂，按理应称冯宅为显志堂才对，但因校邠庐的名声高过了堂名，所以变成了宅名。

校邠庐这个宅名，木渎人念起来像"浇冰露"，啥意思啊？冯桂芬精于字学，著有《〈说文解字〉段注考证》，取名必有出典，有位木渎老秀才解释说，"校"作仿效讲，"邠"是周人祖先公刘立国创业之地，"校邠"有效学先贤奋发图强之意。可是三家村学究不是权威，人微言轻，没有影响。好在冯桂芬是道光二十年（1840）一甲第二名进士，大家都知道他是"榜眼"，于是木渎人就把校邠庐叫作"榜眼府"。现在你去游木渎，若问校邠庐在哪里，恐怕都要摇头，一问榜眼府第，则老幼皆知也。

"榜眼"是全国科举考试的第二名，三年出一个，不容易。但从历史上看，殿试名列

冯桂芬像　《清代学者像传》第二集

榜眼府大门

前茅固然光彩，有大作为的却不多。冯桂芬能在中国近代启蒙思想史上占有重要地位，不是考得好，而是因为写了一部有名的政治论著，叫《校邠庐抗议》。这个“抗议”不是常用义表示强烈反对，作者在书中自序中说：是“用《后汉书·赵壹传》语，名之曰‘抗议’，即位卑言高之意”。所谓“位卑”，是指自己已辞官为民，所谓“言高”，是指书里讲的都是有关国计民生的大事。这部书对落后挨打的晚清，提出了“以中国之伦常名教为根本，辅以诸国富强之术”的改革方案，也即既照顾国情又要向西方国家学习，以变革达到自强的目的。现在看来，这八万言书只是改良主义的温和主张，但在“万马齐喑”的当时社会，却如大石投水，激起了巨大反响。不过，有道是“不在其位，不谋其政”，既已远离庙堂，为何还要建言献策大谈改革呢？

冯桂芬，字林一，又字梦奈，号景亭，苏州吴县人。自幼受过良好教育，很早就以才学负名。道光十二年（1832）中举后，常去紫阳书院和正谊书院听讲学，而江苏巡抚林则徐正是主讲人之一。林则徐讲究务实，讲课对顾炎武倡导的“经世济用”思想多有发挥，对冯的治学产生了很大影响。从此他“不屑以章句自囿，举凡天文、舆地、兵制、刑法、盐铁、河渠、钱漕、食货诸书，靡不极虑专精，务欲推究其本原，洞彻其深奥”（吴云《显志堂集序》）。“章句”是指宋儒朱熹的《四书章句集注》，这是考生必读的辅导资料。冯桂芬早就跳出这个框框，知识面扩展了，见解自高；再有他在参与巡抚公署的一些事务中，显露了不凡的才干，因此深得林则徐的赞赏。李鸿章说，冯的“学问文章，受知于文忠最深，有一时无两之誉”（《冯君墓志铭》）。

此后，他做过陶澍、陆建瀛、裕谦等方面大员的幕僚，均以筹划周详、办事干练著称。三十一岁中进士后，授翰林编修，当过顺天乡试同考官、广西乡试正考官，因双亲相继去世，回籍丁忧。咸丰三年（1853），太平军攻克南京，他奉诏在家乡办团练，因协助官军收复小刀会占领的松江南汇、川沙、青浦、嘉定，最终收复上海，经江苏巡抚吉尔杭阿举荐，补右春坊右中允。但因在沪帮办“劝捐”军饷事遭人检举，说他包庇亲属不捐，于是受到调查。等事情查明不实，赴京去报到，却已过了时日，吏部“以逾限开缺”，让他在京候补。按晚清官场“潜规则”，只要出钱上下打点一下，就能上任。但他认为授职已由朝廷批准，迟到是个小问题，不会等多久。可是潜规则实在厉害，在京等了一年多，毫无动静。他秉性刚直，受不了窝囊气，好在家有十顷田，不怕没饭吃，于是在咸丰九年（1859），就借口健康原因，请假回乡了。

回到家乡，他在光福邓尉山买了房子住下，自号邓尉山人，并移书万卷，打算闭门著述。可是不到一年，太平军攻占了他的家乡苏州。他虽对清王朝不满，但立场是与太平天国敌对的，于是举家逃到上海，联络苏州在沪士绅潘曾玮、顾文彬、吴云等人，与租界洋人组成中外会防局，参与了城防事宜。李秀成进攻上海时，他又上书向两江总督曾国藩求援。同治元年（1861），李鸿章奉曾国藩之命。率淮军程学启、刘铭传等部自皖到沪后，延聘他入幕，自后但凡重大事务和举措，无不听取他的意见。尤其是粮饷的筹措和战后秩序的维持，他都起了重要作用。

在上海期间，由于“出入夷场”，对他的思想发展产生了重大影响。其一是目击外国的“船坚炮利”以及科技的先进，对西方文明成果有了清新的认识；其二是咸丰十年（1860）英法联军攻入北京，皇帝“西狩”的消息传到上海，使他痛感中国与西方列强的实力差距之巨大，产生了“自强御侮”的使命感。

要自强，必须改革。中国历史上的改革有成功也有失败，以失败居多，因此必须要有切实可行的方案。他通过不断思索，结合三十年来的认识积累，于咸丰十一年（1861）冬完成了这部《校邠庐抗议》。全书分上下两篇，上篇有“公黜陟”、“汰冗员”、“均赋税”等二十二议，下篇有“变科举”、“善驭夷”、“采西学”等二十议，共四十二议。（近年出版的《校邠庐抗议》，又附录他写于咸丰三年的十二议。）

同治初，冯桂芬将书稿抄寄给曾国藩求序，当然也含有请他推荐实施的意思。曾国藩很有意思，回信说“尊论必为世所取法，盖无疑义”，显然评价甚高，但他在日记中却认为是书生议论，“多难见之施行”。这倒不是老奸巨滑，要两面派，曾国藩对清王朝是摸透了的，知道它身染沉疴却又讳疾忌医，不然也不会发生鸦片战争和金田起义，所以开了好药方也未必能用。还有李鸿章、苏州知府吴云等人读到书稿也极称赞，但是没有两宫太后点头也枉然。要到光绪二十三年（1897），中国已呈被列强瓜分之势，青年皇帝急了，决定“变法”，才把光绪二年（1876）刊行的《校邠庐抗议》找来，赶印一千部，作为“维新”文件发给各衙门，谕令军机处、大学士、六部九卿、翰詹科道及各省督抚和将军们学习并发表意见。那时冯桂芬已去世二十多年了。后来“百日维新”虽然失败，冯桂芬表达的思想却已深入人心，他的著作不仅成为洋务运动的行动纲领，也迫使顽固保守的慈禧太后不得不作出

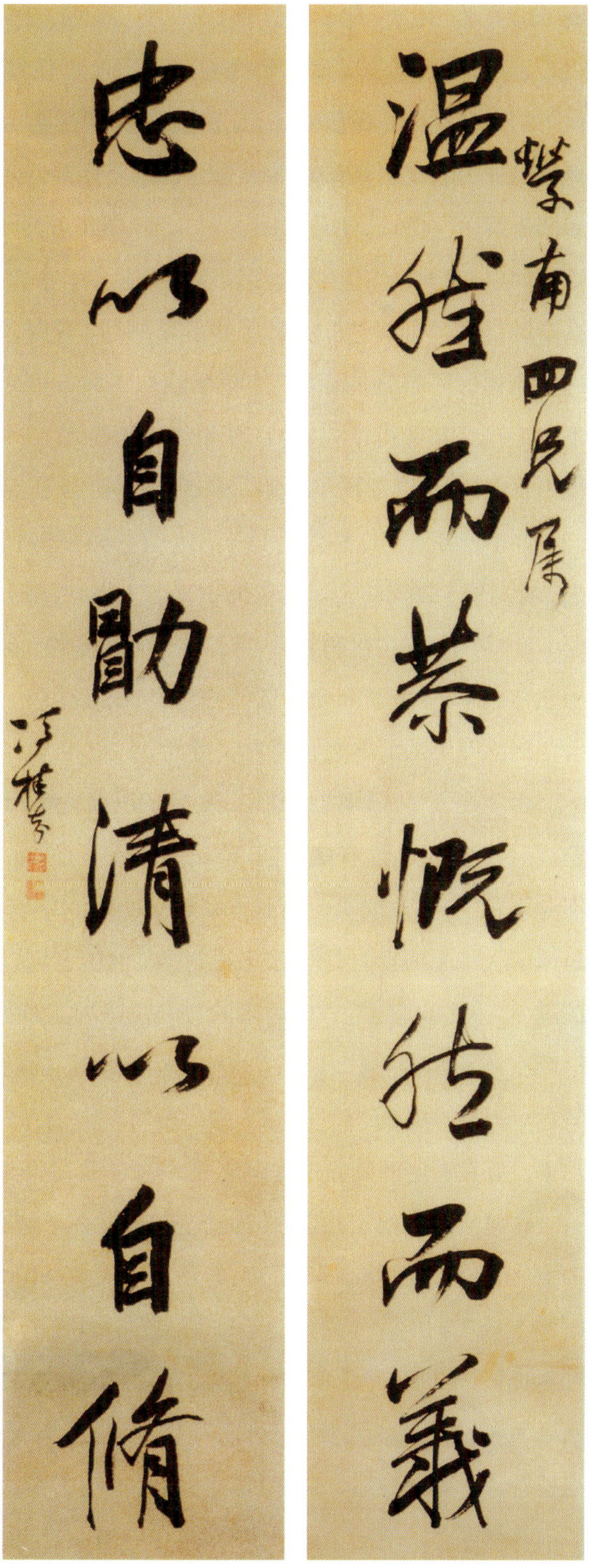

冯桂芬八言联

变革的表示。

不过，当初冯桂芬以在野之身为国事奔走呼号时，清王朝对他并不看重，仅把他看作维护自身利益的在籍缙绅，有如“还乡团”之类的角色，对他在咸同年间办团练、维持地方治安的表现也仅是略加表彰而已。要到同治六年（1867），经李鸿章保奏，方“奉旨加四品卿衔”。这已经是破例了。九年（1870），苏州知府吴云以“江南耆宿，讲学著书，卓识闳议，有俾军国”为由，奏请赐给三品衔。下部议，吏部认为，人都退职了还来搞什么行政级别？即以“非供职官员不得加品”驳回，后来李鸿章出来说话了，才得允准。这是与俸禄不挂钩的虚衔，然而政治待遇在知府之上，且有追封三代之荣，相当风光。不过冯桂芬却看得很淡，他在苏州的生活，除了在紫阳书院和正谊书院担任主讲外，常作山水之游，为此于同治四年（1865）在木渎造了新居，即今“榜眼府”。

同治八年（1869），巡抚丁日昌聘他总纂《苏州府志》，修志局就设在这里。《木渎小志》卷二说：“修辑郡志时，集吴中诸名士潘（锡爵）、胡（元浚）、雷（浚）、柳（商贤）、王（颂蔚）、叶（昌炽）、管（礼耕）、袁（宝璜）等同任纂修，极一时之盛。”但他没有修完，在同治十三年（1874）卒于木渎寓所，后葬天池山北竺坞。《府志》的结束工作是由他的长子、官任刑部郎中的冯申之和同人完成的。

木渎在太平天国的战乱中，遭受了很大破坏，尤其是寺观园墅，大多毁损。榜眼府是战后兴建的，加之有楼有园，陈设高雅，于是成为木渎宅邸之翘楚。后经百年岁月，虽不免褪色，但不改旧观。可是“文革”一到，封建官僚的老宅就难逃一劫了。何况他又是镇压太平军的卖力分子，铁杆保皇派，他的老窝岂容安然不动？——非常年代有非常逻辑，也不去说它了，只说后来的修复。这项工程始于 1998 年，一着手就发现了难度，这倒不在于本着“修旧如旧”的原则整修建筑，而在于怎样重现昔日的文化意境和艺术特色。冯宅原有的“诗、书、画、刻”相当丰富，装修也很精美，要还其原来面目，就很费功夫。好在古宅的复原工作是苏州人的拿手，在不长的时间内，就恢复了晚清原貌。

这座宅园坐南朝北，结构为前宅后园。前宅现存门厅、大厅和楼厅三进，门厅三间，中间将军门上有“榜眼府第”匾，显示了主人的身份。大厅由轩廊、抬头轩和内四界组成，厅堂上悬“显志堂”匾，两侧庭柱和左右金柱上均有抱柱联，都是原物。右次间前墙有红木挂屏，上刻祝允明草书和夏昶的画竹，也是原物。出大厅有花岗石路直通楼厅。东西两侧有长廊，西为复廊，可折向花篮厅。冯宅花篮厅有南北两座：北为书斋校邠庐，是冯桂芬读书著述的地方，前后都有轩廊；南为书楼，是他的藏书室，也是修志时的资料贮放间。楼厅是冯宅的主建筑，明间正中悬有“芙蓉楼”匾。两侧金柱上有抱柱联。右次

校邠庐

间为客厅，是主人会客和与友人诗酒酬唱之处。左次间为主人的起居室。楼厅后就是花园了。这座花园自“文革”毁后，园景已废。今园是修复宅邸时重建起来的。布局以水池为中心，池上有小桥，周围分置轩、亭、廊、榭等建筑，并有假山和花木点缀其中，虽非原貌，却也大体保持了原来的格局。

榜眼府的主人早已远去，但他留下的住宅是历史的实物见证，为后人提供了晚清上层人士的生活场景，尤其是窗明几净的校邠庐书斋，更使人浮想联翩。虽然《校邠庐抗议》已成历史文献，但是伫立在书斋中，仿佛还能听见一百多年前传来的呼声。是啊，爱国不分时代先后，也不论历史局限有无，只要是为振兴中华而效力的志士，都值得我们敬仰。

香溪三园

苏州园林举世闻名，溯其始源，其发祥地在木渎，姑苏台和馆娃宫两大宫苑是最早的山水园林。后来木渎形成风景区，与宫苑遗迹的影响很有关系。佛教传入后，木渎又出现了寺庙园林，兼有山顶花园的灵岩山寺就是一例。北宋木渎建镇后，私家园林开始出现，见于记载的，有宋人冯友能在香水溪畔所建的砚石山庄。到明清时期，木渎经济繁荣，造园成风，据记载有秀野园、遂初园、虹饮山房、怡园、灵岩山馆、环山阁、息园、端园等三十多处，其中不少宅园都坐落香水溪一带，在山塘榆荫的掩映中，发出熠熠的光彩。

这些园林迄今尚存十多处，其中香溪三园历久而弥新，吸引了无数游人。这三座园林是严家花园、古松园和虹饮山房，它们各有特点，到木渎游览，香溪三园不可不看。

严家花园位于木渎山塘永安桥（原名王家桥）畔，最早是个不大的宅院，约建于清雍正初。雍正六年（1728），诗人沈德潜在此租住了一年。道光间此宅归了木渎富家钱照，钱照把它改建为宅园，名端园，《木渎小志》卷一记道："端园，在木渎王家桥畔，道光八年钱照字端溪所筑，自为记，有友于书屋、眺农楼、延青阁诸胜。端溪隐居不仕，以能诗名。庚申兵燹后，潜、息两园俱颓废，而端园独存，今改归严氏矣。"这话是说，钱照造了端园，兄长钱炎在斜桥西造了潜园（又名桂隐园），弟弟钱煦在山塘造了息园。潜园和息园都毁于太平军战火，惟端园幸存。此园早负盛名，一时名流如冯桂芬、叶昌炽等，都曾来此寓居，借静美的环境从事著述。光绪二十八年（1902），此园为木渎首富严国馨买下，重修一新，改名羡园。据说是严母朱太夫人因仰慕前贤，命取此名。但里人因园主姓严，都叫它严家花园，此名比羡园好记，遂沿用至今。

严国馨，又名选，字德明，号兰卿。祖上是洞庭东山人，父亲严徵祥，自清嘉庆年间就在木渎经商。严国馨是次子，承父业从商，为了方便，便举家迁到木渎镇西街定居。东山人善商贾，素有"钻天洞庭"之称，严国馨更是理财有方，据说财产积有百万银两之巨。他买下端园后，请胥口匠师姚承祖担纲重葺。这是请对人了，姚承祖是大手笔，他的修葺不啻是再创作，既吸收了端园的精华，又有新颖的构思，谱出了苏州园林篇中的新华章。1930年代，建筑学家刘敦桢两次来苏州考察，写出了《苏州古建筑调查记》，文中对环秀山庄的假山和严家花园的布局及细节处理极为推崇，认为是苏州园林的代表之作。还有童寯教授的《江南园林志》，收入严家花园的大量图片及文字资料，等于作了重点介绍。经多位专家论证和推誉，严家花园就此跻入全国名园之列。

严国馨有四子十一孙（早殇者不算），其中三子严良灿大有父风，开了不少商行和实业机构，是木渎镇上最大的资本家。孙辈中以四子严良肱之子严家淦最为有名，早年他在苏、沪等地求学，毕业于上海圣约翰大学。抗战军兴，入闽转入政界，后来进入了台湾最高层。这说明由于时代变了，严家后辈大多无意在乡株守祖业，故家这座园林也因“乏人经纪，渐榛芜”（李根源《吴郡西山访古记》卷一）。1935年出版的《灵岩山志》也说它“荒芜已久，日见颓圮”，“年久失修，零落不堪”。严家不是没有能力修，如严良灿在1937年还带头捐建了灵岩山的大雄宝殿。不修有多方面原因，主要因为时世不宁，日军侵入苏州后此园即被日军占驻，犯不着去整修。1938年因严安德药店失火烧毁，严良灿索性将故园内几间老屋拆来重建店铺。及至抗战胜利，严家花园已面目全非。

1998年年底，木渎镇政府着手修复，历时一年半，于2000年开放。

今严家花园的住宅部分为五进建筑，依次是门厅、怡宾厅、尚贤堂、明是楼和眺农楼，无不宏敞清丽，陈设典雅。其中尚贤堂和明是楼前各有清代砖雕门楼一座。这些建筑以尚贤堂最为古老，它是明代楠木厅，有四百多年历史。

宅园的东、西、北三面是园，西、北为原端园遗存，东部是增建的。园中有友于书屋、延青阁、澉亭、锦荫山房等建筑。友于书屋是偏居一隅的书斋，清静幽奥；延青阁、见山楼、环山草庐则地处高旷，凭栏可远眺田野和灵岩山风光。

严家花园　1930年代摄

这座园林在花木配置方面早有设计，按四季开花的时序分别种植，形成了春夏秋冬四个景区。从尚贤堂右边门穿过备弄，就进入了以友于书屋、延青阁等建筑围起的景区。区内以蓊郁的广玉兰为中心，这是羡园百年旧物，春时花发，一片亮丽。随曲廊向北，眼前豁然开朗，宽阔的荷池、连绵的假山带来了清旷之气。只见澹碧轩、织翠亭、澈亭等都掩映在绿树浓荫中，到此可以赏荷，可以消暑。过荷池，即到闻木樨香堂。这里地势渐高，所种都是桂树，尤其是东折沿廊而行，如入丹桂世界。仲秋临此，花香弥漫，若漫步于月下，尤有飘然欲仙之感。再向环山草庐行，草庐前有一贴水平台。从平台隔水望去，有一假山。假山东为采秀山房，北接爬山廊，由廊可达东园。东园是新辟的小庭院，由曲廊厅堂组成。院内遍植梅树。当雪霁梅开，幽香浮动，着实沁人心脾。其实不值花期也无妨游赏之趣，但点明一下，更可体会其季节特点。

严家花园废弛已久，这次重修堪称“妙手回春”，不但恢复了原有风貌，而且完善了园艺布置，开放后受到了专家和游人的好评。

古松园位于山塘街鹭飞桥东，建筑布局为前宅后园，园内有一株明代罗汉松，由此得名。

此园为清末木渎商人蔡少渔所建。蔡氏祖上是洞庭西山人。他在上海经商发达后，便回乡置地造房，建起了这座宅园。门楼上题额为“九峰世泽”，“九峰”指明代诗文家蔡羽，字九逵，号林屋山人、左虚子。著有《林屋集》、《太薮外史》等。题额意谓木渎蔡氏是洞庭西山名家后裔。当时蔡少渔也是地方名人，与严国馨、郑龄九、徐凤楼三家并称木渎“四大富翁”。由于财雄一方，宅园便造得富丽堂皇。

原古松园面积颇广，今住宅部分只存门厅、大厅、堂楼三进。门厅后有砖雕门楼。

严家花园　1930 年代摄

虹饮山房

大厅为正二间仿明结构，由轩廊、步轩、内四界和后轩廊组成，沿轩廊可至东西边间，边间有楼。堂楼五间，有东西厢房。东侧有十多所附房，均为普通平屋。北部有花园。从总体来看，这是晚清宅园的建筑风格。

苏州的清末老宅尚存不少，但是古松园以它显著的特点脱颖而出，那就是它有丰多的精美雕刻。门厅后的砖雕门楼上下坊分别刻有“老子出关”、“疯僧扫秦”、“赵云夺斗”、“将相和”等历史人物故事，字枋两侧的刻图为“张良拾履”和“高山流水”。大厅步轩的四对棹木刻有“暗八仙”，内四蜀四对棹木刻满了戏文故事的透雕，明间梁架正中刻有八只琵琶，取意为“八音联欢”。馀如夹堂板和裙板上刻有祥云、如意和蝙蝠，以示“幸福如意”。堂楼的雕刻更是集吉祥图案之大成，看似花卉、动物和静物的图案，实寓有“八宝呈祥”、“四季平安”、“金玉满堂”、“平升三级”等含意。祈愿吉祥无可非议，但以之充满居室，就有点俗不可耐。若让祖宗林屋山人看见，恐怕不会高兴。

明代罗汉松在堂楼东侧，据1994年版《吴县志》记载，这株古松高十米，径粗约半米，树龄达五百年。其北还有一枝古银杏，粗可盈抱，估计至少也在百岁以上。这两棵

严家花园

古树的屹立，更增添了老宅的沧桑感。

北部花园早毁，1998 年重修时，从楼厅边间向园中处建造了观景阁。园中开一池，上建曲桥，池四周围以亭榭回廊，恢复了前宅后园的原有格局。修复工程于 1999 年竣工，同时对外开放。

虹饮山房位于严家花园东二百米处。《木渎小志》卷一记道：“虹饮山房在木渎虹桥堍。徐士元故宅。高庙四次巡幸，词臣随扈必信宿于此。刘石庵相国曾两寓之，手书‘程子四箴’以赠士元。因写《虹饮山房图》，合装成卷，子孙世宝焉。”徐士元是木渎人，长洲生员，家殷富。乾隆初，他买下虹桥北堍房地，建成一座大宅园，名虹饮山房。“虹饮”是传说，语出《汉书·刘旦传》“虹下，属宫中饮井水”。因造在虹桥北堍，故取此名。

虹饮山房的规模比严家花园大，中路为门厅、大厅和戏台。东、西部为园，东部有厅堂四进，是园主及家属的生活起居场所。据 2012 年新编《吴中区志》说“它由小隐园和秀野园两座明代园林联袂而成”，“东园原是明代李氏的小隐园，以老树奇石和竹林丰茂著称”。此记有误。查《木渎小志》卷一的记载，明代李氏小隐园入清已废，嘉庆中为钱炎改建为潜园，地点在“木渎斜桥西”，秀野园是明兵部侍郎王心一的别业，清康熙中由栖碧山人韩暻购得，改建为乐饥园，地点在“灵岩山西麓”。如果《木渎小志》记载无误，则小隐园与虹饮山房隔街隔河，秀野园更是相距甚远，都不可能是虹饮山房的前身。

虹饮山房门前有御码头和御碑亭，这是清圣祖、高宗两帝多次南巡的遗迹。据记载，皇帝到苏州，首在木渎落脚，故在灵岩山上造了行宫。相传高宗四次在虹饮山房停憩，还在这里看过戏，故当地人称它为“民间行宫”。当时扈从而来的词臣也都住在这里，如大学士刘墉二度下榻于此，今虹饮山房的题匾和花厅内的“程子四箴”，就是他为居停主

严家花园

古松园

人徐士元题写的。刘墉字嵩如，号石庵，他的书法取颜真卿的浑厚、苏轼的丰肥、赵孟頫的圆润、董其昌的生拙，融而自成一家，很有名声。要不是在这里住得惬意，你求也求不到。潘遵祁有《题虹饮山房图》追述此事云："虹桥咫尺隐君家，相像灵岩驻翠华。野老尚能谈往事，词臣襆被访梅花。"后经咸同年间的战乱，徐家衰落了，其东部为木渎陈氏所有。陈氏外孙女沈云芝儿时就住在这里，跟外祖母和姐姐沈立学刺绣，后来她创造了"仿真绣"，遂成为苏州刺绣大家，因慈禧太后赐"福寿"两字，更名沈寿。

2002 年，此园经木渎镇政府全面修复，于当年 10 月开园。其西部现建为"木渎圣旨珍藏馆"和"科举制度馆"，其内陈列有清顺治等十代皇帝的二十道圣旨和科考试题、答卷等文本，是研究清代皇陵和科举考试的原始资料。

香溪三园是木渎园林的精华，盘桓园中，不仅可游赏美景，而且能领略明清江南宅园的风韵。

范仲淹与天平山

旧时苏州学生春游，小学生往往就近去虎丘，中学生则多选灵岩山。那时无校车，都是徒步而往，叫做“远足”。游罢灵岩如果兴犹未尽，可从后山下坡，再去游天平山，这叫“灵岩翻天平”。天平山按高度可分三段，自山下“登天平路”到云泉精舍为下白云，再攀一线天到石屋为中白云，以上到山顶望湖台为上白云。中白云以上无山道，上去有难度，假如能登临山巅，说明你的体力相当不错了。据高启《游天平山记》记载，元至正二十二年（1362）重阳，高启与多名友人到天平山登高，到了石屋，同游者都感到吃不消了，惟高启一人奋力攀登，直抵上白云的卓笔峰，并赋诗一首。不料下山找不到路了，天色又将暮，不由急得大叫，幸得樵夫导引，才下到白云亭与友人会合。天平登峰之难于此可见一斑。

天平山高二百零一米，峰峦常在白云中，古人以此称“白云山”。此山岩崖高峻，峰石林立，惟山巅平坦如天台，故后称天平山。它虽与春秋名山灵岩、东晋名山支硎相近，并有奇特的山景，但在唐前却无甚名声。朱长文《吴郡图经续记》卷中说：“天平山，在吴县西二十里。巍然特高，群峰拱揖，郡之镇也。林木秀润，瞻之可爱。游者陟危，蹬攀巨石，乃至山腹。其上有亭，亭侧清泉泠泠不竭，所谓白云泉也。自白乐天题以绝句，范文正继之大篇，名遂显于世。有卓笔峰、卧龙峰、巾子峰、五丈峰、石龟、照湖鉴、毛鱼池、大小石屋，盖因好事者得名。”

朱长文说天平山的出名，是因为有唐宋两位名人题了诗。白居易“绝句”指七绝《白云泉》，诗云：“天平山上白云泉，云自无心水自闲。何必奔冲山下去，更添波浪在人间。”此泉位于云泉精舍（今白云泉茶室），相传泉源就是白居易发现的，今石壁上刻有他题书的泉名，泉前石上刻有这首诗。范仲淹“大篇”指五言排律《天平山白云泉》，共二十六句，起首四句是“灵泉在天半，狂波不能侵。神蛟穴其中，渴虎不敢临”，下面是对泉的描绘。白、范两位都是文学家，并担任过苏州最高领导，经他们对白云泉的揄扬，天平山声誉鹊起，就此跻入吴中名山之列。但是宋人范师道认为，诗人苏舜钦也起了作用。他题的诗与白诗同刻在石壁上，为五言排律三十句，起首六句是“吴会括众山，戢戢不可数。

天平山一线天

其间号天平，突兀为之主。杰然镇西南，群岭争拱辅”，下面是对山的描绘。白、范题咏的是山泉，而苏诗则展示了山景，三人从不同角度作介绍，都扩大了天平山的影响。所以范师道说：“三贤固有名，山亦资辉赫。”

以在苏州的时间而论，三人中苏舜钦最长，自宋庆历四年（1044）来吴，寓居四年；白居易于唐宝历元年（825）来任苏州刺史，在任一年多；范仲淹于宋景祐元年（1034）担任苏州知州，在任八个月，时间最短。但是他和天平山的关系却最为密切。因此谈到天平山的历史人物，范仲淹当是重中之重。

范仲淹，字希文。范家世居苏州，但他出生于武宁军（今江苏徐州），当时他父亲范墉在那里任节度书记。两岁时丧父，母亲谢氏改嫁淄州（今山东淄博）长山朱文瀚，给他起名叫朱说。他早年读书勤奋，二十七岁举进士，历任司理参军、节度推官、仓监和通判等职。其间奏请复姓，始名范仲淹。

天圣五年（1027）居母丧，他“上书宰执，请择郡守，举县令，斥游惰，支冗僭、遴选举，崇教育，养将材，实边备，保直臣，斥佞臣，使朝廷无过，生灵无怨，以杜奸雄，凡万馀言”（龚明之《中吴纪闻》卷一），时相王曾觉得这个地方官有思想，于是荐举他入朝任馆职。明道二年（1033）仁宗亲政，他被召任右司谏、江淮体量安抚使。因谏阻仁宗废郭后，被贬出京，任睦州（今浙江建德）知州。景祐元年（1034）六月，调任苏州知州。这时苏州发生水灾，他到任后亲临现场勘察，摸清情况便上书朝廷，提出疏五河，导太湖水入海的方案。经批准，他主持了茜泾、下张、七丫、白茆和浒浦五条大河以及福山、黄泗等水道的疏浚工程，使积水东南入吴淞江，西北入长江入海。他的方法是“修围、浚河、置闸”三者并举，竣工后成效立见，苏州灾区基本恢复正常。据沈括《梦溪笔谈》卷十一说，为恢复灾后经济，范仲淹根据“吴人喜竞渡，好为佛事”的特点，“乃纵民竞渡，太守日出宴于湖上，自春至夏，居民空巷出游”，“又召诸佛寺主首喻之曰：‘饥岁工价至贱，可以大兴土木之役。’于是诸寺工作鼎兴。又新敖仓吏舍，日役千夫”，拉动了内需。

之后，他又奏请立州学（苏州改称平江府后，称府学），获准后聘名儒胡瑗来主持学务。胡瑗字翼之，泰州经学家兼教育家，来后制订了一套教学规章，建立了良好学风，吸引了大批学子。宋初“学校久废之风”至此得到了大力扭转。《中吴纪闻》卷五说：“庆历中，郡学既建，养士至百员，亦有自他郡至者。”自后苏州府学名冠东南，在它的影响下，各县的县学都有跟着办起来了。府学、县学的建立，奠定了苏州教育事业的基础，从此形成“吴地重教”的风气，培育了无数人才，影响深远。

景祐二年（1035）三月，他奉调入京，任吏部员外郎、权知开封府。因与时相吕夷简意见不合，又贬往饶州（今江西鄱阳）等地任知州。康定元年（1040），经韩琦力荐，授陕西都转运使，后任经略使，成为防御西夏的一方军帅。庆历三年，仁宗为改革"冗官、冗兵、冗费"，作了高层人事调动。范仲淹被召入朝，任枢密副使，不久任参知政事（副相）。他就将多年来关于改革的思考，写成《答手诏条陈十事》，要点为"明黜陟，抑侥幸，精贡举，择官长，均公田，厚农桑，修武备，减徭役，覃恩信，重命令"，涉及政治、经济、军事、教育等各方面的改革，其核心是澄清吏治，富民强兵。此时仁宗求治心切，当即同意推行，史称"庆历新政"。

由于新政要去"冗官"，既得利益集团自然不甘心。保守派大臣夏竦制造伪证，诬称支持新政的宰相富弼图谋废立。虽然伪证露了破绽，却把富弼吓坏了，马上自请外出巡边以明心迹。接着御史中丞王拱辰又兴进奏院狱，罢了苏舜钦的官。范仲淹是苏的引荐人，为此被罢免参知政事，到陕西去当巡边的安抚使，后又降知邓州（今河南邓县）。接着新政派杜衍、韩琦、欧阳修等纷纷被贬出京。是年，新法一项项相继取消，新政失败。

但范仲淹并未因挫折而消沉，他在《岳阳楼记》中表达了"先天下之忧而忧，后天下之乐而乐"的襟怀，此语后来成为无数志士仁人的座右铭。另外他还提出"宁鸣而死，不默而生"，意指要勇当人民的代言人，此语也成为争取言论自由的斗士用以自励的格言。

之后，他又历任杭州、青州（今山东益都）知州等职。六十四岁徙知颍州（今安徽阜阳）时，中途病逝于出生地徐州，后葬洛阳万安山下。仁宗为之辍朝一日志悼，并追赠兵部尚书，谥号文正。

范仲淹又是古文革新运动的先驱之一。他的文章以政论、奏疏为主，这些文章说理性强，文字风格有"典雅纯实"之称。他的抒情散文格调极高，以上面提到的《岳阳楼记》

白居易诗石刻

为例，先说洞庭湖天气变化对人心情的影响，转而指出"古仁人之心"不以环境为转移，进而表示人生当以"先忧后乐"为最高境界。这是借景物引发议论，重点在于表达一种思想。但范公偁《过庭录》说："滕子京负大才，为众忌嫉，自庆帅谪巴陵，愤郁颇见辞色。文正与之同年，友善，爱其才，恐后贻祸。"认为《岳阳楼记》是友情规劝之文。这样就把意义缩小了，因为这篇作品的重心不是写景论人，而在于树立人生的崇高目标。儒家以"达则兼济天下，穷则独善其身"的境界为高，而作者认为，无论穷达，也即无论"居庙堂之高"还是"处江湖之远"，都应心忧天下，把国家和人民的利益放在第一位。这种襟怀无疑是思想的火炬，激励了后世无数追求者。

范仲淹在苏州的时间不长，但在公馀之暇，也曾寄情于山水名胜，并作有《苏州杂咏》（分咏泰伯庙、木兰堂、洞庭山、阊门、灵岩寺、太湖、伍相祠、观风楼、南园）和《天平山白云泉》等诗，其中天平山仅为游览地点之一，为何说他与之关系密切呢？

一句话，天平山是仁宗皇帝送给他的礼物！

这跟范家祖坟在那里有关系。清蒋恭棐在《范氏赐山旧庐记》中提到范家祖先说："史称文正出唐宰相履冰后，其始家苏州者，唐丽水丞讳隋。苏州之范，由丽水别尤，如水木之有本源也。文正而上三世墓在天平山之左，丽水墓在天平山之右。"这是说，范家祖先可追溯到唐代宰相范履冰，迁吴始祖为唐丽水县丞范隋，他去世后就葬在天平山东麓。

按唐史，范履冰于武后时初为北门学士，垂拱中历凤阁鸾台事。凤阁原为宰相属下的中书省，称他为宰相是恭维性称谓。范隋是唐僖宗时人，曾任权知幽州良乡县主簿等职，钱泳《履园丛话》卷十录有"范隋告身"可为证明："范隋告身，绢本，高八寸，长三尺

范仲淹像　宋佚名绘

忧乐坊

六寸。僖宗咸通二年六月告，上署曰‘将仕郎权知幽州良乡县主簿范隋’十四字，即文正公五世祖也。后有宋人跋语二十一人，元人跋语二人。今藏吴门范氏义庄，有石刻。”

后来范仲淹的曾祖范梦龄、祖父范赞时、父亲范墉也都葬在这里。及至庆历初，范仲淹官拜参知政事，朝廷按例追封他的曾、祖、父三代为太师、国公，其地就被当地人叫做“三太师坟”，甚至称天平为“范坟山”。范氏祖墓也称范隋墓，墓冢前有平台，墓碑上刻“唐柱国丽水府君之墓”。再前，立有冲天双柱石牌坊，额镌“范氏迁吴始祖唐朝柱国丽水府君神道”，阴面上刻“祥发中吴”。不过这不是宋代原物，而是清雍正七年（1729）重建的。但要指出的是，墓碑和坊额的题称有语病，“柱国”是对武后重臣范履冰的尊称，范隋仅是县丞，身份不符。如欲前加祖先尊号，似应称“唐柱国胄胤丽水府君”才对。

关于范坟有个流传甚广的传说，道是天平东麓原是个荒石坡，三面山阻，五峰逼视，按风水术士的说法，是块“五虎扑羊”的“绝地”，在此营墓对家属后代极不利。但自范墉入葬后，一夜忽起大风雨，电闪雷鸣，山响不已。到翌晨发现，山貌全然变了样，平躺的乱石竟雨后春笋般矗立起来，“如人立，如戟插，如笔卓，如拱如揖，如迎如送”（朱德润《游灵岩天平记》），尤其是范坟后的山坡，峰石直竖如林，好像百官朝觐时手执的笏板。风水先生跑来一看，说不得了，这是“万笏朝天”呀！必是范家祖宗积德，天使坟山贯气，后代必出大贵人。果然，后来范仲淹官至副相，次子范纯仁于哲宗时拜相，其他三个儿子也当了大官。

但查范墉下葬于宋太宗淳化初，其时苏州并无地震山动的纪录，可见是后人的附会。这里顺便说一下，范仲淹不迷信风水。他在苏州曾买下南园一块地，有勘舆者对他说，这是风水宝地，造住宅必出公卿。范仲淹笑道，那就用来建州学吧，岂不是可以出更多的公卿？于是他献地建学，培植桃李，成为千古佳话。

坟西有座白云寺，俗称天平寺，原名白云庵，始建于唐宝历二年（826），宋天圣间又经寺僧宝谛扩建，东达范坟。乾隆《吴县志》卷八十七记道："庆历间，范文正公以先墓所在，奏为功德寺。"宋例，大臣可以申请近坟寺院为本家功德寺。其时他正获皇帝信用，于是仁宗赐额为"白云禅寺"，连寺带山都赐给了他，故天平山又名"赐山"。

关于白云寺需要说明一下，当时范仲淹请法远和尚来当住持，法远后在白云寺北、白云泉边造了一座白云庵，由于与白云寺的古称相同，很容易混淆。清乾隆三年（1738），范瑶重建为云泉精舍，有白云亭、如是轩、兼山阁等建筑，成为山腰一大景观。今称白云古刹。

自仁宗赐山给范仲淹，终宋之世，天平山一直姓"范"。南宋周必大《吴郡诸山录》中说，当时白云寺僧寿老想在山上造远公亭，以纪念法远，因地点不合范家的意，"范氏媪居寺中扰之"，只好改址。这说明宋室南渡后，天平山也仍由范氏后裔掌管。元末白云寺毁，但因它曾是范仲淹的功德寺，明初重建，但规模已小于宋时。

忠烈庙

万笏朝天图卷（局部） 清佚名绘

范仲淹去世后，一直受到人们的纪念。因为他曾掌兵于西北，防止了西夏入侵，宋宣和五年（1123），甘肃庆阳建立了他的祠堂，徽宗赐额“忠烈”，人称忠烈庙。宋绍兴间，鉴于甘肃忠烈庙沦入异邦，无从祭祀，拟在苏州重建。因原白云寺内有范氏三公祠及范仲淹祠，便将它改建为忠烈庙，额曰“敕赐范文正公忠烈庙”。庙内有范仲淹及其四子画像。至咸淳十年（1274），苏州芝草营巷（今范庄前）也建立了范公祠，元至正间改为文正书院，毁于清咸丰十年（1860），因而不及天平忠烈庙有名。

宋后忠烈庙屡有废兴。明宣德九年（1434）重修，从苏州知府况钟奏请修葺的呈文来看，其时已改称范文正公祠。这座祠堂不仅是范氏族人的宗祠，而且列入了春秋公祭的祀典，因此清康熙、乾隆、同治年间均曾重修。民国早期再次修葺后，年久又渐呈破败，为此1982年作了全面整修。

1989年，为纪念范仲淹千年诞辰，在祠前立起四柱三间石坊，上刻他的传世名言“先天下之忧而忧，后先下之乐而乐”，为顾廷龙书。祠堂现存仪门和享堂二进。仪门上方有匾曰“第一流人物”，词为原题。左右碑亭内列有历代碑石六座。过庭院即为享堂，正堂中塑范仲淹彩色坐像，左右间北墙嵌有清康熙、乾隆年间的重修碑记。明间悬有“济时良相”、“学醇业广”匾。原为圣祖、高宗两帝赐题。此祠现为江苏省文物保护单位。

白云悠悠，高山仰止。天平山也因范仲淹的令名而益增光彩。

从天平山庄到高义园

天平山前有一片茂密的枫林，秋深霜林尽染，红叶苍山，蔚为奇景。因此每到农历十月，就有游人前来观赏，久而形成习俗。袁学澜《吴郡岁华纪丽》卷十有“天平山看枫叶”一则，对此作了描绘：“郡西天平山，枫林最胜。当九钟奏响，青女陨寒，万叶露鲜，几于珊瑚灼海。范文正祖墓，在兹山麓，俗称三太师坟。坟前有大枫九株，名‘九株红’。非花斗妆，不争春色，尤称丽景。郡人每赁山轿，结伴往游。夕阳在山，纵目鸡笼诸山，丹林远近，烘染云霞，四山松、栝、杉、榆，间以疏翠，岩壑亭台，俱作赤城景象，信奇观也。”

阅明代前诸家天平山记，谈到树木方面，有的说“乔木森茂”，有的说“木多松桧”，有的说“古松百尺”，都说天平多林木，但无人提到这片美丽的枫林。那么，这些枫树是什么时候冒出来的呢？

且说天平山自唐宋名显于世，就成为与灵岩并称的风景游览胜地。加之有金枫河

天平山

等水道可达山前，每当春秋佳日，游人尤多。至明万历年间，盛况不减。时任吴县令的袁宏道有《天平》一篇说："闻方春时，游舟最盛，箫管绮罗，与上方诸山等。"但也有缺憾，明初在山麓重建的白云寺又废圮了，仅存西边的范文正公祠，自此到东边三太师坟，一片荒芜，甚至成了稻田和菜畦。这里是登山的入口，天平的门面，望去未免有萧索之感。这座名山是宋朝范家的"赐山"，虽然事过境迁，但毕竟与范氏有历史渊源。苏州有位范氏后人中了进士来祭拜祖祠，见到这景象颇有感触，很想作一番振兴。但因他马上要到外地去当官，只能把这心愿暂且压下。

此人叫范允临，字长倩，号长白，范仲淹十七世孙。他的后辈友人张岱在《范长白》中说他"以奇丑著"，"似羊肚石雕一小猱"。可是人不可貌相，旧志说他"才识通敏"，且工书画，书法尤其有名。他举进士是在万历二十三年（1595），自后历任南京兵部主事、工部郎中、云南按察使司佥事。万历后期因内监到处乱收税，云南变乱四起。巡抚陈用宾忙于派兵镇压，不料有风石为首的流民军攻占武安，接着南指昆明。其时省城空虚，陈用宾已无将可派，因范允临做过兵部主事，便叫他负责守城，自己开溜了。范佥事临危受命，立即组织民兵防御，不但守住了省城，还击败了来自交州的一支乱军。事平后陈用宾因失职被逮，新来的代理巡抚是"武大郎开店"的角色，见范允临功在其上，就按下不报。万历三十一年（1603），吏部调范任福建布政司右参议，分管粮道。这可是好差使，可那位代理巡抚又妒忌了，以不合考功法为由挡了回去。碰上这样的顶头上司，范

允临不免心灰意懒，想想自己也五十八岁了，不如学陶渊明，高赋“归去来兮”罢。

辞官归来，道经福建，他忽然想起了天平山，于是在当地买了四百株枫树苗，回来后分种在天平山前。苏州也有枫树，为何舍近取远呢？原来这种枫树叫“九株红”（“九株”是形容树的枝条繁多），叶呈三角，形若鸭掌，入秋会变色，先是由绿变黄，再变橙、变红又转紫，故又名“五色枫”。因枫叶变色的时间有先后，青、黄、橙、红、紫会同时显现，此时望去，只觉目迷五色，好看煞人！十月天平观枫的习俗也就由此而来。

范允临种植枫林，只是美化天平的计划之一，他的目标是“复振先泽”，也就是要把宋时的白云寺景观恢复起来。为此不但修葺了祖祠祖墓，还在山麓造起一座山水大园林，名为天平山庄。据记载，它的规模不小，有听莺阁、咒钵庵、岁寒堂、寤言堂、翻经台、桃花涧、宛转桥、鱼乐国、来燕榭、芝房、小兰亭等景观。其中咒钵庵、翻经台等都是白云寺原有建筑名。

这座园林很有特色，张岱《陶庵梦忆》卷五描绘说：“范长白园在天平山下，万石都焉。支性难驯，石皆笏起，旁为范文正墓（按：当为范隋墓）。园外有长堤，桃柳曲桥，蟠屈湖面。桥尽抵园，园门故作低小，进门则长廊复壁，直达山麓。其缯楼幔阁，秘室曲房，故故匿之，不使人见也。山之左为桃源，峭壁回湍，桃花片片流出。右孤山，种梅千树。渡涧为小兰亭，茂林修竹，曲水流觞，件件有之。竹大如椽，明静娟洁，打磨滑泽如扇骨，是则兰亭所无也。”

山庄建成后，范允临即与夫人徐媛从城里迁居于此。夫妇都好客，时常与四方知交遨游山水间。范允临于崇祯十四年（1641）去世，在山庄生活了二十多年。

明清鼎革，山庄多有残毁。清康熙间，范允临之子、翰林院检讨范必英，在山庄岁寒

天平山庄　1910 年代摄

堂旧址建造了范参议祠，以纪念父亲。范允临任右参议之事，是被人搅黄了的，儿子硬是这样写，可能有为父亲出气的意思。祠堂上刻“丕承前烈”额，这是颂扬父亲“复振先泽”的功绩。此祠在乾隆七年（1742）重修，是由退归苏州的大同知府范瑶与范允临曾孙范兴和、范兴穀一起经办的。旧祠葺新，只是个由头，他们更想重圆山庄旧梦。蒋恭棐《范氏赐山旧庐记》说，祠堂“既成，相与循览园池，忾想参议遗迹次第修复，于是咒钵庵、寤言堂、听莺阁、芝房、鱼乐国、来燕榭、翻经台、宛转桥诸胜，尽还旧观”。这项系统工程于次年峻工，自此山庄改名为“赐山旧庐”。

乾隆十六年（1741）春，高宗首次来到天平山。经山上山下一番观览，非常高兴。他对赐山旧庐的园景尤有好印象，于是援笔题书“高义园”。

经御笔题名，地方大员立即会同范氏士绅在“中宪公祠”（即范公祠，因范仲淹曾位居中宪）前，建起一座白石牌坊，将高宗御书镌刻于上，以表光宠。扈从的两江总督高晋对此有记载，他说天平山“南址为白云寺，宋范仲淹祖墓在焉。旁即范氏义庄，后辟为园，乾隆十六年赐名‘高义’”（《南巡盛典》卷八十五）。这样说好像“高义”是指范仲淹创义庄赡助族人的义举，其实“高义”一是指行为高尚合乎正义，二是指情谊深厚，常用来形容人很讲义气。

高宗熟读经史典文，是个很有文化的皇帝，因此他题“高义”并非拘于一事。这从他在天平的多次题诗中可以看出来。如诗云：“文正本苏人，坟山祠宇新。千炼传树业，一节美敦伦。”（《范文正祠》）又云：“载过文正祠，默读义田记。春和时芷兰，复缅后乐志。”（《高义园》）又云：“名园弗一足，高义独秾芗。岂不因行懿，宁帷擅景芳。”（《游高义园》）这位皇帝对范仲淹的事迹和作品都相当熟悉，而且非常敬佩。有次他看到范

天平山庄　1920 年代摄

仲淹手书的《伯夷颂》，当即写诗称他与伯夷、韩愈一样，是“千秋第一流”人物。可见“高义”两字主要是赞扬范仲淹，表彰他“先忧后乐”的高尚襟怀和为国为民的立朝风节。

高宗还有诗云：“经临望祠宇，徘徊慕高躅。文正之子孙，家风尔最勖。”（《题高义园》）这是称赞范家子孙能恪守文正家风。范仲淹四子纯佑、纯仁、纯礼、纯粹，立身处世都有修养，或在军，或从政，均有建树。“家风尔最勖”是指次子范纯仁。他在出仕前有一件事，时任参政的范仲淹叫他将俸禄五百斛麦子运回苏州，船经丹阳，范纯仁上岸去拜望父亲故交石延年。到石家，见这位父执贫困潦倒，考妣丧葬、女儿婚嫁都无法办理。他便自作主张，将麦子连船一起奉送，以周其急。回京向父亲报告，范仲淹非但不责怪，反而称赞儿子办得好，正合自己心意。时称此事为“麦舟赠友”，范氏父子的这一义行一时传为美谈。再说范氏后人也不乏义举，如范仲淹首创义庄时置有三十顷义田，到万历后期，义田只剩下了三分之一，所出不敷所需。这时范允临正在建设山庄，花费不赀，但他闻知此事，一下子就捐助了良田十顷。这些义举恐怕也在皇帝题名的考虑范围之内。

乾隆以降，高义园迭经变故，但自1980年代起，园景多予修复。今高义园虽非原赐山旧庐全貌，但仍是山麓的主要建筑。园前枫林内有御碑亭，内有高宗四游天平的诗碑。亭北为三池相连的十景塘，池中植睡莲，经由曲折的宛转桥可达园门。园共四进，随山坡渐次升高。第一进为五开间轿厅。第二进为乐天楼，始建于乾隆七年（1742）。原名藏书楼，后因高宗曾在这里题书园名，改称御书楼。现为纪念曾来白云寺游览的诗人白居易，故以“乐天”为楼名。第三进为逍遥亭，语出《庄子·逍遥游》，意为优游自在，亭为歇山式方亭，筑于台上，两侧有石级可登。门墙上有“中宪公祠”题额。最后一进为高义园正厅，正中高悬高宗御书“高义园”金龙匾，匾下壁间嵌有御制诗刻碑两方，为乾

御碑亭

高义园

隆十六年(1751)、二十二年(1757)高宗游天平时所作。厅东院中有一株古罗汉松,高约十米,枝繁叶茂,相传为唐寅手植。1955年因大厅梁柱遭白蚁蛀蚀严重,拆除后依原样重建。

高义园东为岁寒堂,原为范参议祠。堂东是以亭为中心的小景区,亭名听莺阁,用唐韦应物诗“啼莺相唤亦可听”句意。亭临方池上,池内养鱼,名鱼乐国。北为五开间的寤言堂。“寤言”是相与对话。汉刘向《列女传》云:“君子谓黔娄妻为乐贫行道。《诗》曰:‘彼美淑姬,可以寤言。’”这个堂名是范允临用来取悦老婆的。沿池有廊榭名来燕榭,这就不必解释了。南廊有乾隆八年(1743)的赐山旧庐碑石两方。出南廊就到翻经台,取晋僧慧远翻译《涅槃经》的典故。台东为咒钵庵,庵名采晋僧佛图澄“取钵盛水,咒之生莲”的传说。古罗汉松东为芝房,名取唐许敬宗“蕙帐晨飙动,芝房夕露清”诗意。这里是明唐寅、文徵明画天平山风景图的地方。芝房今已移建咒钵庵旁。庵东就是三太师坟的墓门和碑坊了。

这些建筑都是原赐山旧庐的遗存,其源则是范允临的天平山庄,几乎所有厅阁台池的名称,都是范允临与夫人徐媛推敲而定的。徐媛字小淑,是与赵宧光夫人陆卿子齐名的才女。她父亲是太仆寺卿徐泰时,曾在阊门外造东西两园,东园即今留园的前身,造得极为精致。因此可以说,天平山庄的蓝图,是她与丈夫共同绘就的。这里特地表一下,以见苏州女子对天平名胜的贡献。

天池山轶闻

天池山在木渎镇北部，有东、西两个入口。从东口上山，可见大石如屏，上刻“华山鸟道”四大字，为明赵宧光所题。“鸟道”者，狭险山路也。狭是因为密林夹道，险是因为蜿蜒曲折，愈向上愈陡峭。但一路上有鸟语泉声相伴，有奇石危岩和摩崖石刻可赏，也别有意趣。从西口上山虽无“鸟道”之仄，却如进入峡谷，两侧苍崖蔽日，森气逼人。过了“天池山”石坊，则天开地阔，视野为之一宽。尤其是半山坳的天池，崖围三面，石绕四周，波映蓝天，十分夺目，山名就是由此而来的。再向前就是寂鉴寺了，寺内有殿宇多座，并有石屋、石佛殿、石钵盂等古迹，以及天灯楼、金蟾峰、读经石、莲叶池、双桥等景观，简直目不暇接。再经韦驮殿、钵盂泉，即可登临山顶莲花峰，无限风光皆收眼底。

明隆庆年间，太常寺少卿王世懋与友人上天池山游览，寺僧见大官来了，不敢怠慢，除了主动当导游，还治素酒精馔招待，一行人流连至黄昏，兴犹未尽。王世懋《天池夜月》记云：“华池秋敛玉波停，绝壑松涛壮地灵。万顷晴云湖上白，千峰落日醉中青。支颐坐仰莲花石，倚枕还听贝叶经。酒罢不须愁日暮，自留山月照人醒。”这第一句说的就是天池。明代的天池水域比现在大得多，万历间，杭州胡胤嘉来游，《游天池寺记》描绘了当时的天池：“其前败屋数楹，翁仲列施，心甚疑之。旁得主窦，豁然开朗，若别一天地。

天池

怪石离立，如鬼魅，如伏犀，如突豹，如人接臂，如垂踵，不可殚状。前有平桥，乔林覆之，水粼粼出桥下。余枕臂僵卧，此身非复在人中矣。稍进，则流水演布，绿萍嫩菱，摇漾葳蕤，萍开澜清，寸寸秋色。绕池皆山，嶙峋峭挺，半似鬼工。”

天池山又称华山，与陕西华阴的“西岳”同名。但它仅高一百六十九米，与西岳华山相比，不啻小巫见大巫。不过也有相同的地方，它们都有莲花峰，而且都是游览胜地。《吴郡图经续记》卷中记道：“华山，在吴县西六十里，于群山独秀，望之如屏，长林荒楚，蓊郁幽邃。或登其巅者，见有石如莲华状，盖亦以此得名。或云晋太康中，曾生千叶莲花也。老子《枕中记》谓可以度难。盖岩穴深远，宜就隐也。”相传晋太康二年（281）山顶上开出一朵大石花，“高二丈馀”，上宽下窄，形若莲荷。“华”、“花”两字相通，故名华山，也称花山。但是这一传说明显不靠谱，这块莲花石必是古已有之，因为山居僻处少有人见，直到太康初看到的人多了，才传扬开来。因此范成大《吴郡志》卷十五另记一说：“父老云，山顶北有池，上生千叶莲华，服之羽化，因曰华山。”千叶莲是传说中的多瓣宝莲，据说吃了花瓣能成仙。这也是神话，但说莲生池中，就合理多了。这样，一山就有了三个名称。民间习以莲花峰为界，称东南坡为花山，西北坡为天池山。但它毕竟是一个整体，现今苏州地图就统一标名为天池山。

从上述宋人记载来看，天池山的历史可追溯到晋代。如果严格一点说，应该是始于东晋。明熊开元《华山纪胜题语》说：“华山处吴西偏，极峭拔。东晋时户口未大繁，林木深阻，人罕到。自道林遁公偃息于兹，王、谢诸公如逸少、安石辈咸从之游，道始通。刘宋会稽守张公裕舍宅为之寺，乃益著。”这话是说，此山僻处吴西，有密林阻路，加之东晋吴郡人口不太多，所以鲜有人来。要到支遁来山居住，才开出了山径。寂鉴寺旁有个支公洞，相传就是他的参禅处。

也许是传说的影响，到南朝刘宋年间，就有人到这里来盖别墅。此人叫张裕，字茂度，曾任都督、太常寺卿、都官尚书等职，后以“脚疾”辞官还乡。《南史》本传说：“茂度内足于财，自绝人事，经始本县之华山以为居止，优游野泽者七年。”他信佛，别墅内供有罗汉。元嘉中宋文帝要他出山，到越州去当会稽太守，他便把别墅舍为寺院。这当是山上最早的佛寺，惜寺名失载，惟明释克新《天池寂鉴禅院记》记载，“有镜法师于此著书，曰《法华玄义》行世”。至北宋元丰中，山上仍有寺院，《吴郡图经续记》卷中记道：“旧有兴教院，院据山半，近岁改为禅刹。”

南宋初，因金兵侵扰，兵荒马乱，禅刹没有了，山上一片荒凉。时人孙觌有《华山天池记》说，当时“榛莽蒙翳，磴道险绝，樵牧所不至”。但到绍兴年间，有个“郡人张君”

天池山

看中了此山风光，雇人“薙恶草，翦恶木，刳朽坏”，在废寺基址上造起一座别墅，内有“浮槎”、“望湖”、“涤烦”、“钓滩”等亭馆十馀所，不啻为天池山添了一大景观。这个“张君”是谁？明释克新、赵同鲁、熊开元都说是宋乾道间的秘书省监张廷杰。但《吴郡志》卷十五只说“比年有士人张氏，买此山以葬亲”，根本不提此人的官职。据此推测，张廷杰不是高官，身份有点像现今所说的“土豪”。民国《吴县志》卷十九说：“宋有张廷杰居此，以山宜就隐，乃营墓立宅，改名就隐山。”《光福志》卷二也说：“绍兴中，张汉卿尝居此，号就隐山。”汉卿是张廷杰的字，他以为买下了山，就有权改名，不料公众不买账，“就隐山”之名始终没有传播开去。

入元后，张氏别墅废圮了。清黄昌寿《翠岩寺记》说：“至元间，僧师梵复改为寺。”但规模不大，要到至正十七年（1357）重建，才大放光彩。明赵同鲁《华山天池院记》说：“至正间有环庵在师，中峰本公高弟也，始来居之。创庵曰寂鉴。建石殿，肖石像，垒石为门，劖石摹五十三参相，磨崖勒三十五佛名，天灯有楼，兜率有宫，侔大丛林，无所不备。”“环庵在师”即元僧道在，号环庵，是支硎山中峰院本禅师的徒弟。他来山居住后，将旧寺重建为寂鉴庵。这座佛寺不仅规模宏大，而且别具一格，石头建筑特别多。今山上的石门、石屋等，都是那时的遗存。其中位于山腰中轴线上的三间石殿是全石结构，

华山鸟道

天池山石屋

极为罕见。天池山本就出产花岗石，道在就地取材，省了运输工力。三间石殿中一间为单檐歇山式，两间为佛龛式，显得古朴庄严。更引人注意的是，中间梁上刻有“敕赐西天寺”，殿边大石上刻有“真彼岸”，说明是正宗佛庙，但殿正门立柱上刻的对联曰：“貌象和乾坤并老，香延与天地同春。”这是道教思想，佛教是不求形体常在的。还有殿中屋顶上刻有莲花瓣，那是佛教祥物，但中心的阴阳八卦双鱼图，却是典型的道教图案，这种错杂互见的表现，正反映了元代“佛道合一”的宗教思想。

全石建筑非常牢固，但其他殿宇没有那么长的寿命，到明弘治初，寂鉴寺殿屋多处失修，大雄宝殿也坍塌了。住持古潭想重修，为募得经费，拟请时住寒山寺的天目山高僧普惠来山，以作号召。可惜不久古潭赍志而殁，他的徒弟道渊继任住持后，才把这事办成了。普惠来山后，施主云集，寂鉴寺也于弘治五年（1492）重修完毕。

但到万历年间又荒落了，当时山寺几成“鬼窟”，而且有地方豪强觊觎山产，“欲攘为己有”。这是因为天池三面围山，被视为“聚气”之地，故自宋以来有多座墓葬，时间长了，产权不明，就有墓主后人指山为己产，与山寺后任住持麓亭打起了官司。幸有赵宧光、周顺昌、文震孟、姚希孟等士绅主持公道，山寺才得以保全。自后又经退休的内阁首辅申时行等人资助，麓亭不仅修缮了寂鉴寺，又创建了华山寺。据《百城烟水》卷二说，华山寺造在东南山坡上。但申时行书额时，仍题“晋支公禅院”。反正都在一山上，支遁

寂鉴寺

的名头还是要借重的。

说到天池山的诸多墓葬，后来只有一座明代的墓保存下来。墓主毛珵，字贞甫，苏州人，正德间因平定宁王宸濠之乱有功，迁南京右副都御史。他去世后葬在天池后面的高地上。原墓前有享堂、神道，今存翁仲、石马各二。这座墓现已列为苏州市文物保护单位。

万历年间的天池山还有个特点，由于麓亭与文士多有交游，所以摩崖石刻特别多。黄昌寿《华山书》卷二说："总石泉岩洞之名六十有二，其间刊于上者，有篆、隶、楷书三书，相传篆书系凡夫父子，隶书出于文文肃、戴南枝，楷书朱白民、檗庵等为之。""凡夫父子"即赵宧光和赵均，"文文肃"是文震孟，"南枝"是戴易的字，"檗庵"是熊开元的别号。其中朱白民名鹭，吴江人，自号西空老人，善画竹，楷隶也很精妙，当时隐居在莲花峰后的默然洞旁。他在山上留下的题刻以大石佛旁"礼佛坪"三字最为夺目，这座大接引佛的雕凿工程就是在他的主持下完成的。

时至清代，因圣祖、高宗两帝南巡时要来游赏，天池山造了行宫，修了御道，山上建筑多次被修葺一新。两帝驻跸时，均有题词。《华山书》对圣祖巡幸华山有记，第一次在康熙二十八年（1689）二月，因日程紧迫没去成，仅在城内行宫召见了华山寺住持晓青，赐书"远清"两字和《欲游花山未往》诗一首。十年后再次南巡，皇帝到了华山，那时晓青已圆寂了，由继任住持的徒弟敏膺接待。《华山书》卷一记道："康熙三十八年四月初三日，圣驾幸华山，臣僧敏膺洒道恭迎。皇上至寺，礼佛毕，坐定，敏膺僧礼朝见。上曰：'你师父是朕旧交，你便是旧人了。'敏膺遂恭进乞赐先师晓青谥号，并恳敕赐寺额及先师语录入藏疏，蒙旨奏准。上起立，见庭中老梅初放，上遂赋诗一联：'山花如有待，留得一枝开。'至敏膺卧室，见甚低小，上曰：'真正方丈！'遂握笔写《临幸花山》诗一首，又书一对联毕，即命回銮。敏膺恭送至山下，上曰：'你在此树阴里送朕，不必远步。'敏膺即谢恩。至初五日，接得御书，赐先师晓青谥曰'高云'，敕赐'翠华寺'额，并赐敏膺'香域'二字。"因圣祖御书赐额，华山寺就改名翠岩寺了。但圣祖并没到莲花峰，因为山壁陡峭，銮驾抬不上去。于是在乾隆七年（1742），在峰下峭壁上开出五十三级石阶，称"五十三参"，后来高宗来，就由此登临峰巅。高宗题写了华山和华山寺匾联，并作有《恭依皇祖华山诗韵》、《华山》两诗。

晚近以来，不免又有兴废，变迁最大有两次。一次是清咸丰十年（1860），因太平天国指"释、道、儒"为"妖"，山上的宗教建筑和文物大多被毁。但经同治后的逐步修建，主要景观都得到了恢复。李根源有"宛如桃源"的题刻，说明民国早期此山的风光依旧。二是1960年代后期，"史无前例"的狂飚骤临，凡被指为"封资修"之物都要破除。"革命"锋芒所及，不但山上殿屋被拆光，文物大多被毁，连法相慈祥的大接引佛也遭了殃。这尊石佛系明朱鹭用整块岩石雕成的，高约五米，素有"吴中第一大佛"之称，但也在劫难逃，顷刻间被炸成数段。据说莲花峰下已打好炮眼，在这千钧一发之际，有人提出天然莲花石挂不上"四旧"的号，这才得以幸免。

然而名胜之地不会久废，花落自有开花日。1990年代以后，天池山的景观逐渐修复。

华山摩崖石刻

华山摩崖石刻

即以翠岩寺一隅来说，华山鸟道、晓青禅师塔、广慧禅师塔院、圣祖高宗御碑、大接引佛等得以葺治，山门、观音殿、莲叶精舍、梅香阁、云根山房等一批建筑相继落成。天池山的风光更为清幽动人。这说明历史长河虽不免有曲折，但总的趋势是向前发展的。

北竺坞小记

天池山南有一个山坞，叫北竺坞，也称竹坞、祝坞、北竹坞，今属木渎天池村。明末清初，徐枋绘有册页《吴山十二图》，其中一幅《竺坞》画的就是这个地方，画面上峰峦入云，中藏古寺，近处有溪桥草庐，林木扶疏，徐枋记道："吴中诸山多名胜，然苦乏幽深之致，惟竺坞则连峰列岫，以引其前，重冈复岭，以障其后，自伏龙凤村越溪渡涧，一入坞中，迥然绝尘，山鸟山花，幽蹊绝径，若与世隔。昔文文肃公筑竺坞草堂于此，亭馆泉石，标奇领异，中则有钓矶石屋，外则有湘云渡、仙掌峰，此又招提之胜概矣。"

其中提到的"竺坞草庐"，即竺坞山房，张郁文《木渎小志》卷一说："竺坞山房，在天池山北竺坞，文文肃公读书处，中有钓矶石，屋外则湘云渡、仙掌峰、石屋、石幢，皆胜境也。子秉、孙点亦隐居于此。"这段记述基本上是摘录徐文，不同的是，徐文说石屋在山房中，而张文误以为在山房外。这里特意指出这一点，是因为竺坞山房早已消失，要查找它的遗址，石屋是条线索，故应以徐文为准。"文文肃公"即文震孟，"文肃"是他的谥号，这座山居是他早年和外甥姚希孟一起读书的地方。

文震孟，字文起，号湛持，又号竺坞生、竺坞山史等，苏州长洲人，文徵明曾孙。万历二十二年（1594）中举后，参加了十次会试，终于在天启二年（1622）中了状元，授翰林

北竺坞远眺天池山

修撰。天启是明熹宗年号，这个皇帝很奇怪，他厌烦临朝听政，喜欢干木工活，干活时特别投入，讨厌别的事来烦他，因此他委任魏忠贤为司礼秉笔太监，把公务交给他处理。魏忠贤是文盲，哪有能力治理国政？他为独揽朝政大权，就培植私党，如编修顾秉谦、贪赃革职的崔呈秀，都因投靠他而被重用，分别担任了礼部尚书、御史，历史上称这些人为"阉党"。文震孟见皇帝不管事，造成魏党弄权，国事大坏，便上疏劝皇帝勤政讲学，意思是要熹宗负起责任来，别让太监管事。谁知皇帝根本不看，按老规矩将疏章交魏忠贤处理，其结果可想而知，文震孟先遭一顿"杖责"，后又"夺职削籍"，也就是开除公职了。到崇祯初魏党垮台，文震孟才得以重新起用，任左中允，充日讲官。因所讲称旨，崇祯八年（1635）升礼部左侍郎，入东阁为大学士。文震孟刚直敢言，进入中枢，便为内阁首辅温体仁所不容，才三月就被排挤落职，次年病逝于苏州。

他的外甥姚希孟，字孟长，苏州吴县人。比文震孟小六岁。万历四十七年（1619）中进士，入翰林院为庶吉士。三年后文震孟也进了翰林院，由于甥舅政治观点一致，都反对魏党，而且很有声望，因此先后遭到魏党打击。天启五年（1625），姚希孟因母亡奔丧回乡，刚出京门，即被魏党指为东林党人缪昌期死党，革职为民。崇祯初，魏党覆灭，甥舅同时被召回朝，姚希孟任詹事府左赞善，历右庶子，为日讲官。其间他积极参与了清查魏忠贤馀党的工作。崇祯三年（1630），顺天乡试出了冒籍中举事，他是主考官，因失察被论。之前温体仁曾遭言官参劾，他疑劾疏出于姚希孟之手，这事一发生，他就乘机将姚贬往南京翰林院。崇祯九年病逝。甥舅卒于同一年。

文震孟去世后葬在竺坞南。六年后追赠礼部尚书。他墓前有碑曰"明大学士文文肃公墓"。1957年列为江苏省文物保护单位。1966年前后墓毁，今土冢犹存，尚待修复。

文震孟有两子，文秉和文乘。清军下江南后，文乘被怀疑参与了吴易领导的抗清武装斗争而被捕，他不作申辩，从容就义。文秉则逃隐于北竺坞，自号竺坞山民，闭门著述，著有《烈皇小识》、《甲乙事案》等，后来成为研究晚明史事的重要资料。他儿子文点是书画家，当时在竺坞照料父亲生活。

明亡后，又有一位诗人来此盖屋隐居，他叫徐波，字元叹，吴县人。他在山坞造的小院子叫落木庵，《百城烟水》卷二说："其额竟陵谭友夏所题也，锺退谷因写《支硎山图》以赠之。明末竟陵派吴门四诗家，曰徐波元叹、刘锡名虚受、张泽草臣、叶襄圣野，而元叹为巨擘。灵岩继和尚捐资刻元叹诗，庵因归灵岩。"据徐波自撰《落木庵记》说，明崇祯六年（1633），他住在江西德清谭元春之弟的公署里。游历将归，谭元春对他说，你回乡必定隐居深山，要给居处起个好名字，于是他挥笔写下"落木庵"三个大字，并说："你回去，就是叶落归根了。”落木萧萧意境悲凉，做居室名似不相宜，徐波一直放着不用。明清易鼎，徐波退隐北竺坞做遗民，自号顽庵，这才想起谭元春的题额，就把这三字做了山居的室名。徐波很幽默，说题“落木庵”事有前定，因为每到秋冬霜月，山中树木“叶萧萧而下”，扫都来不及，正好解决了柴火问题。

徐波的落木庵和徐枋的涧上草堂一样，都是晚明士人表示气节操守的标志，很有名声。虽然地点偏僻，却经常有人来访。顺治十八年（1661），徐崧专程来看望他，就拿这个庵名开玩笑，赠诗说：“见说庵居名落木，春深何处问君家？”是夜徐崧住在庵中，两人挑灯夜谈，徐波向他出示了顺治十年（1653）吴伟业来访时的赠诗《宿徐元叹落木庵》，中有“早成茅屋计，枉向白云寻”句，表示了对归隐深山的向往。而恰恰在这一年，吴伟业奉召进京，做了清朝的国子监祭酒。尽管后来他说是被逼的，而且不久就回来了，但两人仍为这位大诗人的白璧之玷而感到惋惜。

徐波死于清康熙二年（1663），他的老友、灵岩山住持弘储禅师出资刻了他的《落木庵诗集》，后来此庵属灵岩山寺。

这都是竺坞的掌故。事隔三四百年，竺坞草堂和落木庵早已不存，但是徐枋题画中点到的竺坞景观，却有两处被今人重新发现。据2014年4月苏州《城市商报》的两次报道，有位旅行家杜君，在北竺坞探访古迹时，先后发现了徐枋说的仙掌峰和石屋。

仙掌峰位于北竺坞村路南五六米处。这是两块并立的奇石，高约七八米，东边一块呈现巨大的右手掌凹印，西边一块上呈现巨大的右脚掌凹印，其中三个手指和五个脚趾的印痕尤为清晰，村人称之为“仙人手”和“仙人脚”。这手脚印痕不是人工凿出来的，也不是想象附会，而是天然神似，非常罕见。杜君还从脚印东下方镌刻的题识中，辨认

文震孟像 《吴郡名贤图传赞》卷十三

徐波像 《吴郡名贤图传赞》卷十六

出“康熙己”、“仙掌峰”、“雅集”、“张墨岑”、“陈炳记，王淮书”等字样，推测是康熙年间的记文。尽管字迹多有漫漶，仍可从字里行间，察知康熙年间，张墨岑、陈炳、王淮等文士曾雅集于此，并作了记文题刻。

张墨岑，名宗苍，字默存，又字墨岑，号篁村，苏州吴县藏书人，曾任河工主薄。他善画山水，乾隆十六年（1751）高宗南巡，因进献《吴中十六景》画册，遂入宫廷画院为供奉。十九年（1754）授户部主事、启祥宫行走。那时他已七十岁了，次年即告老回乡。他家住在灵岩山下，后名篁村别墅。陈炳，字虎文，号阳山，苏州吴县人，好篆刻，工诗，他家住阳山裘巷里，著有《阳山诗集》，其中有一卷《竺坞遗稿》，可见他对竺坞很熟悉。王淮则事迹不详，据说五峰山有他书写的庙碑，可知善书法。书画家和诗人来此雅集，说明在明清期间，仙掌峰已是竺坞有名的景观。

大约过了二十天，杜君又在北竺坞村发现一个大山洞。洞口较狭，仅容一人通过，洞内则高有三四米，面积约五十平方米。洞中间有一块极大的支撑石，将山洞分成了南北两部分。南面空间较大，顶部平整，真像一间石头筑造的房子。北面则下有一块平卧的大石，犹如石床，因此村人称这个山洞叫石屋。清顾震涛《吴门表隐》卷六也有记载，称之为“大石屋”。不过石屋顶上是块巨无霸大石，估计起码有几十吨重，虽然下有巨石支撑，可保无虞，可是谁敢高卧于大石之下啊？除非是仙人！因此村民又叫它仙人洞。

石屋既见徐枋记载，杜君相信它必有来历。果然，他在洞北的一块大石上，发现刻有“苍玉洞”三字，下署“孙光庭”。

苍玉洞是有记载的，黄昌寿《华山书》卷二说，华山“洞有四：一曰支公洞，一曰默然洞，一曰苍玉洞，一曰观音洞，均近巅”。具体位置是“支公洞在寺后”，“默然洞在莲子

北竺坞仙掌峰

峰后”，“苍玉洞在穿云栈侧”，“观音洞逾石梁即是”，并说“诸洞上各有楷字额”。支公洞和观音洞现在都能在华山看到，惟默然洞和苍玉洞似无影踪。杜君曾探寻多次，他认为莲子峰后一带因采石破坏，默然洞可能已毁了。但苍玉洞呢？他根据《华山书》记述的位置，到华山穿云栈去作实地考察，发现那里确有个山洞，但不叫苍玉洞，而叫莲花洞，有洞上摩崖石刻题名为证。那末，现在发现孙光庭题刻的“苍玉洞”，不是正好填补了空白吗？但这还有点疑问，因为《华山书》说苍玉洞在华山的“穿云栈侧”，而这个山洞却在天池山的竺坞，方位不对！换言之，就是黄昌寿的记载和孙光庭的题刻有矛盾。

谁对谁错？我们不妨来看看这两位的情况。

黄昌寿，字谦山，乾隆年间苏州吴县人。他与华山寺住持谛信为方外交，曾多次游历华山，并花数十年工夫收集典籍方志中的有关资料，写下了考核精详的《华山书》。孙光

华山仙掌图　明谢时臣绘

庭，字少元，清末民初云南曲靖人。他也是饱学之士，是李根源的老师。李根源退隐苏州时，他曾多次来访，并在小王山、穹窿山、光福等地留有题刻。

一般来说，黄昌寿是本地人，而且对华山有研究，他说苍玉洞在华山，大概不会错；孙光庭是外地人，到苏州来游览，大抵是走马看花，他在天池山竺坞题苍玉洞，可能靠不住。可是事有不然，明初寂鉴寺僧克新《天池寂鉴禅院记》说："赵宋乾道间，为张秘监别墅，有亭馆曰浮槎、望湖、涤烦、钓滩者十馀所，造圆通像于苍玉洞，又肖己像侍焉，由是山名益著。"这话是说，天池山寂鉴寺的前身是宋人张廷杰的别墅，颇具规模。张在苍玉洞塑了圆通法师的像，还塑了自己作为随侍的像，以示敬慕。这说明迟在宋代就有苍玉洞之名，地点在天池山，而不是华山。这也证实了黄昌寿的记载有误。

那末，孙光庭是正确的了？还不能完全肯定，学术考证要讲事实依据，孙光庭说竺坞石屋是苍玉洞，想必有依据，但他没作题跋说明，就不能令人信服，因此下结论最好谨慎一点。

但是竺坞石屋的重新发现，为寻找竺坞山庄的遗址提供了可靠的依据，那就是文震孟早年读书地就在石屋这一带。

博士坞悲歌

苏州藏书乡东部、穹窿山东北处有座山，峰高一百十一米，叫白阳山，俗称白羊山。因其东有五座峰峦，又名五峰山。山有两坞，北为金井坞，东南为博士坞。这座山在明代以前无甚名声，但也不乏游人青睐，如元末诗人陈基《白羊山纪游诗序》说："得地曰白羊山而爱之，将结茅读书，以求其志。"可惜他的隐居愿望没有实现，但到明中期有人实现了，他叫陈淳，字道复，后以字行，苏州长洲人，文徵明弟子，诗文书画都有明显个性，尤长于写意花鸟画。他晚年建宅园于白阳山下，名五湖田舍，《木渎小志》卷一称其"有茂林修竹、花源柳隩、鸭阑鹤圃、酒帘渔艇，极幽居之胜"。他因此自号白阳山人，画史上与徐渭并称"白阳青藤"。名家以山为号，无疑提升了这座山的知名度。

清康熙初，又有一位人物与此山发生了关系，即被称为"一代怪杰"的文学批评家金圣叹。他因"哭庙案"被杀，葬在此山博士坞中。自此以后，不少人来白阳山，就是专为探访和凭吊他的墓，于是山名益显。

金圣叹，名采，字若采，苏州长洲人。他为人放浪不羁，县试数次因作文怪诞被斥，后冒张姓入庠。曾在吴江、周庄等地教书，一度在山东从事与水文有关的工作。入清后改名人瑞，字圣叹。圣叹意指孔子赞叹不愿为官的曾点，表示绝意仕进，不与新朝合作。

博士坞

但随着清朝国基渐定，他的思想也有变化，特别是堂兄在北京听到传闻，说是顺治帝对金圣叹评点的“才子书”很欣赏，称他为“古文高手”，归来告诉他后，他便产生了幻想，当即写下《春感》八首表示感激。所谓“才子书”是他与苏州书商韩住合作，出版的评点本《离骚》、《庄子》、《史记》、《少陵集》、《西厢记》和《水浒传》，合称金批“六才子书”。在当时影响很大，甚至读书之家必置。金圣叹把文学批评看作重要的事业，并通过评点来鼓吹自己的文学主张。虽说提高小说、戏曲的地位是明人李贽开的风气，但是金圣叹以文学的审美角度，通过细致的艺术分析，说明了小说、戏曲的影响力并不亚于正统文学，甚至认为《水浒》可与《论语》比美，这对正统文学观造成了极大冲击。他特别注重人物性格分析，确立了以人物性格塑造为中心的文学思想，对文学创作极有启迪，对读者深入理解名著也有帮助。

但在卫道者看来，这种思想简直是离经叛道，归庄《诛邪鬼》就说：“以小说、传奇跻之于经、史、子、集，固已失伦，乃其惑人心、坏风俗、乱学术，其罪不可胜诛矣。”不过他的死不是出书惹的祸，而是他参与了一场反贪污的群众行动，由于江宁巡抚朱国治将它的性质定为谋反，导致金圣叹等十八人被杀。此事史称“哭庙案”。

关于哭庙案的传闻有多种版本，如说金圣叹临刑前与儿子对对联，又说他死前写有“胡桃与豆腐干同吃，有火腿滋味”等，被鲁迅斥为“是将屠户的凶残，使大家化为一笑，收场大吉”（《“论语一年”》）。对此案记得最可靠的当推《辛丑纪闻》，作者是此案的见证人，因明显的原因不愿透露姓名。

这桩大案起于顺治十七年（1660）十二月，吴县因积欠赋税严重，调来了新县令。此人叫任维初，山西人，他到任后宣布，凡积欠钱粮的，以前是三六九追比，今改为天天

金圣叹著作书影

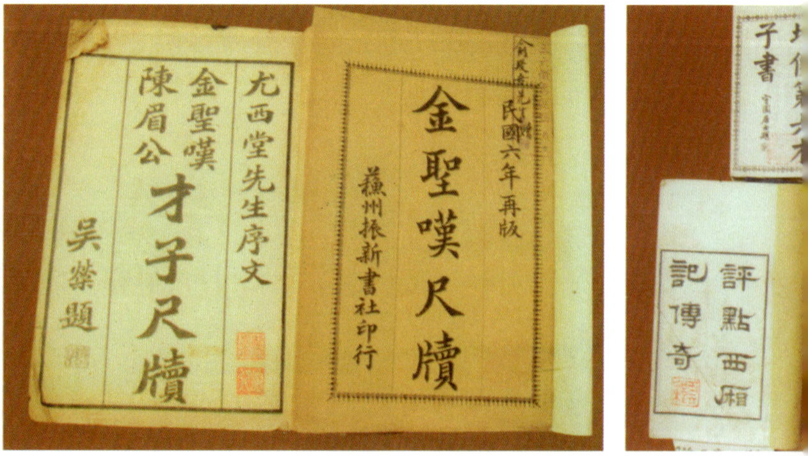

追比，缴不齐就打二十大板。其时吴县县衙在马医科，他在堂上摆开了数十支大竹片，浸在尿桶里，敲扑起来无不鲜血淋漓，不几天就有人命丧板下。尽管百姓怨声载道，但他追缴钱粮最有成绩，巡抚朱国治对他很欣赏。

顺治十八年（1661）正月，清世祖福临出天花病死，子玄烨即位，次年改元康熙。因为玄烨年仅八岁，遗诏命索尼等四大臣辅政。故在康熙六年（1667）皇帝亲政前，实为满洲贵族执政。其时全国军事行动尚未结束，粮饷吃紧，因此在年初出台了新条例，巡抚以下、州县以上的官员，催征钱粮未完成的要处分。这个条例出来，朱国治头疼了，因为欠赋最多的就是他治下的苏、松地区。朱国治就上疏，要求打击欠粮户，指出苏、松、常、镇四府文武绅衿有一万三千五百多人欠赋，绅衿非贫民，实为抗粮不缴。因此无论欠粮多少，都应革除功名官职，严重的要追究刑事责任，这叫“奏销”。疏上照准，苏州等四府有一万多人被黜革，三千人因无力补缴而被捕，送京查办。后因有旨“免解来京”，才留在原地继续追比。

就在朱国治上奏之时，吴县常平仓出事了。常平仓是储粮的官仓，荒年平价粜出，以维持粮价稳定。由于收储后的损耗要各兑粮户平摊补入，而损耗数由官府说了算，这就有了漏洞。这年不是荒年，任维初却利用这漏洞，在一个多月内，粜出三千多石米，得款中饱私囊。消息走漏，舆论大哗。金圣叹、倪用宾等生员得知后，更是愤愤不平。

二月初一，苏州府接到皇帝驾崩的哀诏，即在府衙（今道前街会议中心）大堂设灵台举丧。自初二起，每日清晨上至巡抚下到县令的官员、在籍缙绅和举人都要来祭奠，为时三天，这叫“哭临”。初四早晨，却有府县生员百馀人跑到城南文庙去“哭庙”。哭临、哭庙都是哭，但性质完全不同，哭临是地方官绅祭奠帝后之丧的仪式，哭庙是江南学子

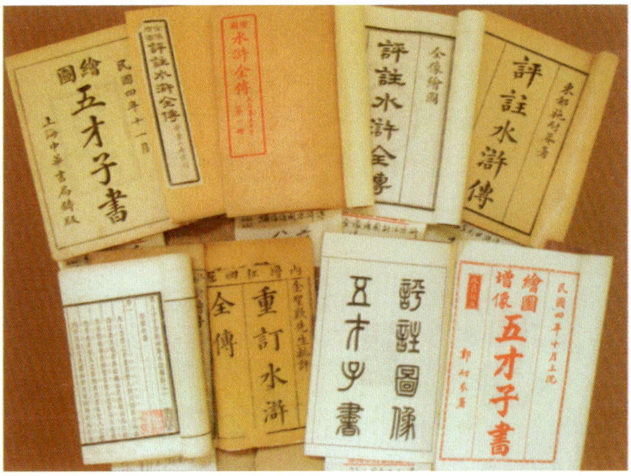

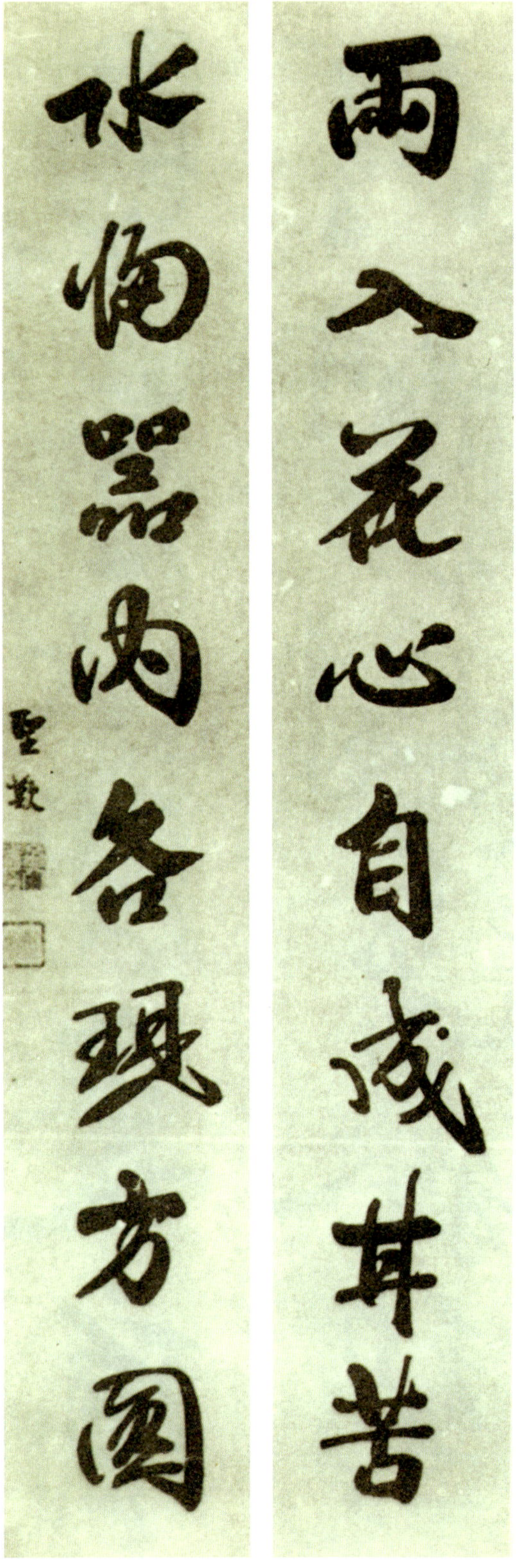

反映意见的特殊方式。大凡有司处事不公，学子申告无门，便群奔文庙，向孔夫子牌位哭诉。其程序大抵先由召集人鸣钟击鼓，聚集生员，然后宣读哭庙文，读毕撕碎抛洒，以示读书无用，有的把秀才帽乱抛，表示儒冠误身。这种气氛往往会加温升级，演变成冲出文庙去殴辱某一目标，或把财神庙里的赵玄坛搬进孔庙，以讥刺有司受贿。发生这种事大多因考官不公，发动者为落第考生。但这次哭庙的发动人是吴县庠生金圣叹、吴江生员倪用宾和长洲生员薛尔张，针对的是贪官任维初。

这天清晨，金圣叹一大早就出门，徒步通知了不少人。秀才们聚集文庙后，对任维初痛加口诛，继因怒气不息，便乘巡抚、巡按都在府衙哭临之际，前去告状。他们成群结队从护龙街直奔府衙，吸引了痛恨任维初

金圣叹八言联

的市民，到府衙前已有千馀人。倪用宾、薛尔张上堂跪呈揭发任维初的文帖，朱国治却以为是群众暴动，高呼卫兵拿人。众人见巡抚发怒，一哄而散，只捉得倪用宾等十一人。这时朱国治看了揭帖，方知情由，便交给道台王纪处理。经审问，十一人都指控任知县贪污，再审任维初，他供认确有其事，共得银三百二十两，不过全交给抚台朱国治了。他说："犯官到县止二月，无从得银，而抚宪索馈甚急，故不得已而粜粮耳。"

朱国治见到供词又惊又气，连夜命师爷将任的口供改了，改为因为严行追比而遭诸生诬陷。做好手脚，他就上疏向朝廷报告，说："兵饷之难完，皆由苏属之抗纳，而吴县为尤甚。"又说任维初因严加催征，才被人诬告粜粮，而此事没有证据。接着他给生员们按上了"震惊先帝之灵"等罪名，把反贪污申诉变成了聚众对抗征粮、大闹先帝灵堂的反清事变。

其时辅政大臣鳌拜专政，他见到密疏，觉得江南的问题很大。大前年郑成功兵进长江，势如破竹，镇江知府迎降，金坛缚官献城，事后朝廷对平民竟未追查。因此他认为吴县此案与镇江、金坛等"通海案"为同一反清性质，特命侍郎叶尼等四人南下，与江宁巡抚朱国治会审，拟罪具奏。四月初三，叶尼一行到江宁（今江苏南京），将任维初及倪用宾等十一人解来审问，重点放在"抗粮"上，因此任维初没事，十一人被拷打得死去活来。十二日，审官据屈打成招的口供，又捕吏部员外郎顾予咸及生员薛尔张等九人。其中顾予咸与此案本不相干，因朱国治对他有气，硬是罗织在内。又因府学教授程邑说参加哭庙的人极多，朱国治逼他提供名单，程邑凭记忆写了多人姓名，幸被士绅钱中谐阻止，只说还有金圣叹、丁观澜两人。于是二十七日又将金、丁起解到江宁。五月十九日定案上报，六月二十日旨下，金圣叹、倪用宾等八名首犯斩决，家属戍边，家产籍没；张韩等十名

金圣叹墓

从犯斩决；顾予咸无罪开释，免予处分。顾予咸得以死里逃生，并非朝廷知道冤枉，而是他弟弟顾予典在京为官，用银子铺路，才救得一命。

七月十二日，金圣叹等十八名吴县抗粮案犯与无为县告变案犯同在江宁三山街斩决。因金妻及子金雍远戍宁古塔，金的遗体由女婿沈六书成殓，棺柩暂厝雨花台能仁寺。次年朱国治罢免，沈六书方扶柩回苏，将丈人葬在五峰山博士坞。后来金妻死于戍所，金雍在二十年后获释，归来已是五十岁的人了。

因为金圣叹是被诛的"逆犯"，葬事不敢张扬，墓前仅立沈六书所书的墓碑，偷偷前来祭奠的，也只有《广阳杂记》作者刘献廷等几个友人。

民国初期，吴中保墓会会长吴荫培在博士坞荒土蔓草中找到此墓，重立了"清文学金人瑞墓"碑。此碑后来流落在吴县林场的水塘里。抗战期间，日本占领军在博士坞建造地下弹药库，盗掘了库址旁的金墓，窃去书籍、瓷碗等随葬品两箩筐，金墓就此毁废。

1959 年文物普查时，在原址重修墓冢，并种植了松柏。

"文革"中社会大乱，1975 年，经复出的邓小平大力整顿，秩序有所恢复，却被认为"右倾翻案"，于是开展了"评水浒，批宋江"的活动，局面再次陷入混乱。当时的说法是，《水浒》是宣传"投降"的书，宋江投降了朝廷，去打造反兄弟方腊，所以必须批判。于是死了三百多年的金圣叹又成为批判对象。其实要说批宋江，金圣叹是最早一人，为何反倒要挨批？这是因为他身历明亡，认为造反的李自成、张献忠是罪魁祸首，由此认定朝廷招安宋江是养痈成患，为此不惜假托古本，腰斩《水浒》。由于他的七十回本里看不到宋江投降，被认为包庇了"投降派"，自然不能放过。"文革"中的风气是走极端，批死者要掘坟抛尸，如孔墓、海瑞墓均遭毁坏。但因当时政坛风云多变，注意力很快转移，于是金墓逃过一劫。

1982 年，金圣叹墓公布为吴县文物保护单位。

穹窿山传奇

苏州名山林立，这个题“吴中第一山”，那个称“江南第一峰”，到底谁是第一？北宋诗人杨备说是穹窿山。

杨备是福建人，却对苏州情有独锺，不惟游屐踏遍吴中名山，且有《姑苏百题》诗一一评赞，《穹窿山》云：“吴都名山第一山，翠微心在碧霄间。林泉潇洒烟岚秀，直拟结庐终老间。”称其山既高，景又美。说它高不成问题，穹窿山主峰海拔三百四十二米，确是苏州最高的山峰。说它美也没错，只是名山风光各有千秋，游人的审美眼光不尽相同。如元末王行《百丈泉记》称穹窿山“耸拔深秀”，晚明袁宏道《穹窿》说它“石近于质，貌近于顽，不及支硎、天平诸山远矣”。不过袁说也可商榷，若从整个山体来看，穹窿山全

三茅峰

箬帽峰

长七千五百米，最宽处达四千米，横亘藏书、光福和胥口三地，远望峰峦连绵，云岚缭绕，气象比支硎、天平雄浑得多，因此杨备的评价也是有道理的。

古人相信“水深必有龙，山高定有仙”，穹窿山大茅峰高插云霄，俗有“天口”之称，当是天上人间接界点，因而此山多神仙传说。清宋实颖《穹窿山上真观记》说：“吴郡穹窿山者，盖山岳之神皋也。”“神皋”是神明所聚之地，也即仙乡，说明这些传说很有影响。学者的称誉是有根据的，如《越绝书》卷二就说：“由锺穷隆山者，古赤松子所取赤石脂处也。”“由锺”是吴西乡名，始设于汉元封元年（前110）；“穷隆”意谓极高大，是穹窿山的古称；“赤石脂”是粉红色的含铁陶土，道家用以与雄黄、明矾、牡蛎、滑石等合炼金丹，据说服之可成仙。赤松子相传为上古神仙。他的事迹各家所载互有异同，据《列仙传》、《搜神记》等记载，他复姓赤松，名时乔，字受纪，上谷（今河北易县）人，能炼神服气，入水不湿，入火不焚，常至昆仑山，居西王母石室中，每随风雨上下，在炎帝神农和帝喾高辛时代两度出任雨师。炎帝的小女儿从其学道，亦得道仙去。他的大名正史里也有，《史记·留侯世家》说，张良晚年曾向刘邦表示“欲从赤松子游”，也即要去拜他为师。今穹窿山大茅峰上有个垒石而成的山洞叫国师龛，传称就是他向赤松子求教的地点。不过这个传说靠不住，因为《史记》又说，刘邦死后张良被吕后硬留下来辅佐惠帝，学仙的愿望未能实现。

赤松子在此山的遗迹还有两处，一名炼丹台，在大茅峰南侧，但台址已难指认；一名升仙台，在此峰北侧，今存大石一块。成仙飞升固然是神话，炼丹却不假。汉晋崇尚仙道，看《吴郡志》“仙事”两卷就知道，那时吴地也有这种风气，今西洞庭山、阳山等处都有古人炼丹的传说，据说服丹成仙者有李崇、魏伯阳等人。大茅峰上这两座石台当是这一时期的遗迹。

春秋时期也有人上山修仙。这人叫赤须子，相传须发皆赤，他是秦国丰邑（今陕西雩县）人，与赤松子不相干。《列仙传》卷下说：“赤须子，丰人也，丰中传世见之，云秦穆公时主鱼吏也。数道丰界灾害水旱，十不失一。臣下归向，迎而师之，从受业，问所长。好食松实、天门冬、石脂，齿落更生，发堕再出。服霞绝后，遂去吴山下十馀年，莫知所之。”“吴山”指的哪一座？陕西泾县有吴山，但不产石脂，故《穹窿山志》认为是吴地的穹窿山。

到汉景帝时，又出了三位神仙。据葛洪《神仙传》等介绍，时有茅氏三兄弟，出身咸阳望族。老大茅盈最先修炼成仙，老二茅固是御前警卫官，老三茅衷任五官大夫，眼看老大成仙，官也不做了，一起来找大哥学道，后来都名登仙箓。不过葛洪说的地点是江苏句容的句曲山(后称茅山),穹窿山则是他们成仙后的显化之所。传说吴地每遇旱情,他们便同乘白鹤来山,作法降雨。当地有民谣说:"三神乘白鹄,各治一山头。召雨灌旱稻,陆田亦复柔。"

这三座山头因之而称大茅峰、二茅峰和三茅峰。今御道之东双膝泉前有块石头,据说就是茅氏昆仲礼拜星斗之处,石上膝印宛然。后来道教茅山派奉他们为祖师,称"三茅真君",今山上上真观主殿里供有他们的塑像。

除了神仙故事,此山还有诸多历史传说,现择要摘录于下:

穹窿山又名锺吾山,乡名"由锺"即由此而来。相传春秋时期,有锺吾(春秋小国,在江苏宿迁北)贵族逃奔来吴,吴王僚将此山作为他们的封地,由此得名。他们与王弟公子烛庸的关系很好,王僚被专诸刺杀,公子烛庸就逃奔锺吾避难。他逃亡后,传称伍子胥常来此山,今大茅峰上的藏兵洞(即国师龛)就是他贮存兵器的洞库。一说因为这里是吴西最高峰,可望见太湖水师,所以做了他的瞭望所。

穹窿山在南朝梁就建有佛寺,故也有佛教故事流传。相传唐末有个和尚名德韶,自天台来茅蓬寺挂单。寺僧不识高僧,多有轻慢,他就到藏兵洞北的一个山洞中栖身。此洞每在下雨前就有云絮飘出,故名衔云洞。他不惮潮湿,在此打坐参禅,参悟有得,写成了《传灯录》。后来吴越王钱俶接他到杭州,尊为国师。宋代又有高僧佛慧在山北部海云寺驻锡。寺前百丈崖有清泉飞流而下,名百丈泉。据说这里原本无水,自他在崖前立杖于地,始有泉水涌出,故又称柱杖泉。

海云寺至绍兴间重建为宁邦寺,宋金议和后,抗金名将韩世忠被解除兵柄,他的几个老部下就在此寺出家。相传韩世忠也常来游憩,此时他已无力宁邦,只能流连花月,

三茅峰

宁邦寺

于是留下了玩月台遗迹。

还有两则传说与皇帝有关，比较吊诡。一是明建文帝，说他皇位被夺后，削发为僧躲在这里；一是清高宗，说他下江南是为寻找生父，到了穹窿山就拜倒在双膝泉前，默祈父子重逢。高宗寻父之事是小说演义，史家不采，这里不谈。建文帝出亡则是历史之谜。史载明建文四年（1402），燕王朱棣兵进京师，建文帝于宫中自焚，因焦尸难辨面目，朱棣疑其逃亡，派给事中胡濙到全国各地侦查，又命郑和出洋密访。由此引出建文帝出亡地点的种种传说，其一是说，他没有走远，在朱棣宠臣姚广孝的庇护下，藏身在穹窿山的寺院里，《木渎小志》卷五就记道："积翠寺，在茅蓬东。一名皇驾庵，明建文帝逊国时曾税驾于此，万历间始显。清初僧扩南重建，徐枋尝居此。今圮，惟彭定求碑记尚在颓垣中。"

姚广孝法名道衍。早年在相城妙智庵出家，后到福臻禅院受戒，也曾在宁邦寺驻锡。他是燕王的"军师"，朱棣称帝后，就把禅院赐给了他，所以他有条件藏匿落魄的建文帝。再加拈花寺后有墓称"皇坟"，并且发现寺中残存的建筑构件上有龙形图案，因此传称建文帝终老于此山。然而此说的疑点颇多，姚广孝是燕王夺位的得力帮手，在朱棣严查逃君之际，他怎会一反常态顶风包庇？再说即使建文帝躲在这里，也不会傻到使用龙形标志，自暴身份。至于"皇坟"，俗称赵王坟，一说是宋成国公赵伯和墓，一说是宋太师赵希怿墓，因敕葬于此而得名，与建文帝不相干。还有"皇驾庵"之称，那是在明万历年间附

宁邦寺

会出来的，作不得准。但也有学者认为可能性不能排除，因此这桩公案仍是研究课题。

进入新世纪，又有了新的传说，说孙武曾在穹窿山隐居。孙武是春秋著名的军事家，《史记》有传。他的事迹大家耳熟能详，这里不赘述，只说他的下落。孙武自吴王阖闾破楚凯旋后就不见记载，人到哪里去了？冯梦龙《东周列国志》第七十七回说，孙武"不愿居官，固请还山"，"隐于罗浮山之东"。此乃小说虚构，因为《越绝书》卷二有交代："巫门外大冢，吴王客、齐孙武冢也。"说明他是终老于吴地的。他在苏州的遗迹，相传有相城区元和虎啸村的孙武墓，枫桥西南的孙武故宅、孙武子桥，太湖之滨的教场山、二姬庙等，但都没有提到穹窿山，那末这个传说又从何而来呢？

这事要从 1990 年代说起，那时在穹窿山茅蓬坞兴建了一座孙武苑，主要由兵圣堂、《孙子兵法》碑廊和"孙武子隐居地"组成。兵圣堂前有高台，上置孙武青铜坐像。殿堂为方形仿先秦建筑，内墙嵌清嘉庆间所刻《吴将孙子像碑》（原置虎丘孙子祠内）和十四方《孙武本事图》碑刻。碑廊列有中、日、英三种文字的《孙子兵法》碑。"孙武子隐居地"外围竹篱，内有一楹五开间茅屋、小片菜地和一座竹亭，以模拟孙武隐居的生活。自孙武苑建成后，就有这些新编传说来附丽了。

平心而论，作为孙武的一处纪念地，孙武苑很有吸引力。纪念地并非一定要选故居或遗址，只要建造有方，有相当的历史文化内容，能供人游赏，同样可以达到目的。如唐

玩月台摩崖石刻

代在东山槎湾保安寺内造的孙武殿，清代在虎丘北麓造的孙子祠，今人在虎丘千人石东造的孙子亭等，均无证据表明是孙子故地，但都不失纪念意义。今孙武苑的性质同它们一样，由于其规模远胜前代，已成为引人瞩目的新景观，因此没有必要攀附古迹，更不需要编出传说来画蛇添足。

朱买臣读书台和藏书庙

穹窿山二茅峰山坡上有一方磐石，厚一米多，上为平面，约四平方米不到。乍看别无特异之处，但因石上刻有楷书“汉会稽太守朱公读书之处”及“正德己巳都穆题”，便知这是两千多年前的人文古迹，后人就称它为“朱买臣读书台”。

据旧志记载，朱买臣故居遗址在穹窿山茅蓬寺（今上真观茅君殿），当地传说则称在朱家场（一作朱家弄），地点虽异，但都离这读书台不远。前人经过读书台多有题咏，内容无非是怀古论人，或称赞朱卖臣刻苦向学，或讥讽其志在富贵等。能具体描绘读书台环境的，当推清人许维升《读书台怀古》，诗云：“深山片石高，嵯峨立榛莽。隐隐读书声，林泉尽传响。徘徊倚秋空，孤怀如惚恍。梯岩逼青雯，而乃得心赏。闻说汉翁子，挟编时独往。攀云羡飞腾，临风滋慨慷。赫赫会稽守，早已出其上。贫贱安足怜，使我长瞻仰。”后半也说到了朱买臣，作者认为以学识取得富贵也值得敬仰，这恐怕是针对某些含贬意的题咏而说的。不过评说人物，不能光看一时一事，好在朱买臣《史记》有记，《汉书》有传，我们可以综合史料得出自己的结论。

其实说朱买臣好学，毋需读书台作证，《汉书》本传开头就谈到此事：“朱买臣，字翁子，吴人也。家贫，好读书，不治产业，常艾薪樵，卖以给食，担束薪，行且诵书。”相传他

朱公祠和读书台

卖柴也带着书，得空就学习。古书是用竹简编的，一卷就是一捆，当时市集又远在木渎、胥口，担柴又带书不是很累吗？但是为了途中休息时有书可读，他宁可费点事。读毕，就把简书藏在路边树丛草石间，到市集卖掉柴再带回家。

后人为了纪念朱买臣的苦读精神，在他藏书的地方盖了一座“藏书庙”。民国《吴县志》卷三十三说：“朱翁子藏书庙，在木渎穹窿山南。相传汉会稽太守朱买臣负薪往来，藏书于此，塑像衣冠犹汉制云。明天顺四年，里人顾宗善重建。”后来其地就以“藏书”为名，并沿用至今。

有时柴砍得多，妻子相帮背柴去卖，就不便带书了。但积习难改，他依然“行且诵书”，背得高兴就吟唱起来。妻子几次叫他别在路上出洋相，他反而唱得更起劲。结果“妻羞之，求去”。这么点小事也要闹离婚？原因不言自明，这个书呆子百无一用，以致年近半百尚未脱贫，指望不上了。但朱买臣不气馁，他劝妻子说：“我年五十当富贵，今已四十馀矣。汝苦日久，待我富贵报女功。“(《汉书》本传）这话说得好听，可是“年五十当富贵”有什么保证？这不是痴人说梦吗？他妻子听了更生气，于是夫妻就分手了。《汉书》采此语入传，想必他确实在五十岁走运，正好应验。朱买臣生年无载，查他发迹当官在汉武帝建元元年（前 140），据此推算，他当生于汉惠帝五年（前 190）。

汉代读书人的仕进之路有两条，官方特聘和本地荐举，这都要靠名气。朱买臣饱读诗书，可是他僻处深山，砍柴卖柴为生，无人知名。到他五十岁那年，汉武帝刘彻即位，下诏广求人才，他的同乡严助和在吴中书馆教书的东方朔都在此时入京当了官，于是他也想去碰运气。那时会稽郡上计吏要到京城送报表，有驿站舟车载送，他就设法去当跟班。到了长安，便向公车上书自荐，可久久没有回音。幸好找到了时任中大夫的严助，

朱卖臣读书台

经这位同乡推荐，皇帝召见了他。《汉书》本传说，武帝面试时，发现他熟读《春秋》、《楚辞》，是个人才，于是也任命他为中大夫。而据《史记·酷吏列传》记载，官阶还要高一点，“买臣以《楚辞》与助俱幸，侍中，为太中大夫，用事”。山中樵夫一下子成了天子近臣。

大夫的主要职责是在朝议政，朱买臣议了什么？据记载，元朔元年（前 128），有严安、徐乐先后上书，劝皇帝要“以德服四夷”，不要老是跟匈奴打仗。武帝为表示纳谏，任他们为郎中。但朱买臣反对这种意见，因为以前用过和亲政策，但匈奴不守信义，和约屡次被毁，只能立足于打。汪琬《朱买臣读书台》对此有评论，诗云：“山巾习气未全除，便逐严徐厕殿庐。”讽刺朱买臣是山林里挥斧头出身，所以尚武好战。其实这是后人的风凉话，当时汉军若不以攻为守，不但长城外的疆土保不住，恐怕连关中也岌岌可危。

翌年，汉军攻克北河（河套地区），中大夫主父偃建议在那里建郡，理由是聚民开垦后，可免内地运送军粮，有利长期防御。此议经朝臣讨论，大多认为“不便”。左内史公孙弘说，秦时发三十万人在北河建城，劳民伤财，最后还是放弃了，可见行不通。武帝知道朱买臣是“鹰派”，就命他同公孙弘辩论。朱买臣以十论立郡之利驳倒对方，于是建立了朔方郡（郡治在今内蒙古杭锦旗北）。这一决策很重要，自后河套地区得以巩固，并成为抗击匈奴的基地。

从这些事例，可知朱买臣是关注大事的人，发表的意见都与国防有关，且确有见识。

元朔三年（前 126），他因坐事免职，回乡待分配。其间他研究了闽越（今浙江南部和福建）局势，自建元六年（前 135）平定闽越王郢的动乱，王弟馀善因反戈一击有功，封东越王，东南才稳定下来。但朱买臣认为馀善此人反覆无常，对他不可掉以轻心。于是在次年上书，提出要防备东越，馀善若有异动，则从会稽“发兵浮海，直指泉山，陈舟列

朱公祠

兵，席卷南行，可破灭也”（《汉书》本传）。武帝觉得很有见地，将他召回长安，授会稽太守，让他镇守东南。

会稽郡治在吴县，朱买臣就荣归故里了，有两则小故事。

一则故事是“买臣怀绶”，明蒙童读本《龙文鞭影》中有记载。说是朱买臣当年落职后，与郡府门丁同吃住，此番上任，他还是旧打扮，和门丁一起吃饭。饭后故意露出官印的绶带，门丁觉得奇怪，一拉就拉出了太守金印，连忙去告诉胥吏。胥吏们正在喝酒，谁都不信，后来见到官印，酒也吓醒了，赶紧参拜新太守。旧志的说法是，他微服到郡治，胥吏们以为穷鬼又来蹭饭了，于是“与买臣争席。买臣出其印绶，群吏惭服”。不过，顶头上司刚上任就给得罪了，怕以后的日子不好过，胥吏们便自掏腰包在阊门造了一座亭子，叫“金伤亭”，“伤”是冒犯的意思，表示赔礼道歉。但其名不雅驯，后改称金昌亭，亦作金阊亭，清末民初时犹存。

另一则故事是“马前泼水”，经戏文小说的传扬，在民间很有影响。说朱买臣到会稽上任，先前弃他而去的妻子拦马求他收留。他命差役泼水在地，叫她收起水就可应允。他妻子当然办不到，只得一死了之。《吴郡志》卷九说：“死亭湾，在阊门外七里。汉朱买臣妻耻而自缢处也。”但在藏书一带传说的地点不同，说她改嫁了村里的张姓木匠，“泼水”发生在张家门口，门前小河是她投水处。后来在捞起尸体的地方造了一座石桥叫捞桥，那个村子就叫捞桥村。

这事常被认作成语“覆水难收”的出典，其实这成语出自《后汉书·何进传》，与前朝的朱买臣不搭界。查《汉书》本传，也没有“马前泼水”这档子事，倒是说他妻子改嫁后与后夫上坟，“见买臣饥寒，呼饭，饮之”，说明她还是顾念旧情的。朱买臣衣锦回乡，也没有翻脸不认人，当车驾进入吴县时，他见前妻和她后夫在清扫官道，就把他俩载在后面马车中带到官邸，安置在后园里生活。只是前妻错失荣华富贵，心态不平衡，住了一月上吊自尽了。朱买臣还出钱殡葬，表现得很厚道，可见“泼水”之事纯属虚构。

再来看朱买臣上任后的事迹。《汉书》本传说：“居岁馀，买臣受诏将兵，与横海将军韩说等俱击破东越，有功。征入为主爵都尉，列于九卿。”这是说，他上任不到两年，因带兵平定东越，获得了晋升。这段记载大有问题，据《汉书·武帝纪》记载，元鼎六年（前 111）秋，“东越王馀善反，攻杀汉将吏。遣横海将军韩说、中尉王温舒出会稽，楼船将军杨仆出豫章击之”。结果是，东越繇王丑等人杀馀善，向汉军投降了。这次战役朱买臣绝对赶不上，因为他在四年前就不在人世了。

早在建元三年（前 138），武帝命严助为会稽太守，后因武帝疑其有割据之心，将他调回京城。继任的会稽太守不详，只知朱买臣于元朔四年(前 125)到任后，“治楼船，备粮食、水战具”，积极备战，馀善不敢妄动。武帝认为朱买臣威慑有方，能“不战而屈人之兵”，就晋升他为主爵都尉，主持京都卫戍，此职原由汲黯担任，元朔五年(前 124)汲黯调任右内史，出缺便由朱买臣接任。

两年后，即元狩元年(前 122)，出了淮南王、衡山王谋反案，武帝命廷尉张汤审理。张汤本是刀笔小吏，经常奔走在严助和朱买臣门下。此人精通刑法，善于揣摩上级意图办案，被武帝看中擢拔。这次审案，由于他大搞扩大化，受牵连而死者达数万人。其中有朱买臣的恩友严助在内。严助曾奉命向淮南王通报东越情况，后来淮南王朝觐时向他送了厚礼，因此被牵连入狱。武帝认为严助可以宽免，张汤却说“腹心之臣乃交私诸侯，如此勿诛，后不可治”(《汉书·张汤传》)。乘机剪除异己，以扩大自己的权势。朱买臣为此恨上张汤，却奈何不得，因为张汤于次年升任御史大夫，位列三公，成了他的上司。

元狩年间，朱买臣又因违法免职，后起用为丞相长史。这一职位相当于高级顾问，不过是闲职。其时已有王朝、边通充任，加进朱买臣，人称三长史。尽管无实权，但因资格老，官场对他们还是买账的。可是张汤对失势的前高官根本瞧不起，朱买臣去见他，他竟然“坐床上勿为礼”，而且还要当众折辱三长史。这把朱买臣气坏了，“常欲死之”，要灭了他。

元鼎二年(前 115)，机会来了！这时文帝陵园出了盗窃案，因事涉宗庙，先要查主管领导的责任。为此丞相庄青翟与张汤相约共同担责，可是到了皇帝面前，张汤突然变卦，声称陵园安全在丞相职责范围内，不归御史管。武帝就命张汤调查此事。庄青翟害怕了，就找朱买臣等三长史密商对策。长史们受够了张汤，也正想报复，于是决定先发制人。由三长史出面，告发张汤向商人泄露经济机密，收受巨贿，以及与下属史谒居关系暧昧，狼狈为奸。当时盐铁专卖和商人资产税的法令多由张汤制订，武帝也常向他面授财赋方面的机宜，因此御状一告就准。不过武帝对张汤搞同性恋并不在意，但对泄密事件大为震怒。张汤有口难辩，被迫自杀。他死后，武帝发现其家没有什么财产，方知上当了。于是三长史以诬告处死，庄青翟在狱中自杀。

一般认为，庄青翟与张汤的较量，是高层的权力倾轧，无是非可言。朱买臣为出一口恶气而参与诬告，也是咎由自取。但从总体来看，他在朝力主抗御外患，在郡积极消弭内乱，后来韩说等将领平定东越，用的就是他提出的方案，显然功大于过。再说张汤也非善类，朱买臣敢于给予致命一击，虽说出于私怨，也有令人快意的一面。只是“以

藏书庙

恶制恶”，手段不可取罢了。

朱买臣终年七十三岁。这位从吴郡名山出来的名人，死后没有归葬故乡，而是葬在浙江嘉兴东塔雷音阁后的广福讲院，大概当时有子孙在嘉兴。但据藏书当地人称，朱家场有他的后裔，惜因年代久远，谱系已弄不清了。

朱买臣也是辞赋家，《汉书·艺文志》说他有“赋三篇”，但在班固著书时就已佚失，连篇名也无存。二千多年匆匆流逝，惟有这方读书台还在。它作为汉代一名穷书生苦读的见证，昭示的是励志故事还是人生教训？读书是为了什么？成名后又当如何？这都让后人深深思索。

施亮生重建上真观

康熙十五年(1676),因撤藩引起的"三藩之乱"战火蔓延,官军与之相持,一时难以取胜。京城里一些王公贵族忧心忡忡,有的请喇嘛念经,有的请萨满跳神,以求天佑大清。老王爷裕亲王也想为青年皇帝分忧,他信道教,便请苏州穹窿山上真观法师施道渊到京师来主持打大醮。说来也是巧,自经各教大力祈禳,官军捷报频传,不久耿精忠、尚之信兵败请降,吴三桂军也走了下坡路。于是裕亲王大喜,他归功于施道渊,到底是老法师,果然有神通!

提起施道渊,现在知道的人不多了,但在清顺治、康熙年间,绝对是苏州大名人。他本名亮生,明万历晚期生于吴县新郭施家村(属灵岩乡一都十七图)。十三岁丧母,到阊门外义慈巷朝真观当了小道士,法名叫金经。道教有五大派,朝真观属符箓派道场,自明宣德初就和江西龙虎山正一宗有联系。这一教派主要从事飞符演法、斋醮祈禳,但金经因遇异人张信符授以丹诀,便私下练起服气吐纳来。这是道家丹鼎派练内丹的秘法,师傅倪期庆发现后,怕他误入旁门,就送他到龙虎山正一宫去受符箓派正规训练。这年他十九岁,师从法官徐演真,学得不少道法,其中最有名的是"五雷法",俗称"掌心雷"。据《正一部道法会元》说,"五雷法"是"指挥雨暘,叱咤风雷"的法术,即召神降雨或求晴。他从龙虎山归来后,师傅和师兄马契真、吕契一等人都对他刮目相看,而且受到"四方征请"。自此他改名道渊,以亮生为字,自号铁竹道人。

不过也有传闻说,他下了龙虎山没有直接回观,而是投奔大顺军,在李自成帐下效力。可是经历了一番风雨,未见彩虹,才回朝真观打理旧业。但查旧志无此事,只说崇祯末,苏州道纪司司李沈心庸重建朝真观大殿,他参加了修建工作,可见他一直在观里。也许因为从前以参加造反为"从贼",旧志讳而不提也未可知。明清易代,清军下江南,他一度避居于尧峰山。

那他跟穹窿山上真观有何关系?这里先交代一下上真观的来历和变迁。

早在汉平帝年间,此山大茅峰上就建有祀奉茅盈、茅固、茅衷三位神仙的茅君祠,也称三茅真君殿。唐天复年间重修,称上真道院,宋天禧五年(1021)重建,改名上真观。

这座道观兴废无常，《百城烟水》卷二说：“岁久观废，惟峰顶断碑，依稀见‘上清司命三茅真君’及宋‘延祐’年号而已。”可知这座道观在宋元间又毁废了。其后在废址上重修了一座殿宇，规模不大。清初杨右烈《穹窿山上真观记》说：“故山巅旧有真君殿，以奉香火。殿仅三楹，体制初具。迨岁久倾圮，羽流凋谢，司祀者仅属邻近僧寮。山径榛芜，殿门常闭，远近瞻礼者，必逾岭索钥，望门求火。千年胜地，日就淹没，有道之士，恒拊膺焉。”三间破屋，没有道士管理，进门却要向邻近的和尚讨钥匙，是何道理呢？原来自南朝梁天监二年（503），在茅蓬坞首建福臻禅院（俗称茅蓬寺，清称穹窿禅寺），佛寺就与道观分庭抗礼。自此以后，佛寺渐多，宋熙宁年间在百丈泉造了海云寺，绍兴十二年（1142）赐额为宁邦禅院，继又在福臻禅院东建积翠寺，明崇祯十三年（1640）僧弘彻再在积翠寺东建拈花寺，穹窿山就成了沙门世界。道教相形见绌，道士只得离山另寻出路，把道观丢给和尚看顾了。

上真观是苏州道教发源的标志，苏州道纪司虽有重建之心，却拿不出钱来，于是想请个能人来募建。《百城烟水》卷二说：“顺治初，吴兹受司李名晋锡，邀施法师上山，访观故迹，墙屋倾颓，香火断绝，特遣从者下山取火，焚香，遂同发愿兴复。”又据宋实颖《穹窿山上真观记》说：“庚寅之春，施度师亮生来游兹山，有灵光景福之感，与教主张真人盟于真君之前，以鼎新上真观是任。”两种说法不一，看来是吴兹受请施亮生负责恢复在前，与张真人盟誓重建于后。但宋实颖之说有误，

穹窿山上真观图 《穹窿山志》卷首

上真观山门

因为顺治七年庚寅（1650）任正一宗教主的是张翊宸，他没来过苏州，来的是他的次子张洪任，字汉基，顺治八年（1651）才袭爵，成为第五十三代教主。

但不管怎么说，重建上真观的担子落在施亮生肩上了，于是他移居穹窿山，着手筹建。由于大茅峰原址地块较狭，而且交通不便，他选址三茅峰上重建。经过三年的努力，新观建成了。据宋实颖《穹窿山上真观记》记载，正中有玉皇、真君、三元三殿，左有斗母、送子殿，右有玄帝、文昌殿，还有灵官、魏元君、关公、神将诸殿和礼斗台、善仁桥、方丈室、斋堂等建筑，共三十馀座。从《穹窿山志》卷首插图所示的上真观布局，也可看出这是一项大工程。

大工程需要投入大量银子，时人陆世廉《穹窿山增修上真观碑记》说："凡木石所购，工匠所攻，费而不赀，而卒未尝持一簿乞一缘，金钱粟帛，有若神为之运，而曾莫测其所自。"施亮生哪来这样的神通？传说笃信道教的裕亲王与施亮生是老相识，趁到苏州太仓盘检税银之便，前后给了他两大笔资金。这事恐怕不确，那时清政权正向全国进军，军费相当吃紧，裕亲王若敢慷公家之慨，摄政王多尔衮也不会允许。那末资金从何而来？说穿了也不稀奇，关键就在"与教主张真人盟于真君之前"，教主是有经济实力的，施亮生把他拉来当发起人，经费基本就有了着落。另外，因为施亮生人脉广通，虽未到处化缘，自有富家信众前来赞助。

上真观建成，道教就在穹窿山重振雄风了。顺治十五年(1658)，经教主张洪任表奏朝廷，敕赐上真观额，并赐施道渊“养元抱一宣教演化法师”称号。当时名流如吴伟业、宋实颖、潘奕隽等都有文赞扬，同时也流传不少传说，如求雨得雨，召神驱鬼莫不灵验等，把他给神化了。但有的传说并不玄虚，如康熙十年(1671)，耿精忠袭爵靖南王，延请他去打醮。醮事结束，王爷夜梦一“罪”字，请他详梦。他拆“罪”字为“四非”，说：“天意欲殿下非礼勿视，非礼勿听，非礼勿言，非礼勿动也！”(见《玄妙观志》)后来耿精忠起兵反清败亡，有往来的人都被牵连入狱，但是施亮生无恙。他不但无罪，还有警戒叛臣之功哩！可见他处事的机智。

自获钦赐法号后，施亮生在道教中的地位如日中天，信众捐赠也愈发多了。他很爱惜羽毛，钱财不落私囊，除了宗教开支，都用来为地方办实事，如赈灾济贫，修复古建筑等。乾隆《吴县志》卷七十八说：“由是海内名胜重建者一百七十馀所，塑像八千七百二十有奇，修圆妙观三清殿，建弥罗阁。”这些工程的收支账目和募捐人姓名金额，都勒碑公示，因此他的口碑不错，去世后也受人怀念。他于康熙十七年(1678)卒，年六十三，葬在上真观玉皇殿右，墓碑上题“开山祖师铁竹施真人之墓”，四周圈有青石罗城。

再说上真观，后来经康熙、雍正、乾隆三朝数次扩建，殿宇连绵，成为穹窿山最大的建筑群落，名传四方。圣祖南巡时，赐匾“餐霞挹翠”；高宗六次登临此山，并题有“穹宇清都”等联额，还作了纪游诗。今上真观内就有他题书的诗碑。皇帝巡游是劳民伤财的事，但也有一点好处，官府对皇驾莅临之地事先都要检查，使不少风景区得以整修一新。穹窿山上的景观因此而更加完善，原本崎岖的山路也变成了平坦的御道，从此方便

上真观三清阁

了游人。

上真观在嘉庆、道光年间又加重修，影响更大。每逢玉帝生日的“天诞”，向玉帝缴税，以锡箔锭象征税金的“解天饷”，以及“贴天师符”等道教节日，进香者人流如潮。苏州自明初以来，向以玄妙观为道教总部，道纪司就设在这里。但上真观是“独立大队”，如“解天饷”不送总部而要集中到这里焚化，说明它直属天府管辖，因而红火一时。《木渎小志》卷五说，当时“香船醮事江浙各属皆来，几分龙虎山一席”。后来虽遭太平军战乱的大破坏，但经同治年间重修和扩建，再次焕然一新，殿房多达五千多间，香火常年不绝。

民国年间道教衰落了，再加殿宇失修和迭经火灾等原因，渐见式微。但时人金松岑《游穹窿诗》仍云：“云构万山窟，楼阁千馀楹。”可见还具有一定规模。这种格局一直保持到 1966 年，“破四旧”声势浩大，那是神仙也救不得了，上千殿屋转眼间就被拆成一片废墟，施亮生墓也毁于此时。

不过在历史长河中，这仅是小插曲。1991 年，经吴县道教协会等单位发起重建，数年后就恢复了上真观的主体建筑，施墓同时修复。其间管理部门还开辟了若干新景点，如三茅峰山顶的望湖园。此园由朝元亭、茶艺楼等建筑和“石浪”景观组成，茶艺楼包括望湖茶室、樱花阁和醉我阁，都是品茗览景的佳处。“石浪”是一道道形如波浪的石群，景观奇特。于此眺望太湖烟波，顾盼四野美景，实有赏心悦目之妙。茶艺楼的地方原是祈雨台，是当年施亮生求雨和演法的地方。

穹窿山现已成为著名风景区，并获得了“东吴国家森林公园”的称号，这与今人的努力是分不开的。但也不要忘记，三百五十多年前有个新郭施家村人，为此打下了基础。

古横山钩沉

山本天生，亘古就有，在横山前加“古”字，岂非蛇足？说实话，这是不得已，因为苏州横山现有两处，一得名于公元七世纪，一约得名于 1970 年代，要区分开来，只能加上个时间定语。

先说得名于近今的横山。它位于盘门外苏福路、横山路之间，高九十七米，山上有座烈士陵园。这座山原本不叫横山，查民国《吴县志》的《木渎区图》，那里标作“黄山”，并在山麓东南标有“黄山村”。其卷十九说：“黄山，在茶磨北四里，胥塘之北。诸峰高下相连，俗称笔格山。隋志载，王世充破刘元进，坑其众于黄亭涧，疑即此。”“笔格”指山有两峰，形若搁笔的架座。“王世充破刘元进”事，发生在隋大业九年（613）。是年吴郡朱爕、晋陵（今江苏常州）管崇率七万人起义，并推刘元进在新郭称帝。隋将吐万绪、江都丞王世充先后率军来镇压，刘、朱、管败死，降众三万多人被王世充坑杀在黄亭涧。志书说“疑即此”，没有确定黄亭涧就在黄山，但据考证，王世充打到苏州，曾向义军招降，并与义军头目在老城通玄寺（今北寺）设誓不杀。待义军全部放下武器，他就一举消灭之，接着洗劫了新郭。因此杀降的山涧必在老城与新郭之间，而那里只有黄山符合条件。黄山还有好多历史故事，但因它属于横塘，不在本书介绍的范围内，就不多说了。

石湖图 《石湖志》卷一

言归正传,来谈谈古代得名的横山。

横山在黄山之南,它是以今七子山为主峰的山脉,范围比黄山要大得多。清顾嘉誉《横山志略》卷一说:"横山方广四十馀里,东则茶磨、楞伽、吴山,南则宝华、陆墓、王登、长旗岭、七子墩,西则尧峰,叆叇岭、升犹山、紫石山、胥台山,北则民山、九龙坞、荐福山、福寿山、翔凤岗,皆曰横山。"

横山的历史更是源远流长,比起颇多春秋遗迹的洞庭西山、石城山、香山还要早得多。话得从姑苏的得名说起。

旧时西山消夏湾和马迹山分水岭各有一座水平王庙,祭祀的是太湖水神水平王,清金元理《太湖备考》卷六引《毗陵志》说了祭祀的原因:"水平王,后稷庶子,佐禹治水,至会稽,诲人浚导,殁而祀之。"这位后稷庶子是谁呢?相传就是胥,大禹开通三江,洪水入海后,胥就当了太湖东部部落的首领。张紫琳《红兰逸乘》卷一说:"盖胥者,舜臣名,佐禹治水有功,封于吴者也。"此后这一地区就以"胥"为名,称"姑胥"。"姑"是当地土语的发声词,无意义,常用作专用名词的前缀词。如汉王符《潜夫论·边议》说"范蠡收责于姑胥",也就指这一地方。胥的部落所在地有座山,即以部落为名,叫"姑胥山",由于土语"胥"、"苏"不分,故又称"姑苏山"。当时横山没有名称,但姑苏山是它的西北支脉,因此可以看作横山历史的缘起。这样算下来,它的历史可以追溯到四千多年前的大禹时代,自然是古之又古了。

不过姑苏山要到春秋晚期才出名,那时吴王阖闾在山上造了"姑苏台",后经吴王夫差扩建,延伸到横山中部(今七子山)和东北部(今上方山),从此名闻全国。今山上尚有台的土基、郊台等遗迹可寻。尤其引人注目的是,山上有不少土墩石室,据对七子山和上方山的考古发掘,证实它们是春秋时代的遗迹。有学者认为土墩是"烽燧墩",石室是"藏军洞",也有学者认为是"山越民族居住遗址",或认为是"春秋贵族墓葬和祭祀遗迹",诸说不一。结合春秋晚期的情况来看,应该是作为军事设施。《吴郡图经续记》卷中分析了横山的形势:"观是山,镇此邦之西南,临湖控越,实吴时要地。"这话点出了横山在军事上的重要性。查古史,它作为吴都的天然长城,至少有两次阻击了越国的进攻,说明吴国在横山有重兵驻守,因此可以推定,这些土墩石室或为戍所,或为军库。

吴国灭亡后,吴地战争大多发生于对古城的争夺,但到王莽新天凤四年(17),横山有事了。由于王莽称帝后推行复古政策,造成了国内大动乱,盲流到吴县西南郊的饥民也爆发了起义。首领是临淮(今安徽凤阳)人瓜田仪,义军凭借横山山脉的山水险阻,与官军打游击。官军围剿数年无功,义军却发展到万馀人。王莽没有办法,于地皇二年

黄山

（21）派中郎储夏去招抚。《汉书·王莽传》记道："仪文降，未出而死。莽求其尸葬之，为起冢、祠室，谥曰'瓜宁殇男'。几以招来其馀，然无肯降者。"王莽在死者身上做文章，是想宣传归降朝廷的好处，但没有成功，隔一年多他自己就垮台了。查瓜田仪的祠墓，均不见记载，无论横山还是别处，都找不到遗址。大概王莽垮台太快，他对瓜田仪的丧

苏州山水全图卷（局部） 明沈周绘

葬许诺大概没有落实。

瓜田仪在横山起义,《汉书》称其地点为“会稽长州”,其时吴县属会稽郡,“长州”即阖闾长洲苑故址,在横山下。可见当时这座山仍无名称。横山之名见于官方文献,是在隋初。《吴郡图经续记》卷中说:“横山,在吴县西南十里,《十道志》云:‘山四面皆横。’

盖以此得其名也。”《十道志》一作《隋书十道志》,已佚。《隋书·地理志下》在“吴郡”条则下注曰 :“吴,旧置吴郡。平陈,郡废,大业初复置。有胥山、横山、华山、黄山、姑苏山、太湖。”横山赫然在焉。又唐陆广微《吴地记》说,隋开皇九年(589),江南地方豪强纷纷起事,隋文帝命杨素为行军总管,率军讨伐。乱平后,“越国公杨素移郡及县于横山东五里”,也就是将苏州郡县治所迁到今上方山东,至今留下新郭的地名。另外,大业四年(608),吴郡太守李显在楞伽山(今上方山)上造了一座塔,司户参军严德盛为撰《吴郡横山顶舍利灵塔铭》。这些记载都表明,从隋朝起,它就叫横山了。

隋唐时,横山又称踞湖山,一作据湖山,《吴郡志》卷十五说 :“踞湖山,即横山也。在城南十五里,以其背临太湖,若箕踞之势然。钱氏有国日,造寺于山下,曰荐福寺。至今里人不以踞湖名山,或以寺名名之。”因横山的形状如“箕踞”而坐,七子山是身躯,背向太湖,尧峰山是伸向南面的右腿,上方山是伸向东北的左腿,很是形象。到五代时,苏州属吴越国钱氏政权,主管苏州的中吴军节度使钱文奉为给其父广陵王钱元璙祈福,在横山中部山下造了一座佛寺,称荐福寺,并把附近山地圈为钱氏家山,故横山又称荐福山。《吴郡图经续记》卷中说 :“山周围甚广,环以佛刹,如荐福、楞伽、宝华、尧峰之类皆在焉。”又因为横山下有五个山坞,故名五坞山,《吴郡志》卷十五说 :“山有五大坞,《图经》又名五坞山。五坞旧名不雅,皇祐五年节度推官马云三游此山,求其林涧之美,峰壑之秀,云景之丽,泉石之怪,因其物象,各以美名名五坞,踞湖即总五坞之众名,为六题焉。”当时节度推官马云和隐居此山的仇道,给五坞各取了名字,分别称为芳桂坞、飞泉坞、修竹坞、丹霞坞、白云坞,而且还有诗咏。今选马云《踞湖山》一首,以见当时横山风光,诗云 :“山临太湖上,寺隐青萝间。五坞洞壑邃,众峰屏障环。浓岚面光彩。惊波背潺湲。云归定僧寂,月伴樵夫还。林墅掩蒙密,级磴容跻攀。钱氏建生社,此地为家山。”

由此看来,踞湖山、荐福山、五坞山是横山自隋至宋间的别名。但称作荐福山和五坞山,无形中缩小了横山的范围。因为荐福寺坐落横山中部的一座山下,五个山坞也都在其旁,随着横山支脉各山如尧峰、吴山、上方、福寿等都有了定名,横山这个概念就仅指一座山,如叶燮晚年退隐此山,人称“叶横山”,而汪琬筑室尧峰,人称“汪尧峰”,可知迟在清初,横山已非整个山脉的总称,而是专指其中的一座了。约在晚清时,这座主峰高二百九十五米的山,被称为七子山。七子山的名称由来有两说,民国《吴县志》卷十九说,横山“上有七墩,俗称七子山”。1994 年版的《吴县志》卷三说,七子山“绵延于木渎、横泾、越溪、及苏州市郊横塘乡等四个乡镇。大致呈北东走向,形似七子分叉,故名”。前说的根据是直观形象,容易为游人接受 ;后说的根据是它向四方伸延的势态,保存了横山“四面皆横”的原意,也有道理。

横山的名称虽然转移了,但不能忘记它对木渎、石湖两大风景区的贡献。

木渎能成为著名的风景旅游胜地,除了本身的古镇风情外,山水风光也起了重要作用。山水的重头,一是西北的灵岩、天平两山,二是其南的横山。论旅游效应,以灵岩、天平为大;论历史影响,则横山的姑苏台千古传名。还有木渎十景中的“南山晴雪”,就是指横山的冬景。古代从木渎去横山的旅游路线是,从东街法云庵前的兴福塘乘船出发,可达姑苏山、七子山、凤凰山和尧峰山。

石湖地区和横山的关系更为密切。自南宋范成大在石湖北岸兴建别墅后,石湖就一跃而为吴中名胜,而且发展成为公众节俗活动的主要场所。湖西的横山诸峰乃是一道屏障,成为这一风景区的组成部分。其中上方山的楞伽塔是风景区的地标,吴山是重九登高的首选,茶磨屿望湖亭是农历八月十八看行春桥串月的最佳地点。

“人事有代谢,往来成古今”,从山名的更动可以捉摸历史的变迁。其实横山名称的转移并未改变实质,只不过是把山脉分成了十几座山,总名变成了十几个山名,其间是有脉络可寻的。但如今用横山来取代黄山,名实都缺乏历史联系,难怪要受人质疑了。

石湖沧桑

苏州湖泊众多，以水面积大小而论，不到四平方公里的石湖排不进前十名。但就风光高下而言，虽然没有量化标准，却总被人推列前茅。这得益于它的地理优势，西边有一排青山，峰峦连绵起伏，山水相映，实在迷人。尤其是晴日无风时，湖平如镜，明瑟可爱，无怪在宋代就有“天镜”之誉。它有五道长堤，杨堤在东，吴堤在西，越堤在中，范堤、石堤在南，恍如五条卧龙，分湖为三方，使湖景多了层次，分外绮丽。这一带景点也多，无论长桥短亭、荷荡柳岸、古刹名园，都是游赏佳处；还有“吴台越垒”等遗迹，可发思古之幽情。再说它又是节俗活动的活跃地区，如春游行春桥，夏日观采莲，八月十八看串月，重阳登高吴山岭，都在这一带进行。清高宗六次南巡到苏州，石湖是必到之地，江苏巡抚尹继善为此在茶磨屿造了石湖行宫，以供驻跸。不过皇帝是来欣赏“天镜”静趣的，当瞥见湖上渔舟错杂、网落网起很不高兴，随即下令封湖。他有《观打鱼歌》云：“江乡本以渔为业，烟水冲寒应不怯。而我行时欲物熙，人跔鱼鯱非所悦。施罛连网围周遭，大鱼掉尾小鱼跳。烹炁充俎供一嚼，宁如虚浪听消遥。”意思是，他看到“人跔鱼鯱”，于心不忍，因命罢之。看来很讲人道主义，那渔民的生计呢？他就不管了。这首诗后被刻制成二米多高的碑，置于石佛寺内。但是高宗对石湖的印象极佳，《石湖霁景》诗云：“佳丽江山到处同，惟有石湖乃称最。”给了石湖很高的评价。

石湖名声这样大，但在宋前方志中不见其名，只提到与湖相通的越来溪。“越来”是吴人口吻，指越兵入侵。这是周敬王三十八年（前482）的事。是年吴、晋、鲁三国诸侯和周天子的代表在黄池（今河南封丘西南）开峰会，吴王夫差为与晋定公争霸，带去三万六千甲兵炫耀实力。不料越王勾践见吴国空虚，乘机偷袭。为防吴军从黄池回援，他派范蠡、舌庸率军渡海入江入淮，堵住夫差归路，自己则率水师五千人从太湖北上笠泽（今苏州湾吴淞江口）。因笠泽到吴都无水路，勾践便走东太湖，“自松江北开渠至横山下”（《吴郡志》卷八引《史记正义》）。这条渠就是越来溪。《吴郡图经续记》卷中说：“越来溪，在吴县之境，自太湖过横山，至于郡城之西。盖越王由此水至于吴，故得此名。”

越来溪有南北两条，南溪自吴淞江口到石湖，北溪自石湖抵横塘，再经胥江可达胥门外城河。当年越军就是从这条水路来的。明莫震等《石湖志》卷二说："越伐吴时，吴有备，不得入，故即山开渠，一夕而成。"所谓"吴有备"，是指夫差率军远行，有太子友留守，西山、胥口等要冲均有兵设防，所以勾践选冷僻的笠泽登陆。所谓开渠"一夕而成"，可能是对原有淤塞的河道加以疏通，再开凿连接，因此速度很快。越军突然而至，太子友猝不及防，仓促应战被俘杀，吴都沦陷。勾践这次偷袭得手，"一夕而成"的越来溪起了重要作用。

由于石湖处于南北越来溪之中，相传也是越人开凿的，如杨万里《寄题石湖先生范至能参政石湖精舍》诗云："万顷平湖石硺成，尚存越垒对吴城。"民间也有"石湖石湖，凿石成湖"的说法，认为石湖得名于此，明清县志也均采此说。但细想未免有疑，当时五千越兵已从越来溪来到横山下，吴都在望，却停下来凿石丁丁开这么个大湖，不但没有必要，而且旷日持久。这个疑点引起了后人的思索，莫非那时石湖早已生成了，勾践只是把越来溪与它接通？晚近以来，通过对石湖地区的历史考查，发现确实如此。

原来在新石器时代，石湖地区是山下的陆地，到良渚文化后期被洪水淹没了。后经大禹治水，开通三江，太湖水西退，在东岸留下了大小不等的湖湾和湖泊，石湖即是其中之一。这个观点有现代考古的依据，1936 年调查越城遗址时，采集到远古石斧、鹿角等遗物；1960 年又对此遗址作了考古发掘，出土了斧、锛、镰、纺轮等石制工具，属四千年前的良渚文化；还发现了砂红陶、泥质红陶等生活用具碎片，属六千年前的马家浜文化。可知在大洪水前，这一带是先民聚居之区。又经对石湖湖床的考查，测得平均水深为二点五米，没有发现凿石的痕迹，却有良渚文化的遗物出土，证明它确是太湖变迁留下的湖泊，为天然湖泊无疑。

石湖上方山
1920 年代摄

越来溪

石湖的得名，也另有传说，如《横金志》卷二孔陟岵续补云："石湖，在县西南十五里，南北长七里，东西四里，周二十里。其西溢起为三峰。自行春桥至北溪桥，中有寺下浜、陈湾浜、卢家浜、张宅浜，相传为石季伦别墅，遭沧桑之变，故湖以为名。"这是说相传石季伦在行春桥和北溪桥之间造了一座别墅，后来以他的姓氏作了湖名。

石季伦即晋人石崇，小名齐奴，元康初任荆州刺史，以劫掠远使客商致富，于河阳置金谷别馆，累官至卫尉，谀事贾谧，为"二十四友"之一。其性奢靡，尝与王恺斗富，王恺虽有晋武帝以珍宝相助，却仍落败。后因权臣孙秀看中他的爱妾绿珠，他不肯割爱，终于被谮杀。石崇晚居洛阳，何以在吴地有别墅？《吴郡志》卷三十九引《吴地记》："兵部侍郎石崇坟在吴县西六里。"《吴门表隐》卷七则说："石崇大王庙在黄埭市东庙桥北堍。"可知石崇死葬吴地，并有乡民立庙以祀，说明他生前与吴郡不无关系。他又是大富豪，在异地造个把别墅也不足为奇。此《横金志》续补之说，未示出处，但也没有理由否定，故录以备考。

《石湖志》卷二又说："郡志云，越来溪在越城，东南与石湖通，溪贯行春、越城二桥以入横塘，清澈可鉴，越兵自此溪来入吴，故名。苏州志云，溪上有越城，雉堞宛然。"说明一下，"行春、越城二桥"联袂而立，横卧石湖北，不见于宋前记载，推测约建于北宋。"越城"在越城桥东北，却不是越人开凿越来溪时建造的。《石湖志》卷二说："越伐吴，吴王在姑苏，越筑此城以逼之。”这是周元王元年（前475）的事，那时吴国国力已衰，对越军的再次入侵，夫差只有招架之功而无还手之力，于是固守不出。勾践便在外围筑城，作长期围困打算，越城即建于此年。

吴国灭亡后，石湖历史呈现了大段空白，要到隋文帝开皇十一年（591），才显出它的重要性。是年应行军总管杨素奏请，在横山之东建造新城，将州治、县治等政府机构都迁去，因为老城“非设险之地”，容易受攻击。这座新城有横山作屏障，有石湖水系作防线，还有个优点是，有石湖这样一座天然水库，新城的给水排水问题全解决了。隋末大乱，新城屡被攻破。再加隋炀帝所开的江南运河，是绕老城外城河南下的，新城的交通显然不如老城便利，因此入唐不久的武德七年（624）就把苏州回迁故址。新城废弃后，石湖就冷落了。如今的新郭，应该就是横山下苏州新城的外城一带。

石湖命运的重大转折，发生在南宋时期。这与田园诗人范成大有直接关系。当时“西河范氏”在石湖一带拥有大量庄田，自乾道三年（1167）起，范成大在石湖北岸营建别业，依地势高下建有北山堂、千岩观、天镜阁、玉雪坡、农圃堂、梦鱼轩、绮川亭等十多处景点，总称石湖别墅。它跟封闭的私家园林不同，是借真山真水的大园林，建成后大为石湖增光添彩。乾道中，枢密使周必大来游，称其胜概“甲于东南”，继有诗人杨万里来访，又誉之为“山水之胜，东南绝景”。淳熙八年（1181），孝宗题书“石湖”两大字，以光其乡里。名家的推誉和皇帝的题字，使得石湖声名大

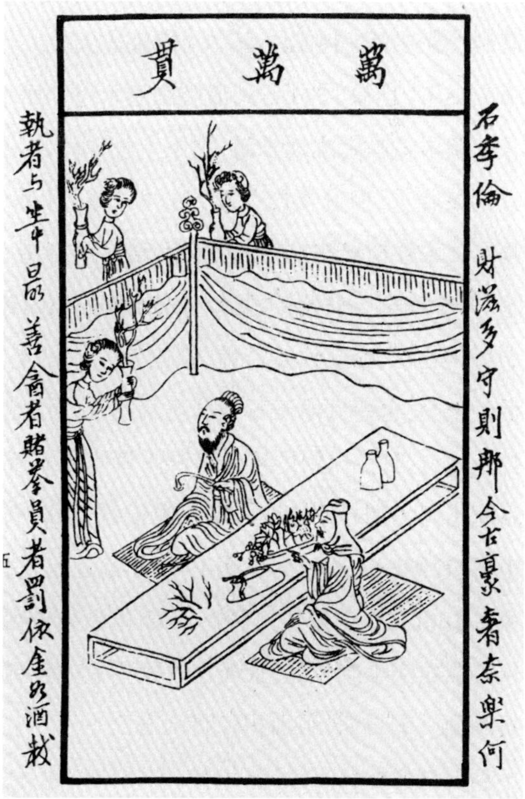

石季伦故事　明陈洪绶《博古叶子》

石湖清胜图卷　明文徽明绘

噪，一跃而为吴中数一数二的山水胜地。范成大也很自豪，甚至说“凡游吴中而不至石湖，不登行春，则与未始游无异”（《重修行春桥记》）。

可是他在自己主编的《吴郡志》中不事张扬，仅在记载吴王郊台、越城、越来溪时点到石湖，未作介绍。自后的方志倒是有记载的，但是所记水域大小有差异，说明历史上有过盈缩变化。晚近文字谈到石湖的规模，一般都依民国《吴县志》，说“湖长九里，东西四里，周二十里”，面积近三点六平方公里。其实这是引录明清旧志的记载，那时它已遭到“两旁豪民种茭占塞”（《横金志》卷二），水面积小于宋时。不过看文徵明绘于嘉靖十一年（1532）的《石湖清胜图卷》，可知水域还是相当宽广，仍不减“天镜”风味。

明末清初陈维嵩来游，写下《念奴娇》一则：“石湖一幅，似春罗，铺在楞伽山下，上有祠荧赛火，照遍盘门万瓦，白马三郎，青溪小妹，绣幰摇春夜，凭栏遥望，水云苍茫难画。　来往招飐花枝，蘸些微雨，倍觉添妖冶，鬓丝柳丝都一样，总受东风飘洒。乱石坡陀，群峰峭倩，满径沾兰麝。半湖纯黑，伍胥潮又来也。”这首词之有名，不在于他用险韵用得自然，而是比喻奇特，微雨迷蒙中的上方山和石湖，在他笔下变成了一对少年情侣的幽会，也可见他对石湖景色的锺爱。可是“水云苍茫”之美，经圈湖种茭白，肯定要打折扣，这种煞风景的事难道没人管吗？不好管。因为自南宋以来，湖面产权归了私家，私家借湖生利并不违法。据晚清记载，那时石湖不仅广种茭白等水生植物，而且芦苇丛生，蚕食湖面。这种情况到 1949 年前还是这样，当时石湖为蠡墅宋姓占有，附近农渔人家来打鱼割芦苇都要交租。1949 年后石湖虽然归了公，但因要解决群众吃饭问题，仍从发展农渔生产考虑，景观暂时顾不上。到 1960 年代，又因“以粮为纲”，大兴围湖造田，石湖便一缩再缩，水面积仅存六分之一，“天镜”就此消失，甚至在当时的吴县地图上找不到石湖的标名。

时至新时期，发展的观念改变了。石湖地区被列为太湖风景名胜区十三景区之一，称石湖景区。为恢复“天镜”旧观，先是“退田还湖”，到1986年水域扩至二点五平方公里。再经二十多年的努力，不仅将水面恢复到三点七平方公里，而且修复了行春桥、石佛寺、石观音岩、范文穆公祠、钓鱼台、余庄等景观。与明清有关记载相对照，今日石湖的主要景点并无缺失，而且还踵事增华，新建了绮亭、凌波、涌波等桥梁，开辟了“吴越潮音”、“层台春晓”、“四贤游湖”、“梅圃溪堂”等景点，近年又在湖东岸增辟了华南虎养殖基地，

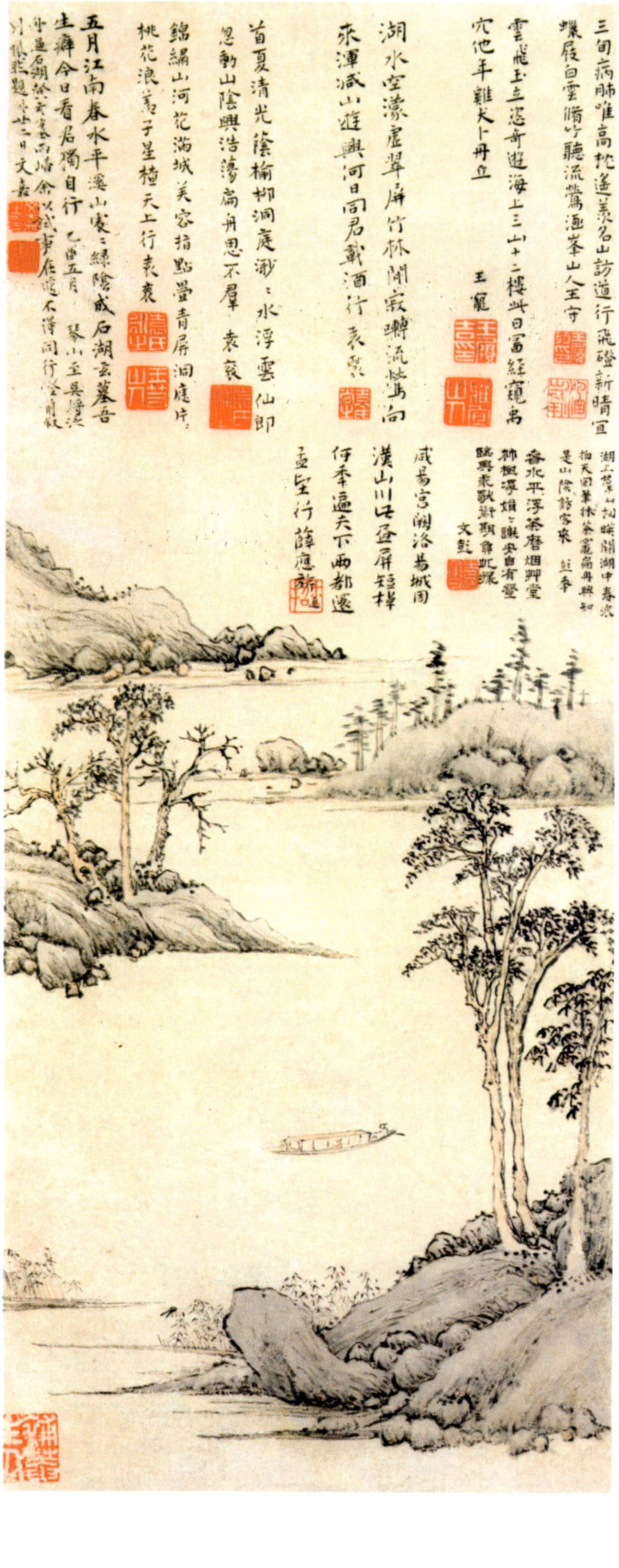

石湖小景图轴　明文嘉绘

石湖泛舟

平添了“越堤虎啸”的新景，可以说，总体风光之美超过了往昔。

但也不能报喜不报忧。回头看文徵明《石湖图卷》和文嘉《石湖清秋图》等就知道，十六世纪的湖周是空旷的田野，建筑物不多，且与山水和谐共存，呈现一派清旷气象。如今石湖周边的村舍农田基本消失，代之以成群的各种现代建筑。这虽是社会发展的必然，却对原有风貌造成了冲击。现代文明如何与大自然相融无间是个新课题，现设有四十多平方公里的保护区就是尝试之一。可是风景地区的地块实在诱人，要当心“山水楼苑”竞相孳生的势头，一旦高楼蔓延成林，那就举头不见青山、远望不见烟波了。

众所周知，苏州是全国重点环境保护城市和重点旅游城市，景区风貌的保护当是题中应有之义。再说苏州经济的发展向来得益于文化优势，因此有了“要金山银山，更要绿水青山”的呼声。这对石湖景区也是及时的提醒，维护千古景观的魅力，不仅是现实要求，而且也是应负的历史责任。

范石湖迹留千秋

说到石湖，就不能不提一位古人，石湖居士范成大，人称“范石湖”。

“范石湖”不只是雅称，还含褒美之意。因为石湖风光固自佳，若不是范成大在那里造了石湖别墅，恐怕得不了那么大的名声。虽然古往今来，在山水胜地营建别业者比比皆是，有名的也很多，可要像石湖别墅那样能带动一片景区，使之名扬天下的，实在不多见。

什么原因？想来有三个方面，一是别墅本身造得讲究，景观丰富；二是环境优美，山水相映，还有越城、吴垒等春秋古迹；三是有当朝皇帝赐书湖名，有不少名家推誉。但归根到底，要归功于主人范成大，他既是功在社稷的政要，又是杰出的田园诗人，名人效应起了主要作用。

范成大，字至能，苏州吴县人。父亲范雩官至秘书郎。范家世居苏州西河（城内第一直河），在石湖有庄田，他少年时常在那里游玩，接触了农家生活。十八岁父亲去世，他借居昆山东禅寺读书。二十九岁举进士，历任著作佐郎、吏部员外郎、处州（今浙江丽水）知府、礼部员外郎。

乾道三年（1167），他开始在石湖北岸营建别墅。六年五月，孝宗派他执行一项重大任务，以资政殿大学士名义担任祈请国信使，出使金国，任务是请求金国归还河南祖宗陵寝地，以及请求改变南宋皇帝必须起立接受金国国书的仪式。对于后者，起草国书的大臣怕触怒金世宗，不敢写入，叫范成大自己设法解决。孝宗知道这个任务难度极大，十九不会成功，但因事关国体，不得不硬着头皮试试。范成大也考虑到此行的危险，金国对宋使是不讲外交惯例的，杀戮或关押是常有的事，因此他先回苏州处理家事，作了回不来的准备。

七月成行，到燕山（今北京）向金世宗呈递国书后，他又送上自草的祈请书。金世宗大怒，认为呈递国书不可另递私书，不但拒不接受，还斥责了主管外交事务的宣徽副使韩钢。可是范成大坚持必须递上才肯退下，气得韩钢举笏打他，金太子拔刀要杀他，一时殿内大乱。但范成大始终不屈，金人拿他没办法，只得收下祈请书，将他软禁在会同馆。几天后金世宗作了答复，所请不准，但可以出动大军“奉迁陵寝来归”。这显然是威胁，祈请没有成功。但是范成大的凛然风骨令人起敬，事后连金世宗也赞叹他是两国臣子的好榜样。

使金归来，升任中书舍人。后又历任安抚使、制置使、礼部尚书等职，最后官至参知政事。淳熙八年（1181），他自金陵（今南京）到临安朝请时，孝宗赐题“石湖”两字，中夹“赐成大”三小字，也就是说，把石湖赐给他了。淳熙十年（1183）退归故乡，他在石湖边建成了“园林之胜甲于东南”的石湖别墅，并将宸翰摹刻于石，置于盟鸥亭中，自此他自号石湖居士。他又在城内宅南开辟了具有田园风光的范村，常与亲友诗酒流连。他一生写了近两千首诗，有不少忧国忧民的作品。在南宋诗坛，他与陆游、杨万里、尤袤并称为“南宋四大家”。著有《石湖集》、《揽辔集》、《桂海虞衡志》、《吴船录》等，在中国文学史上具有重要地位。光宗绍熙三年（1192），他编纂完成了《吴郡志》，次年谢世。

范成大是极有影响的诗人，诗歌代表作当推《奉承使北征七十二首绝句》和晚年所作《四时田园杂兴六十首》，后者最具特色，既有对吴地水乡风光的展示，又有对农业劳动过程的记述，还有对农家忧乐的同情和喜悦，而且对乡村风俗也有细致的描绘，是公认的中国田园诗经典。现举四首于下：“雨后山家起较迟，天窗晓色半熹微。老翁欹枕听莺啭，童子开门放燕飞。”（《晚春田园杂兴》其十）“下田戽水出江流，高垅翻江逆上沟。地势不齐人力尽，丁男长在踏车头。”（《夏日田园杂兴》其六）“垂成穑事苦艰难，忌雨嫌风更怯寒。笺诉天公休掠剩，半偿私债半输官。”（《秋日田园杂兴》其五）“村巷冬年见俗情，邻翁讲礼拜紫荆。长衫布缕如霜雪，云是家机自织成。”（《冬日田园杂兴》其十二）

范成大像 《历代名臣像解》

范成大塑像

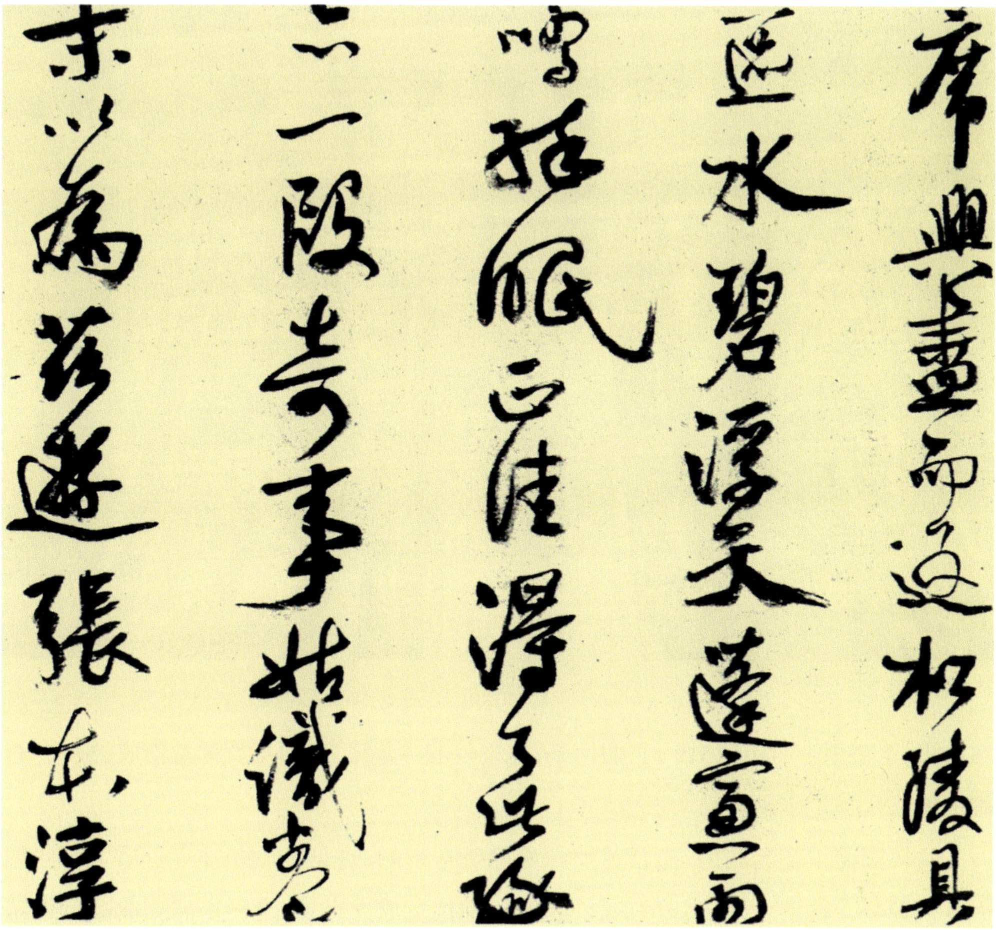

范成大诗卷（局部）

范成大是中国古代田园诗的集大成者，不仅描摹四时田园景物，更反映了民生疾苦和稼穑艰难。杨万里《石湖先生大资参政范公文集序》称其诗“清新妩丽，掩有鲍谢；奔逸隽伟，穷追太白”。中国古代田园诗向以陶潜、王维为代表，或描绘田园风光，或抒发隐逸心情，开辟了人与自然交融的诗路，为人所传颂。到范成大，他大大拓宽了这一题材，注入了更为丰富的内容，融地方风情、农业操作、乡民疾苦于一体，把历来的田园画尺页变成了展示农村现实的长卷。

可惜他去世后，子孙都在外地当官，后裔也都不在苏州，石湖别墅就日益衰败了。

到了明弘治年间，陈湾村有卢雍、卢襄两兄弟，因为地近石湖，经常去玩。此时离范成大建造石湖别墅，已隔三百多年，据明王鏊《范文穆公祠堂记》说，当时“所谓寿栎堂、天镜阁、玉雪坡之类，皆已沦于荒烟野草之中”，只剩下一块宋孝宗题书的“石湖”碑。卢氏兄弟见到这种景象十分感慨，相约说：“他日且将俎豆文穆于斯。”后来卢雍官至监

范文穆公祠

察御史，于正德十四年（1519）告假回来，兑现他的少年诺言，两年后祠堂落成，额曰“石湖书院”。

这块匾额不是新制的，而是苏州知府徐赞送来的，这是昆山东禅寺范成大早年读书处的原物。珠回合浦，很有意义。院堂正中挂范成大肖像，又将原置盟鸥亭的孝宗题石移置堂前。卢雍还以重金从浙江购得范成大《四时田园杂兴诗》六十首手迹，诗后有元人周伯琦跋和明人王鏊、都穆、文徵明的题识，更见珍贵，于是手摹入石。嘉靖七年（1528），又从常熟赵之履手中觅得范成大书刻手迹《蝶恋花》词，一并刻石于祠堂之壁，这样就更有书院氛围了。但地方官看重的是官阶级别，因为这是监察御史所建，纪念的又是宋代一品高官，且有追赠少师崇国公、谥文穆的尊荣，那是要列入祀典的，于是春秋岁时，有司都来祭拜。

不到百年，祠堂废圮。万历年间，有个国子监生叫张献翼，在此造了一座宅园，名“石湖别业”，他死后此园也荒废了。这时又有个从云南辞职归里的官员叫范允临，决定在书院原址上重建范成大祠。他不但有钱，而且热爱文化，对造园也有兴趣。因此除了建祠，还想恢复范成大的石湖别墅。虽然他是范仲淹十七世后裔，却与范成大并非一支，但是大家都姓范，五百年前同一家，重建之事责无旁贷。不过他正在重修天平山的范家祖祠和营建天平山庄，分不开身，于是就叫侄儿范必溶、侄孙范弥裕经办此事。万历四十年（1612），重建的范文穆公祠在故址峻工，其规模远远超过卢雍造的那所，内有重奎堂、寿栎堂、天镜阁、说虎轩、玉雪坡等，差不多恢复了石湖别墅旧观。祠堂内祀范成大像，设专人负责祭祀。陈继儒《重建范文穆公祠堂记》中还说："祠后行将访刻《石湖集》一百三十六卷，《吴郡志》二十卷。" 这对纪念范成大来说，也是极好的方式，可是刻制工程量不小，后来大概没办成。

崇祯十二年（1639），巡抚张国维又作了整修。到清嘉庆二年（1797），因年久失修，天镜阁等建筑已成危房。苏州知府任兆炯就与同僚商议重修。这笔经费从哪里来？姚鼐在《重修石湖范文穆公祠记》中说："因闻于侍郎学使长沙刘公及凡守牧江苏者，竞出财而济其功。"任兆炯也独自捐资修复了天镜阁，范来宗在《重建石湖文穆公祠记》中说："郡侯任晓村先生政暇来游湖上，见祠旁有馀地，因捐廉建天镜阁。艺花叠石，有亭有池，以为登眺游憩之所，俾先哲风流依然未坠。"

经咸丰十年（1860）太平军战火，范公祠又毁。同治间再重修，自此近百年来没有修葺过。到 1963 年，始列为苏州市文物保护单位。"文革" 动乱，又遭严重破坏，仅存一座颓败将倾的享堂和七方《四时田园杂兴诗》明碑。

1982 年，苏州市政府拨款对范公祠作全面整修，潘景郑《重修范文穆公祠记》说："凡两载而毕工，计重建头门、享堂、廊庑等处，并塑公坐像于殿中。诗碑分陷殿壁，一遵旧式。祠右邻为潮音庵，有石佛崖、石涧、石梁诸胜，并加重新，缭以周垣，合为一区，经供观光。" 记中说的头门，即门厅，上有顾廷龙楷书 "范文穆公祠" 匾。后为庭院，两侧有廊庑，廊壁上嵌今人所书刻石多方。过庭院即享堂，额为 "寿栎堂"，系集范成大行书，堂正中坐石湖居士铜像。南北墙嵌《四时田园杂兴诗碑》行书刻石及崔护所书范词《蝶恋花》。后壁有石湖风光的木刻图。这座祠前原有 "吴中胜境" 牌坊，是石湖的标志，怎么看也挨不上 "封资修" 的边，但在 "文革" 中还是拆毁了，今已重建在景区入口处。

看行春桥串月

苏州是水乡，自古多桥。若问桥有多少，不大好回答，但唐代有数据，白居易诗称“红栏三百九十桥”，虽是约数，但也差不离。不过唐桥以木结构为多，岁久易朽，后来逐渐以石代木。今存古桥大抵是宋代始建或重修的，都是石桥，如本文要说的行春桥便是。

行春桥，今俗称九环洞桥，坐落石湖北部与荷花荡之间，西为茶磨屿，东为越城桥。它是十墩九孔石拱桥，长虹卧波，九环连拱，十分壮观。但旧时不是九孔，而是十八孔，正德《姑苏志》卷十九说：“行春桥，在横山东，茶磨屿下，跨石湖上，与越城桥近，有石洞一十八。”《江南通志》卷二十五也说：“桥甚长，跨溪湖之口，名小长桥。岁久圮缺，淳熙十六年重修，叠石为梁，凡十有八洞。”《横山志略》、《清嘉录》、《吴郡岁华纪丽》、《吴中竹枝词》、民国《吴县志》等均采此说，可见自宋迄清，关于行春桥的记载，都是十八孔。何时改为九孔，是在清同治、光绪年间，还是在民国早期，有待找到确凿的文献依据。

从行春桥的建筑风格来看，桥身用花岗石砌筑，长系石为武康石，端部雕有兽面，都是宋代风貌。不过始建年代不详，南宋孝宗年间，因桥破败，吴县知县赵彦贞于淳熙

行春桥　1910 年代摄

行春桥和越城桥　1910 年代摄

十五年(1188)重修,次年竣工。因为不是推倒重来,而是修残补缺,所以原貌犹存。由此推断,此桥约始建于北宋,最早不会超过五代吴越时。关于这次整修的经过,范成大《重修行春桥记》记道:"太湖日应咸池,为东南水会,石湖其派也。吴台越垒,对立两峙,危峰高浪,襟带平楚,吾州胜地莫加焉。石梁卧波,空水映发,所谓行春桥者又据其会。胥门以西,横山以东,往来憧憧,如行图画间。凡游吴中而不至石湖,不登行春,则与未始游无异。岁久桥坏,人且病涉,湖之万景,亦偃蹇若无所弹压,过者为之叹息。豪有力之家,相过环视莫恤,漫以诿之官。前令陈益、刘棠,皆有意而勿果作。淳熙丁未冬,诸王孙赵侯至县,甫六旬,问民所疾苦,则曰,政孰先于舆梁徒杠者?乃令治桥,补覆石之缺,易藉木之腐,增为扶阑,中四周而旁两翼之。岁十二月鸠工,讫于明年之四月。"

明洪武七年(1374),桥坍塌了。此桥是交通要道,断了全靠摆渡,实在麻烦。但官府拿不出钱来修,因石湖西边山寺多,就叫苏州僧正司负责。僧正司推给县僧会司,僧会司找了个长洲和尚叫善成,命他募修。据释妙声《行春桥记》记载,善成很尽职,"倾诚劝募,寒暑匪懈",筹得经费开工了,不料京城"会大有营缮,尽括匠氏以去"。幸亏来了个造桥专家钱玄济,工程在他主持下终于在洪武十三年(1380)告成。"桥之修广制度,一仍其旧,而坚致过之"。此后,成化、万历间又两度重修,至崇祯间再修时,改为"重阑",即石栏下设条石,可供坐憩。但到清末再修时,坐石去掉了。

1949年又毁。这次原因是国民党兵败撤退,拆除了桥东四孔,仅存半截。1953年修复。1957年重修时,在石栏各望柱头上饰有蹲狮,这些精美的雕刻均出于苏州工匠之手,惜毁于1966年。1986年又作修葺,邓云乡《重修行春桥记》认为北京颐和园十七孔长桥,"或即仿此而建者。以人拟之,则十七孔桥如吴宫之西施,行春桥则越溪之浣纱

越城桥　1910年代摄

越城桥　1920年代摄

女也”。此桥今列为苏州市文物保护单位。

行春桥如此有名，当与它的历史和建筑特色有关，尤其是南宋石湖成为著名游览胜地后，它是湖上的主要景观。还有个重要因素也不能忽略，即农历八月十八夜，苏州行春桥看串月的风俗。

何谓串月？因行春桥有十八孔，月光映水，正对桥孔，一环一月，连络成串，称为串月。八月十八行春桥看串月，是苏州悠久的风俗传统。清顾禄《清嘉录》卷八说："行春桥跨石湖之上，八月十八日，月光初起，入桥洞中，其影如串。"袁学澜《吴郡岁华纪丽》卷八也说："八月十八夜，吴人于此串月，画舫征歌，欢游竟夕。金轮激射，玉塔倒悬，摇漾泙融，九光十色。旧俗，串月多泊舟望湖亭。"并引邵长蘅诗云："十八楞伽山，湖亭待串月。"又引尤侗诗云："常是携儿看串月，行春桥畔听吹箫。"这都是看行春桥串月。其实，凡有多孔桥处，都可看串月，特别是在上方山上看宝带桥串月，尤为前人津津乐道。如吴景旭《历代诗话》卷八十说："苏俗每岁八月十八夜，士女凝妆，挈壶罍，艤舟于桥畔，首尾鳞比，仅出篷窗以迟月。盖吴中盛水，水与月相吞孕，凡区一水，即各给一月，望之累累焉，如编贝而成串，谓之看串月。故元叹诗序，或云从宝带桥外出，数有七十二，此横说也；或云葑关外极饶溪港，是夜月出其方，光影相傅，望如塔灯，此竖说也。薄暮登楞伽山，坐灵官殿庭，远水纵横，昏昏莫辨。更馀，孤魄渐升，从溪港一一现形，分身无数，始大异之，二更后益奇，总之所为玉塔者近是。"《吴郡岁华纪丽》同卷引沈纫芳《晋人麈》中语曰："吴中八月十八日看串月，在楞伽山顶望月亭。向东望宝带桥，当月出处，每桥洞有一月影，其光闪烁，霎时即过。遇闰年则行度有差，月不复串。"民国《吴县志》卷七十九也说："吴俗每年八月十八日，咸至上方山看串月。画船箫鼓，

行春桥上

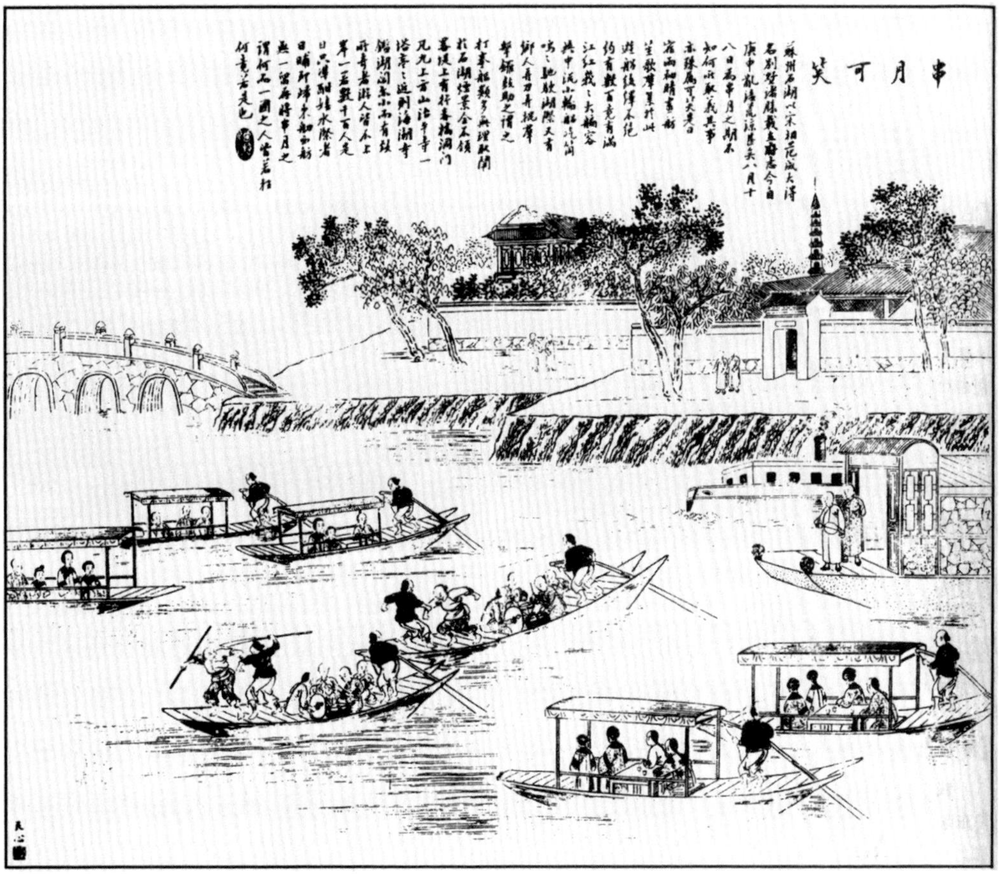

串月可笑 《点石斋画报》木集

游遍石湖。或荡洲渚之间，或泊行春桥畔，随意取乐，彻夜至明而返。上方山东临石湖，石湖之东数里有宝带桥，横亘南北。此桥最长，通水之环洞五十有三。仲秋之十八夜，月光出，正对环洞，人必于山间之望湖亭东瞰，而桥西波面一环一月，连络横流，荡漾里许，俨如一弦贯串，故名之串月。”

虽然宝带桥串月有奇观，但袁学澜说 ：“顾终以石湖行春桥为正。”这还是沾了石湖的光。

对旧时苏州的这一风情，袁学澜有诗《石湖串月》作了描绘 ：“石湖秋净明空霄，贴波横截行春桥。百尺红阑亘虹影，游人八月荡兰桡。此时皓月圆如璧，照入水底无定迹。风来水动波浪翻，倏忽变作千万月。千月万月波浪中，天水融成一片白。恍如鲛宫百颗珠，尽浮湖面争出没。人生良会不常有，如此奇观信非偶。吴台越垒夹清澜，苍茫怀古倾杯酒。须臾风息湖波平，千月仍归一月明。侧看横看光影乱，七十二相虚空呈。林端塔火浮云迥，画船散尽留渔艇。百顷琉璃溢镜奁，踏歌更蹑金鳌顶。”此诗作于道

八月十八游石湖　1962 年摄

光二十八年(1848),描绘得相当生动,不过展示的是清代风情图,现在还能看到这一奇景吗? 应该说,如今交通方便,景区管理有序,观赏条件要比古代好得多。只要农历八月十八夜有月无云,可以照看不误。不过事先要作好准备,因为串月景象出现在子夜十一点到一点之间,去早了要耐心等待,迟到则过了月光分度,错失机会,就要到来年再看了。

绮川莫氏沉浮记

后梁开平三年（909），吴越钱氏析吴县南部地置吴江，石湖便分属两县，石湖东、北、西，属吴县灵岩乡，石湖南、东南，属吴江县范隅上乡。在范隅上乡一都八图，有个村子叫石舍，北宋间有一家姓莫的人家从湖州迁居于此，后来子孙繁衍，成为村中大姓，于是改村名为莫舍。

村北有条河叫莫舍溇，西承太湖越溪水，东下苏州湾，水面壮阔，最宽处近二百米。元末村人莫礼有《莫舍溇漫赋》诗云："溪流日日倚阑干，胸次元龙宇宙宽。醉后短歌聊自适，愁来长铗向谁弹。海吞南纪波涛白，山入东湖剑戟寒。乱世安居已为福，风云何用着巍冠。"这首诗描述了莫舍溇的壮观。相传此处春秋时为吴王泛舟游乐处，前人称为绮川，范成大特地建了一座绮川亭。杨基《绮川游》诗云："川水东北流，川花照青楼。龙船载风吹，日来川上游。沙明属玉止，苕香翡翠留。渔郎蒲叶底，网得双吴钩。"《石湖志》卷二说："今乡党仍称莫舍，而士林文谈则曰绮川。"就是说，那里的正式地名是莫舍，绮川则是雅称。

石湖地区自范成大建别墅后，带来了旅游效应，也带动了地区的发展。《石湖志》卷二引《吴江志》说："莫舍村一名绮川，在一都石湖西横山，接吴县灵岩乡界。居人多莫

石湖乡贤祠图
《石湖志》卷一

氏之族，有科第牌坊，又有申明、旌善二亭，范文穆公有绮川亭。其南村张氏、中村李氏、竹堂薛氏、蜕窝朱氏，俱国初大家也。”“国初大家”是指明初莫舍的大户人家，如知府张理、主事李鼎、州判薛穆、训导朱应宸等家。但到洪武晚期，这些大户人家大多没落了。俗话说，富不过三代，洪武一朝三十一年，不足三代，为何这些富家衰败得这样快？

这有经济和政治原因。经济方面是赋税负担重。开国皇帝朱元璋对苏州、松江两府定下了全国最高的农业税。高到什么程度？清顾公燮《丹午笔记》说：“明太祖恨苏、松人为张士诚守城，抗拒二年有馀。士诚国破，将籍焚毁无稽。太祖取沈万三家租薄定额，格外加赋，每亩完粮七斗五升，其重十倍。”这是官田的税额，民田每亩要缴五斗三升，由地主承担。地主将高赋税转嫁给佃户，就要收七八斗到一石多！佃户完不成怎么办？官府就命当地富户为粮长，负责收缴，完不成由粮长垫付。因此遇到年景不好，当粮长的富户就难免破产了。

政治原因是大案的牵连。洪武十三年（1380）出了丞相胡惟庸谋反案，株连一万五千馀人；二十六年（1393）出了凉国公蓝玉谋反案，株连近二万人。石湖富户的败落，大多是受蓝玉案的牵连，如莫舍莫諟父子因涉案而遭刑戮，家产籍没，南村张璟四兄弟、中村李鼎也都杀头抄家。说来真是天晓得，这些富户有的还是官员，日子过得不错，跟新政权也毫无过节，连蓝玉的影子也没见过，造哪门子反啊？还有竹堂薛氏、蜕窝朱氏两家虽未见罹祸记载，但想来也好不到哪里，因为他们属于注定要灭亡的阶层。

此话怎讲？原来打击富户是朱元璋的既定国策。朱元璋少小贫苦，做过放牛娃与和尚，对地主老财尤其是豪强巨室有仇恨心理。此他掌握了政权，就是要铲除这一阶层。在称帝的前一年，因为消灭了张士诚，他就将吴县黄旭、昆山顾瑛等十万富户迁到“十年九荒”的濠州（今安徽凤阳）。人走了田带不走，因此统统变成了官田。尝到甜头后，他对剩下的江南大户干脆构罪籍没，吴宽《莫处士传》就说：“皇明受命，政令一新，豪民巨族，刬削殆尽。”

这样做，痛快是痛快，但在农业社会，地主和农民有矛盾斗争又相互依存，如不彻底改变剥削制度，过度打击乡绅地主就会破坏农村平衡，不利于生产发展。明初由于结束了元末战乱，江山一统，苏州人口逐步增长，经济也开始恢复，但因一再铲削富裕阶层，经济发展的速度就缓慢了，石湖地区也是如此。永乐初，治水官员朱逢吉来游石湖，他在《游石湖记》中记载，治平寺“泉池所甃石已撤毁，所存潢潦一洼而已”；宝积寺“丛荆野蔓，悉莽为狐鼠之墟”。说明由于地区富裕阶层没落，经济大受影响，景观的维护也就谈不上了。

到了仁宗、宣宗时期，政策较为宽松，由于巡抚周忱和知府况锺的努力，苏州降低了赋税，免去了历年欠赋，于是积困始苏，呈现出“岁复丰稔，家给人足”的景象。到英宗年间，就繁荣起来了。

英宗正统三年（1438），绮川秀才莫震中了举人。吴江县丞柳臻特地为他在绮川造了“登第坊”。次年莫震中了进士，柳臻更起劲，又来造了“进士坊”。苏州府县读书人多，举人如过江之鲫，如果都要立牌坊那还了得？再说苏州不但进士多，状元也不少，为何吴江官府要这样郑重其事大加表彰呢？原来自洪武年间绮川富户纷纷破家，地方经济一蹶不振。如今莫家有人出了头，而且是明朝开国以来石湖地区第一次有人中进士，实是吴江治下由衰转盛的好兆头，当然要大大张扬一番。

莫震，字霆威，号由庵，吴江莫舍村人，是《石湖志》的作者。他的曾祖莫諟、叔祖莫礼都在洪武年间被杀，祖父莫禧判死刑，瘐死狱中，父亲莫辕差点充军。莫氏家族从被镇压到中进士，起伏极大，因此很值得一说。

绮川莫氏的迁吴始祖不详，传称是北宋绍圣间迁来的，但据记载，只能追溯到南宋淳熙间的莫琀。莫琀有子名宁，孙子名大猷。莫大猷有五子，长子莫子文在理宗时做官了，在安徽广德当代理行政长官。七十岁退休回乡，咸淳四年（1268）去世，与妻姚氏合葬在新郭宴宫里，在吴山下。他的儿子叫莫若鼎，也做了知县。孙子莫中孚以祖父恩荫值直显文阁。莫家几代做官下来，到五世孙莫諟一代，家产丰厚，人丁兴旺，已成石湖大族，与周庄沈氏、同里葛氏并称乡邑三大富户。

这一谱系是从《石湖志》卷四“乡贤”中查到的，顺便看卷六“坟墓”时，意外发现莫諟不是莫子文的裔孙！原来莫子文有个弟弟叫莫应发，也卒于淳熙中。他的儿子名处智，孙子名宗茂，莫諟是莫宗茂之孙。这一支除了莫应发曾任书院山长，子孙到莫諟之前，皆无记载，大概都是寻常地主，乏善可陈。莫震属莫应发一支，他本人做过五品同知，大概为了表示他家是簪缨世族，就把长房之祖莫子文认了自家一房的祖宗。

莫震的曾祖莫諟，晚号芝翁，《石湖志》卷五称其“襟度倜傥，与四葛、四沈通婚姻，有义塾、义廪以济乡人之贫者。重建绮川亭，以奉范文穆公。乡有申明、旌善二亭，司马庙并桥梁、街道，皆为修建”。这一记载关系到绮川掌故，需要作点说明。绮川亭在莫舍村。申明亭在绮川亭左，是用来解决乡里民事纠纷的，由里长会同三老主持；旌善亭在申明亭旁，类似现代的好人好事宣传栏，两亭都建于明初。司马庙祀“苏大司马”，不知何许人，应该是土地庙。他修建的桥梁是莫舍石家桥、红桥和北溪桥。这都说明，他作为石湖首富，也承担了社会义务，是地方公益事业的主事者。

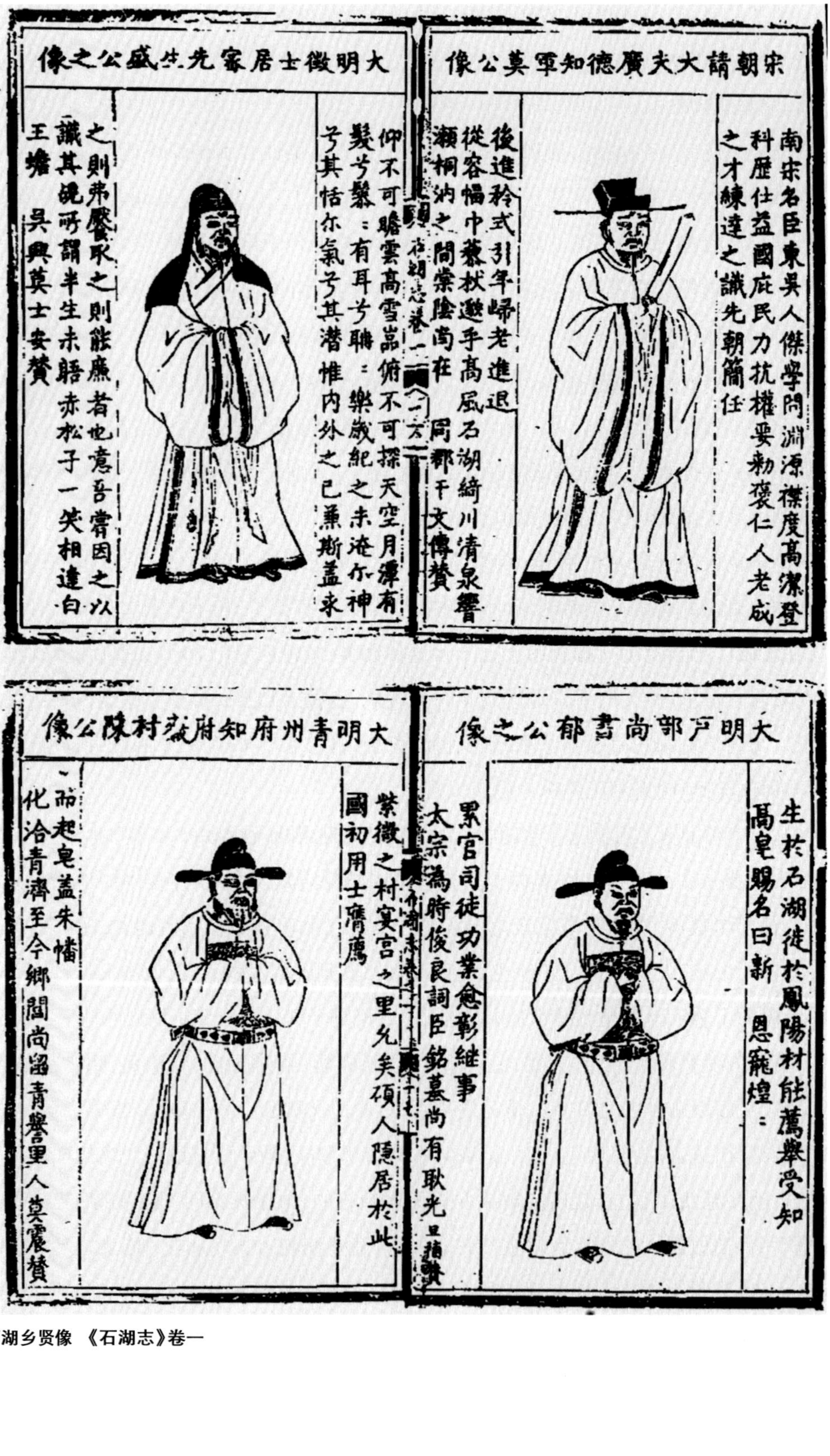

宋朝請大夫廣德知軍莫公像

南宋名臣東吳人傑學問淵源襟度高潔登科歷仕益國庇民力抗權要勅褒仁人老成之才練達之識先朝簡任後進矜式引年歸老進退從容幅巾藜杖遡手高風石湖綺川清泉響瀨桐汭之間崇陰尚在　同郡干文傳贊

大明徵士居家先生盛公之像

仰不可瞻雲高雪嵓俯不可探天空月潭有髮兮鬖鬖有耳兮聃聃樂歲紀之未淪尒神兮其恬尒氣兮其潛惟內外之已兼斯蓋求之則弗饜取之則能廉者也意吾嘗因之以識其髣髴所謂半生未晤赤松子一笑相逢白王蟾　吳興莫士安贊

大明戶部尚書郁公之像

生於石湖徙於鳳陽材能薦舉受知高皇賜名曰新恩寵煌煌累官司徒功業愈彰繼事太宗為時俊良詞臣銘墓尚有耿光　呈播贊

大明青州府知府菊村陳公像

紫微之村宴宮之里允矣碩人隱居於此國初用士膺薦而起皂蓋朱幡化洽青濟至今鄉閭尚留青譽里人莫震贊

石湖乡贤像 《石湖志》卷一

莫禔入明时五十八岁。为了表示对新政权的拥护，在洪武元年（1368）皇帝四十大寿时，他和儿子莫禧、莫礼，与周庄沈万三家、同里葛德昭家，一起赴京祝寿，并进献了厚礼。虽然没有见到皇帝，但光禄寺请他们吃了一顿饭，也算是有了“赐宴”的荣耀，很光彩。后来官府要求乡村建申明、旌善亭，他义不容辞包下来，也是拥戴的一种表示。可是到他八十岁时，绮川忽然来了大批公人，将莫家父子全抓了，押往京都投入大狱。他们犯了什么法？谋反！

讲莫家父子谋反，别说当事人惊骇莫名，就是局外人也觉得离奇，但在洪武末期定案时，他们却是钦定的“蓝党”逆犯，罪大恶极，死有馀辜。

这事现在说起来还是颇费周折，因为要绕一个大圈子。为简要起见，蓝玉案就不说了，这有朱元璋亲撰的《逆臣录》可看，看了你就会佩服这位皇帝的想象力之丰富。《逆臣录》中提到了苏州一位诗人，非常关键。他就像一块倒下的多米诺骨牌，后面跟着倒下了长长一大排，这里就从他说起。

此人叫王行，字止仲，老家在齐门，曾与高启、徐贲、张适等结社唱和，人称“北郭十友”。入明后一度住在石湖边，为当地大户写了《寿朴堂记》、《南村记》、《蜕窝记》等。因为才名在外，被京师凉国公蓝玉招去当了家庭教师。蓝玉是大老粗，听王行谈古论今，说文道武，觉得此人满肚子都是学问，就把他推荐给皇帝。朱元璋召见后却不感兴趣，认为此人“迂阔于事”，没有任用。到蓝玉案发，王行的罪名大了，被定为“蓝党”军师级人物，与他有交往的人都要一查到底。因为王行曾在沈万三之子沈茂家做过家庭教师，沈茂就被打成“蓝党”分子，那时他正在南京为公家做营建工作，暂时脱不开身，于是在他脸上刺“蓝党”两字，命他戴罪效力。到工程结束，就把他全家远戍辽阳。沈茂之孙沈德全因为到凉国公府去看望过老师王行，不用说，那是勾结“蓝党”的证据，于是下狱论死。

周庄沈家出事，绮川莫禔紧张了。因为莫、沈两家互通婚姻，是一根藤上的瓜，只怕会受牵连；还有他与“逆党”王行有过交往，虽是一般关系，但若追究起来，至少要到官府去辨白清楚。幸好无人检举，暂时有惊无险。

可是过了些时日，蓝玉案非但没有结束，反而像滚雪球，越来越大。不久周庄沈家又有人出事了，这人叫顾学文，沈万三的上门女婿，专管沈家田产事务，为此担任了周庄的粮长。王行在沈家教书时，他是大管家，两人自然相识，只因“蓝党”罪名由沈茂顶了，没有他的事，但想不到的是，一桩风流旧事来了报应。这事起于他到吴江同里收账时，看上了陈家的媳妇梁氏。梁氏是美妇人，却嫁了个智障丈夫，不免怨艾。顾学文觉得有机可乘，就设法去勾引。这种事本属私密，可是他写给梁氏的一封情书被人发现了，上有“一日不见如隔三秋”之语，坐实了这段私情，因此绯闻传得沸沸扬扬。同里陈家是体面人家，梁氏的公公是鸿胪寺序班，百官朝仪的纠察，得知家里发生丑闻非常气恼，但因沈家有钱有势，奈何不得。到蓝玉案发，沈茂因王行的牵连被揪出，陈序班觉得机会来了，立即检举王行在沈家不但拉沈茂下水，与顾学文也有通谋，于是顾学文为插足付出了杀身的代价。

据《逆臣录》公布的罪行，顾学文是“逆党”的经济台柱。他是赘婿，资助“逆党”的经费必是来自沈家，因此沈家又有沈茂之弟沈旺等人牵连入狱，要他们招出同伙。在严刑折磨下，沈家的人熬不过，就把有来往的人都供为“同党”，牵出了七十多家。这七十多家抓来后，同样吃不消酷刑逼供，也胡攀乱咬，最后牵连入案的不下于千家，以致京师监狱人满为患，把寺院道观都征用来关押人犯。

凭重刑逼出的口供抓人，莫家就在劫难逃了。王行在石湖时，做过莫家的座上客，因此莫鍉被检举与“逆党”早有勾结，这有王行为他写的《寿朴堂记》为证。他的次子莫礼是沈茂的亲家，多次在沈家接受顾学文的宴请，因此被检举与“逆党”过从甚密，必有不可告人之谋。可是时任户部侍郎的莫礼不但否认指控，还自称“一心忠义坚如石”，因此罪加一等。父子两人都被定为“蓝党”骨干，于洪武二十九年（1396）被凌迟处决，家属充军。莫鍉长子莫禧判死刑，季子莫祺全家充军。长孙莫完伯夫妇已死狱中，就不追究了。

莫禧定案时有个戏剧性插曲，当时他与十一岁的次子莫辕关在一起，父亲被判死刑后，儿子日夜啼哭，要求“代父死”。这种事以前也发生过，有司上报后，皇帝认为“子代父死”是大孝格天，就降旨赦免。因此大理寺审刑司官怀疑背后有人唆使，于是一再试探，甚至威胁利诱，最后发现莫辕确实出于真心，于是同意以子换父。莫禧以为是无罪开释，却见儿子关进了死牢，就到朝天宫前大喊大叫，为儿子鸣冤叫屈，结果又给抓起来，不久死在狱中。人死就不用代了，于是按规定将未成年的莫辕“发南丹卫充军”。但莫辕对审刑司官说，他在莫舍已“认宗洱海卫”，就是说，他已经是洱海（今云南大理）军籍中人了，还要充什么军？官府不信，派人去查，莫舍果真有一家姓莫的外来户，属洱海军籍，莫辕早年的确同这家认过宗。《石湖志》卷四说：“处士卒以尝附尺籍免，人始谓其智。”有人对莫辕的先知先觉表示怀疑，但莫辕幸免于难确是事实，想来大概是这样，当时莫辕对这家外来户很有好感，可又不好同大人拜把子，就提出认个宗吧，那家人为了哄孩子高兴，就答应了。想不到童年的趣事，在关键时刻派了大用场。

此案结束，绮川莫氏一败涂地，除了被杀和瘐死者外，馀下数百人均遭远戍。莫禔大家庭惟有这孩子一人生还。莫辕回家后，《石湖志》卷四说他"身任劳苦，再造其家"。这也是夸大其辞，一个十二岁的孩子做得了什么？莫家境遇真正的转变应该是在五年后，那时老皇帝驾崩了，建文帝上台，大赦天下，远戍的莫氏族人陆续回乡，这才有了互相扶持、重建家园的可能。

莫辕字巽仲，号顺庵，后来娶妻沈氏成家，生有一子即莫震。五十三岁时，儿子进士及第。七十七岁去世时，已经子孙满堂了。

莫震字廷威，历任嘉鱼知县、海盐知县、建宁通判、署邵武府事，至延平府同知。六十二岁退休，自后在故乡优游了十九年。著作除《石湖志》外，有正统《嘉鱼县志》、《廷威日记》、《由庵集》、《莫震诗文集》等。天顺元年(1457)，他的同榜进士杨贡出任苏州知府，特地到莫舍来看望他。莫震即在寿朴堂设宴招待。席间，随来的幕僚赵忠有《陪杨太守过绮川》诗道："十年寂寞溪桥路，一旦光辉寿朴堂。"杨贡和诗说："幸托昔年同虎榜，不辞今日出黄堂。"东道主莫震也作了唱和，诗云："使君德政召丰穰，此日观风到水乡。为念琼林联绮席，谩劳张盖驻茅堂。不谈俗务干时政，只赋新诗侑酒觞。五马翩翩归去晚，令人翘首思难忘。"那天他喝了不少酒，想来是既高兴又感慨，从前寿朴堂来了一批如虎似狼的公差，莫氏几乎灭门，今日知府一行光临，寿朴堂变成了飞觞联诗之地，六十年前后的变化，真是两重天啊！

莫震有子莫旦、莫昊。莫旦字景周，号鲈乡，工诗文，官至国子监学正。著有《吴江县志》、《吴江续志》、《松陵志》、《新昌县志》等。晚年他对父亲的《石湖志》手稿作了增补，主要补入了父亲的事迹，此书于正德初刊行。上述莫家的事迹，主要来自此书。

莫氏庆寿图
《石湖志》卷一

绮川莫氏的沉浮不是孤例,反映了明代早期社会变动的一面。据记载,当时绮川有名的宅园除了莫家寿朴堂外,还有张家南村、薛家竹堂、朱家蜕窝等。其中南村内有素心堂、陶庵、茗翠馆、雪佾亭等,竹堂内有栖月楼等,那都是园林了。但在洪武后期,宅园俱废,要到建文或仁宗、宣宗之后,有的才得以恢复,但大部分永远消失了。这段历史反映了莫舍上层人家的普遍遭遇,对研究洪武时期的石湖情况有一定的参考价值。

越溪庄和石湖别业

自隋唐开科举，以分科考试选拔官员，开创了人才公平竞争的制度，有其进步意义。唐宋以经义为考试内容，至明重定体式，成化后又规定以“八股文”为考试文体，即要求考生以朱熹《四书章句集注》等书“代圣人立言”，不许自由发挥，并对形式和字数都作了限制。这样一来，就把思想内容和表达形式全框死了，考生很难彰显个人才华。这是个倒退。再说人人都“代圣人立言”，成绩怎么定？文采和文理是可以看出来的，但也要凭考官的感觉。常有这样的事，这个考官黜落的试卷到另一考官手里，却评了优等；甚至同一篇文章，初看和复看的印象也会不同。如《儒林外史》第三回说，学道周进看了老童生范进的文章，觉得实在不行，但因同情他考了二十多年还进不了学，于是再看，“直到三遍之后，才晓得是天地间之至文，真乃一字一珠”。因此考生还得碰运气。

说了一通八股文的坏活，是因为“八股取士”的流弊很大，一是造成士子专学八股文，废他书不读，培养了大批废物；二是只在经义圈子里选士，优秀人才未必都能出头。如本篇要谈的明人王宠和张献翼，就是被这制度卡住的两位。

王宠，字履仁，后更字履吉。祖上姓章，是苏州吴江人。父亲叫王贞，因过继给苏州阊门南濠街王家，遂改了姓。王家本以开酒店为业，王贞当家后就做了老板。因为南濠街是闹市，酒店生意不错，但少年王宠讨厌这种环境。他有信写给同学汤珍，说自己偏爱山居的原因，就是“家本酤徒，生长廛市，入则榍枯塞目，出则踦足摄履，呼筹握算之声彻昼夜。每一焦烦，心肠沸热，以故山水之好倍于侪辈。”

王宠从小喜欢读书，启蒙老师是沈明之。正德三年（1508），十五岁的王宠与兄王守同入县学为生员。十八岁时由文徵明介绍，又与王守一起师从林屋山人蔡羽，在洞庭西山东蔡里学习了三年。蔡羽工诗词古文，《江南通志》卷一百六十五说他“为文法秦汉，洞庭诸记欲与柳宗元争长，诗沉着奇丽，人比之李贺”。但他教八股文怎样，就难说了，因为这种文体如上所说没有统一标准，他自己应乡试十六次，全都名落孙山，直到六十四岁才以国子监生资格赴试，靠了主考官礼部尚书夏言的照应才得中，授翰林院孔目。三年后退休回来，发现学生王守已进士及第，进京当官去了，但王宠仍旧蹭蹬科场，在石湖边苦读，从此师生常在一起谈诗论文。民国《吴县志》卷六十六说："宠少学于蔡羽，居洞庭三年。既而读书石湖之上二十年，非省视不入城市。与文徵明、唐寅友善。为诸生入试，锁院不利，以年资贡入太学。四十而卒。"说得太笼统，要作点说明。

王守、王宠离开西山后，一直借石湖治平寺攻读，正德十五年（1520）又有汤珍、文彭加入，再加时有师友来看望，倒也并不寂寞。但王宠并非二十年都在石湖，如正德十一年（1516）、十三年（1518），嘉靖五年（1526）都有无锡之行。另外，他对石湖地区以外的山水也很感兴趣，如游穹窿山北的雅宜山后，对那里的风光非常喜爱，于是自号雅宜山人。与文徵明、唐寅很是友善，两位都比他大二十多岁，可谓亦师亦友，他的字"履仁"，还是文徵明取的。后来他儿子王子阳娶了唐寅之女，两人成了亲家。他六次乡试不第，嘉靖九年（1530）跟老师蔡羽一样，获得了国子监生的资格。可惜会试文章不中考官的意，召试见斥，于次年怏怏而归。

下来的事，他的朋友何良俊《四友斋丛说》卷十五记道："王雅宜自辛卯秋在东桥见余兄弟行卷，是年秋南归，卧疴于石湖之庄，连寄声于张王屋、董紫冈，欲余兄弟一往相见。余与舍弟叔皮即移舟造之。雅宜相见甚欢，饭后送至治平寺作宿，寺距其庄三四百步所，寺有石湖草堂，乃蔡林屋与雅宜兄弟读书处也。适陆幼灵芝亦在寺中，遂相与盘桓数日，每日必请至庄中共饭。尔时雅宜虽病甚，必起坐共谈。雅宜不喜作乡语，每发口必官话，所谈皆前辈旧事，历历如贯珠，议论英发，音吐如钟，仪状标举，神候鲜令，正不知黄叔度、卫叔宝能过之否？可惜年四十而卒。""辛卯"是嘉靖九年（1530），是年王宠进京参加会试，故能看到何良俊、何良傅兄弟的考卷。他于嘉靖六年（1527）末开始便血，次年初发现腹有痞块，现在来看，可能是肠癌症状，五年后即死于此病。但在此时

王宠像 《吴郡名贤图传赞》卷八

他仍能起坐应客，而且说话中气很足，精神状态尚佳。有趣的是，他去京仅一年多，回来口音就变成了京片子，对松江人何氏兄弟也不讲吴侬软语了。至于“石湖之庄”即是王宠的别墅越溪庄。

越溪庄建于嘉靖九年南归后。它的规模前人有记载，魏嘉瓒《古新郭园林》对它作了概括的说明：“越溪庄，在越城桥东，西向，面楞伽、茶磨。入门稍东折而南，为舍三楹，客至可茶；再进，又有舍三楹，稍宽洁，可以酒；又进小东偏，有亭可憩；折而西，旁为书屋，可以宿。亭与书屋皆修竹数千竿围之，无论寒暑雨雪，往往助其胜。最后因地势成小圃，杂树三之，杂花果二之。背后绕以大堤，高二十尺，不石而岩，不甓而垣。史书记载此即为越国公杨素所筑之新郭，其树木大皆数拱，竹亦茂，萝薜灌莽，郁然深山人家。园中又有芙蓉滩、采芝堂、御风亭、小隐阁诸胜。”

山庄建成，王宠有《越溪庄十绝句》诗咏景抒情，中有“酒杯书卷林间乐，煮石餐霞尘外心”句，引为平生快事。王宠的文朋诗友很多，过去朋友来看他，都借治平寺石湖草堂相聚，虽然环境也不错，但怎及在自己山庄里会嘉宾于一堂，随意谈笑酬唱呢？惟一的遗憾是翌年赴南京乡试又不售，“八试皆挫”，归来后病情加重，也曾移地虞山白雀寺疗养，但无效而返，嘉靖十二年（1533）在越溪庄去世。

王宠最后一次应试被黜，太仓陆之裘写信来表示慰问，他复信说：“遇不遇天也，天所废置，谁能违之？足下爱则渥矣，然未谅余衷也。仆筑室石湖之滨，山水禽鸟足以自娱，颇有遗世之志，此休承辈所知也，一第得失，何足为重哉？”（《松陵文献》卷三）对于这个问题，袁袠《王履吉集序》说：“夫屈伸者时也，利钝者命也，夫儒者握寸管携方牍而扬声名于亿载。”虽然王宠与官无缘，却以“寸管”赢得了书坛令名。王世贞《艺苑卮言》附录三说：“天下法书归吾吴，而祝京兆允明为最，文待诏徵明、王贡士宠次之。”又说：“王正书初法虞永兴、智永，行书法大令，最后益以遒逸巧拙互用，合而成雅，奕奕动人。”何良俊《四友斋丛说》卷二十七说：“衡山之后，书法当以王雅宜为第一。盖其书本于大令，兼之人品高旷，故神韵超逸，迥出诸人之上。”他的传世墨迹有行草《送孙太初卜隐苕溪》、真书《别家兄履约》等。

有这样的评价，英年早逝的王宠可说死而无憾了。

王宠去世后，越溪庄归其子王子阳。五十年后，王世贞和张茂贤来访，王子阳还健在。张茂贤画了《越溪庄图》，王世贞写了图记，并题了诗。从诗文来看，山庄风光依旧。但到明末，王氏式微，越溪庄卖给了他人。入清渐废，今已难觅踪影了。

嘉靖十三年（1534），即王宠去世的次年，张献翼出生于小曹家巷文起堂。他后来也到石湖来盖别墅，名石湖别业。这个名称与范成大的石湖别墅只差一个字，而且词意相同，不是故意相犯吗？的确如此，因为他的别业就造在范成大别墅遗址上，从别业中一座稽范斋也可看出，是有意比作石湖别墅。“稽”，有相合、相同之意，《礼记·儒行》说：“儒有今人与居，古人与稽。”郑玄注：“稽，犹合也。”意思是他的别业等于范成大别墅。这也太狂了吧？是的，他就是这么狂。

张献翼，字幼于，也作友于、幼予，苏州长洲人。少年即有诗名。旧志说他十六岁带了诗作去拜见文徵明，文徵明看了大为欣赏，对学生陆师道说：“我和你都比不上啊！”文徵明对后生总是以鼓励为主，但表扬到这种程度少有，可见张献翼确实有才气。王世贞对他也颇称许，在《文起堂新集序》中说：“余识幼于甫二十，白皙美姿容。与文徵仲、王禄之诸先生游。当是时，其才横肆不可当，读之若入武库，虽五兵烂然，无不利钝。至卅馀，乃稍稍就绳墨，而以清圆流丽为宗，畦径虽绝而精思微逊。”

他的哥哥叫张凤翼，弟弟叫张燕翼，三兄弟并有才名，苏州人将他们比作皇甫氏兄弟，有“前有四皇，后有三张”之说。嘉靖四十三年（1564），张家三兄弟同赴南京乡试。由于南京士林对他们早有耳闻，都说此番鼎甲非张氏三君莫属。张献翼尤其自负，甚至对这次乡试不作第二人想。待三场试毕发榜，张凤翼高中解元，张燕翼也中了举，惟独呼声最高的老二名落孙山。这样的结果别说旁人惊讶，张献翼自己也莫名其妙，不知道问题出在哪里。于是通过关系向考官打听，原来不是他考砸了，而是另有原因。原来这次三兄弟都考得不错，房考

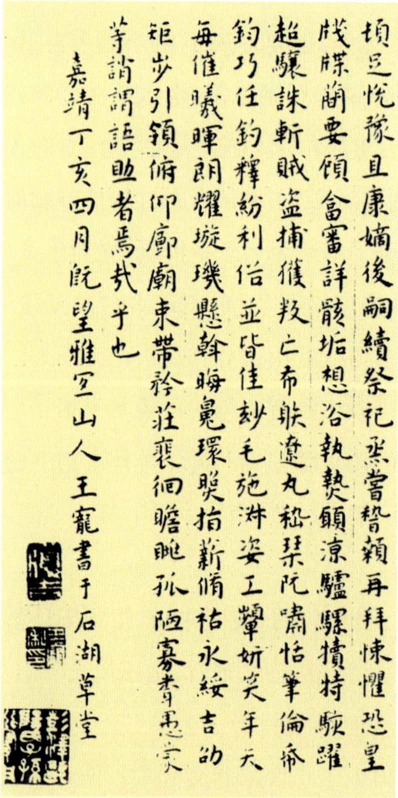

王宠书《千字文》（局部）

官都圈中推荐了，却引起了主考官的顾忌，文起堂张家是长洲殷实富户，一门三兄弟同科中举，没有猫腻人家也会怀疑有交易，于是把张献翼黜落了，因为三人中他最有才气，以后有的是机会。

张献翼得知真相，尽管懊恼，却也无可奈何。为了能够参加会试，隆庆间他捐了个国子监生，到南京入学。其时他的《纫绮集》已刊行，据说因为名气大，祭酒姜宝对他另眼看待，冯梦龙《古今谭概》卷十一记了一个"收司成榜"的故事："张幼于初入成均，姜大司成宝裁士如束湿，戒六院毋游行。张才至白门，先入旧院，见榜禁辄收之，谒姜曰：'请开一面之网。'姜笑曰：'吾故疑有此。'"这是说姜宝对学生管理严格，曾出榜文禁止学生宿娼。可是张献翼一到南京就进了妓院，还要求网开一面。从"姜笑曰"云云，可知还是优容他的。隆庆四年（1570），他和张凤翼合作校刊了张昶《吴中人物志》，次年又与金鸾、王寅、梅鼎祚参加了青溪社，说明这一时期他的精力投入主要还在诗文方面。

后来与兄张凤翼入京参加会试（其间弟张燕翼已病故），才气好像不管用了，双双落榜。科举考试哪有十拿九稳的事？张献翼却愤愤不平，他向以"国士"自许，居然春闱折翼，这还有天理吗？于是宣布改名为"敉"，敉是安定之意，有"翼"不能高飞，还要它做什么？不如安心做个老监生吧。自经应试一再受挫，张献翼性情大变，行为日益放诞。吴肃公《明语林》卷十一举了一个事例："张幼于献翼，与张孝资为放浪之交，刺取古人越礼任诞之事，仿而行之。或紫衣挟伎，或徒跣行乞，遨游通邑大都，自为俦侣。或歌或哭，恬不知耻。然每故人亡忌，辄为位置酒，向空酬酢。孝资生日，乞生祭于幼于。孝资为尸，幼于率子弟衰麻环哭，上食，设孝资坐而飨之。翌日，行卒哭泣礼，设伎乐，哭罢痛饮，谓之'收泪'。"

诸如此类的轶事，《古今谭概》记载了不少，如卷二"张幼于赎罪"条："张居士腊月朔谒家庙，楼匾忽堕。张曰：'此祖宗怒我也。'因沐浴茹素，作'自责文'，囚服长跽谢过，凡七日，以巨石压顶，令家奴下杖数十。已而口占'赎罪文'，备述生平读书好客之事。因起更衣，插花，披锦，鼓乐导之而出，曰：'祖宗释我矣。'"再如卷十一"二张"条："郭郡倅嗣焕，善张幼于。尝订夜饮，途遇张孝贤，偕之径造，南面大嚼。郭不问客，张不问主。"

但有些怪事是率性而为，他的朋友沈德符在《万历野获编》卷二十三中说他好怪诞，"至衣冠亦改易，身披彩绘荷菊之衣，首戴绯巾，每出则儿童聚观以为乐，且改其名为敉"。沈德符觉得不像话，就去告诉张凤翼，说："次公异言异服，谅非公所能谏止，独红帽乃俘囚所顶，一献阙下，即就市曹，大非吉征，奈何？"张凤翼苦笑说："奚止是，其新改之名亦似杀字，吾方深虑之。”因“敉”字形似繁体字“殺”，故张凤翼如是说。

万历年间社会风气糜烂，名流如袁小修、屠隆、王穉登、冯梦龙等都是歌妓院的常客。张献翼因为不得志，更是纵情声色。又因文起堂老家有老母在，还有兄长凤翼管着，他就在石湖边盖了一座别业，因地点在范成大石湖别墅故址，取名石湖别业。但别业的规模不详，仅知有浮黛楼、稽范斋诸胜。皇甫汸《访张幼于稽范斋二首》诗云：“昔数湖山胜，今称结构雄。回轩皆曲水，绕阁悉云中。”王世贞《子循、子威诸贤过幼于石湖别墅，其高处为新郭城址，范紫薇遗宅也》诗云：“湖爽杯从益，天空镜对开。亭依新郭垒，岸隔旧郊台。”可知石湖别业有回廊曲水、轩阁亭榭等景观，再加山水背景，应该是座相当不错的园林。如果能如此逍遥风月，安度晚年，也是一种福气。

然而张献翼的结局不好，万历二十九年（1601）死于非命。沈德符《万历野获编》卷二十三说：“未几，有蒋高私妓一事，幼予罹非命，同死者六七人。”钱谦益《列朝诗集小传》丁集上说：“万历甲辰，年七十馀，携妓居荒圃中，盗逾垣杀之。”但无论是争风吃醋、入室抢劫还是报复杀人，都是命案，尤其是沈德符说杀了六七个人，那更是大案了，可是此案好像未破，事后也不见下文，这是很奇怪的事，说明晚明社会也真混乱得可以。

案中涉及的“荒圃”，即指张献翼的石湖别业，称之为“荒”，是因园在郊野。与同在石湖建别业的王宠相比，王宠追求的是高雅艺术，而张献翼却惟物质享受是求，大不一样。但也别以为张献翼只是个“混混”，他对《周易》有研究，著有《读易纪闻》、《读易韵考》等，有“平正通达”之誉。此外有《文起堂集》、《纨绮集》、《舞志》等，可见他的狂放实为仕途无望、怀才不遇的表现。可惜石湖别业存在时间不太长，张献翼死后就卖给了范允临。范允临为重建范成大石湖别墅，把这座别业拆掉了。

上方山破邪记

上方山是横山的东北支脉，高一百十米，北接茶磨屿，西南连七子山、吴山，东临石湖。在春秋晚期，它是姑苏台宫苑的一角，今存吴王郊台遗址。

上方山原名楞伽山，民国《吴县志》卷十九说："楞伽山连亘于横山东北，又名上方山，上为楞伽寺，有浮屠七级。"这是述其大略，据隋吴郡司户严德盛所撰《吴郡横山顶舍利灵塔铭》，可知道两个细节，一是这七层宝塔是隋大业四年（608）九月吴郡太守李显营造的，塔内"奉为皇帝、皇后、齐王、六宫眷属，各舍七珍，同崇八福"，主要是九颗舍利；二是当时龙华道场僧法首"时闻此山是古之佛殿，乃共于此所成斯胜业"。就是说，僧法首听说此山是古代的佛教道场，就在山顶上建造了一座佛寺，与宝塔共在一处。严德盛称此山为"横山"、"郡城之西山"，可知这座山此前尚无名称，后因寺名楞伽寺，塔名楞伽寺塔，故称山为楞伽山。其实早在梁天监二年（503），僧法镜就在东山腰建造了一座楞伽寺，即法首听说的"古之佛殿"。这样一来，一山就出现了两座同名的寺，造成了混淆。但因法首建造的楞伽寺高踞山巅，并有标志性的七级宝塔，而且所辟的景观也多，据明徐鸣时《横溪录》卷记载，"旧有白云径、清镜阁、双冷泉、楞伽室、藏晖斋、先月楼、青莲峰诸胜"，风头盖过了山腰的同名古刹，因此后来说到楞伽寺，通常是指在山顶上的

上方山

上方山楞伽塔

那座。楞伽山本有清幽的风光，加上新建的景观，就此成为名闻遐迩的游览胜地。

楞伽寺改称上方山，是在唐代。李唐奉老子李耳为始祖，崇尚仙道，因此道教风行。有些佛寺因为香火顿减，维持不下去了，于是改奉道教。苏州楞伽寺就是如此，它的寺名来自佛教梵文的音译，改奉道教后当然要易名，道家称十方天中第九天为“上方天”，故名上方寺。楞伽山也由此改称上方山。但是唐有二十多位皇帝，宗教信仰不一致，释道消长也因皇帝而异，以佛教占优势为多，但上方山的名称却改不回来了。《中吴纪闻》卷二有“上方诗”一则，记唐宋三位名家游上方山的诗，可窥见其中消息：“唐孟郊因其父为昆山尉，尝至山中，题诗于上方云：‘昨日到上方，片霞封石床。锡杖莓苔青，袈裟松柏香。晴磬无短韵，昼灯含永光。有时乞鹤归，还放逍遥场。’其后张祜尝游，亦有诗云：‘宝殿依山险，凌虚势欲吞。画檐齐木末，香砌压云根。远景窗中岫，孤烟竹里村。凭高聊一望，归思隔吴门。’皇祐中，王荆公以舒倅被旨来相水事，到邑已深夜，艤舟寺之前，秉火炬登山，阅二公之诗，一夕和竟，诘旦即回棹。其诗云：‘僧蹊蹯青苍，莓苔上秋床。霜翰饥更清，风花远亦香。扫石出古色，洗松纳空光。久游不忍还，迫迮冠盖场。’

‘峰岭互出没，江湖相吐吞。园林浮海角，台殿拥山根。百里见渔艇，万家藏水村。地偏来客少，幽兴只桑门。’此四诗，为山中之绝唱。”孟郊提到的“上方”是道教名称，却又说到和尚的“锡杖”、“袈裟”，王安石也提到了“僧”，说明上方寺又归于佛教了。张祜所说的“宝殿”当指上方寺，王诗说“台殿拥山根”，当指山腰的楞伽寺，即治平寺，可见上方山已成佛教丛林。不过后来又有变化，民国《吴县志》卷三十六说：“上方寺在县西南十二里，旧名楞伽寺……宋咸淳间，建五通庙于山上。”

这是说，南宋后期上方寺已废圮，于是重建为五通庙。“五通”是道教神祇，说明南宋时道教卷土重来，又占领了上方山。这座神庙明代曾重修，由庙壁所嵌崇祯十三年（1640）《重修上方宝塔碑记》为证。可是到了清康熙二十四年（1685），也即圣祖玄烨第一次南巡的次年，山上的五通庙却被官府取缔了。

取缔人是江宁巡抚汤斌，字孔伯，号潜庵，睢州（今安徽宿县北）人，顺治进士。他是理学家孙奇逢的学生，为人方正，自奉俭朴。在苏州为官三年，餐菜以豆腐为主，人称“豆腐汤”。有次他儿子吃了鸡，被他痛训一顿。康熙二十三年（1684）到任后，觉得“三吴风气尚浮华”，必须整治。他从三方面着手，一是治赌，他在横塘设立“逍遥楼”收容赌徒，但不是拘留，而是摆上麻将、牌九、骰子，请他们尽管玩，就是七天不给饭吃，直到饿得头昏眼花，讨饶自愿戒赌为止；二是禁淫书，苏州自明中叶以来，色情出版物泛滥，他从源头抓起，一经发现就取缔刻印的书坊。不过理学家对“诲淫”的标准不免定得过严，如《西厢记》禁毁对象，还明文宣布禁止妇女入庙烧香等；三是禁淫祠滥祀，苏州祠庙特多，如什么“蚕虱大王”、“厕姑神”也都立庙祭祀，以致烧香成风，他上疏请禁，将莫名其妙的祠庙全予取缔。毁五通庙就是其中做得最有声色的一桩。

汤斌像 《吴郡名贤图传赞》卷十七

“五通”是什么神道？明陆粲《庚巳编》卷五说：“吴俗所奉妖神，号曰五圣，又曰五显灵公，乡中呼为‘五郎神’，盖深山老魅山萧木客之数也。”清钮琇《觚剩》卷一说：“旧传明太祖既定天下，大封功臣，梦兵卒千万罗拜殿前，曰：‘我辈从陛下四方征讨，虽没于行阵，夫岂无功，请加恩恤。’高皇曰：‘汝固多人，无从稽考姓氏，但五人为伍，处处血食足矣。’因命江南家立尺五小庙祀之，俗称五圣堂。自后日渐蕃衍，甚至树头花前，鸡埘豕圈，小有萎殃，辄曰五圣为祸。”但据清赵翼《陔馀丛考》考证，此神明前已有，卷三十五说：“《七修类稿》又谓五通神即五圣也，然则五圣、五显、五通，名虽异而实则同。《夷坚志》所载韩子师病祟，请客以符水治之，见五通神销金黄袍骑马而去。又医者卢生托宿赵喜奴家，共枕，天明但见所寝在五圣庙侧草露之上。《武林闻见》所载宋嘉泰中大理寺决一囚，数日后见形于狱吏，求为奉和楼五通神。如此之类，不一而足。而陈友谅僭号亦在采石建五通庙。则五圣者，宋元已有之，而非起于明祖矣。”又据《道教大辞典》“五显公”条说：“五显公之神，自唐光启中，降邑显灵于江左，立庙，初名五通。宋大中祥符中始赐庙，额曰灵顺。”可知五通神之说实起始于唐代，宋时赐庙，说明它是官方认可的正规神庙，汤斌又为何把它定性为“淫祠”呢？

回答很简单，因为五通是“邪神”。“邪”在哪？其一，出身不好。传说他们的母亲太母是吃人的妖怪，后来吃了观音菩萨送的种子香饼，一夜生下了五胞胎，即五通，她体验了生育之苦，这才不吃人了。其二，好色成性。传说这五兄弟只要见到民间美少女，就夜飞闺楼，进入她们的梦中与之欢好。他们来去无影踪，防无可防，谁也奈何不得。现在看来，这都是荒诞的传说。

这些传说从何而来？这是民俗学的课题，这里暂且不论。但在五通庙活动的师娘神汉借此作扩大宣传，则是可以肯定的。影响最大者有两，一是“五通娶妇”。如有民间少女病亡，尤其死者是有姿色的，他们就说是五通神看中了，摄去当王妃了，丧家须到庙里为亡人办婚礼，这种说法虽使丧家得到一些安慰，可是办冥婚的钱就落到了他们手里。二是“借阴债”。他们说向神进香借钱，冥冥中就会发财，而且可以不还，神自会从你子孙那里收回贷款。虽然借和还都是虚拟的，但能织起致富梦，因此到上方山进香的人四时不断，连浙江、上海都有财迷专程赶来，供应香烛的师娘神汉自然又赚得盆满钵满。

汤斌看得很清楚，这是“巫觋创为荒诞之说，愚夫愚妇为其所惑”，决定加以重点打击。但考虑到朝廷的宗教政策和社会反应，他先宣布五通庙的罪状：“苏州府城西十里有楞伽山，俗名上方山，为五通所踞几数百年，远近之人奔走如鹜，牲牢酒醴之飨，歌舞笙簧之声，昼夜喧阗，男女杂沓，经年无时间歇，岁费金钱何止数十百万，商贾市肆之人，谓称贷于神可以致富，重直还债，神报必丰，里谚谓其山曰‘肉山’，其下石湖曰‘酒海’，耗民财，荡民志，此为最甚。更可恨者，凡少年妇女有殊色者，偶有寒热之症，必曰五通将娶为妇，而其妇女亦恍惚梦与神遇，往往羸瘵而死，家人不以为哀，反艳称之，每岁常至数十家，视河伯娶妇之说更甚矣。”（《毁淫祠以正人心疏》）归纳起来，一是败坏风俗，二是浪费钱财，三是宣扬迷信。道理讲清楚，他就率领差役到上方山去了。

去前有人为他担心，劝阻说：“从前曾有官长厌其妖妄，锐意革除，神即降之祸殃。”（同上）但他是儒家，相信朱熹所说的“鬼神者，二气之良能也”，即是阴阳二气的作用，没啥大不了，而且“惟正能克邪”，怕什么？所以一到山上，就下令将庙内神像全部清除。因为传说神有灵异，差役有顾忌，缩手缩脚，他便坐镇露台，命将木偶像拉下，杖责四十，然后拖出去烧掉，泥塑的投入山下深渊里去。接着把五通庙拆光，木料运到文庙去修府学，砖石拿去修城墙。拆除完毕，又把在五通庙活动的师娘神汉召来训话，责令改业。回衙后又起草奏疏，请皇帝下令勒石永禁再造，违者治罪。

可是迷信活动一旦形成了习俗，破除的难度很大。汤斌请旨立石永禁，是防他离职后五通庙死灰复燃。结果给汤斌料着了，后来山上重建上方寺，信众仍把它看作老庙一样祭祀五通神。虽然“五通娶妇”很少有人相信了，但是“借阴债”击中了人性的弱点，依然兴盛不衰。1927 年，李根源、张仲仁为改变这情况，特请邓尉圣恩寺住持中恕兼主上方、治平、海潮诸寺，但收效不大。1929 年，吴县县长王引才闻报上方山秩序混乱，骗子、流氓乘机作案连连，于是他就当了一回汤斌，上山把神像抛入石湖，并出告示严禁迷信活动，违者送局究办，才刹住了这股歪风。但他去职后，“借阴债”的香火又兴盛起来。

五圣像 《三教源流搜神大全》卷二
五圣像 《新编连相搜神广记》前集

上方山国家森林公园

每年香客来山,人数最多是在农历七八月份,尤其是七月半中元节和八月十七日五通生日,山上人满为患,香烛熏天,一片乌烟瘴气。

1950年代,经过社会改造和破除迷信,上方山才恢复了正常。但1980年代起,上方寺香火复炽。由于时代变了,"借阴债"之说没市场了,进香者大多为祈福祈愿祈平安。但不变的是,七八月里山上还是人山人海,香烟缭绕,因为人多拥挤,小偷扒手乘机作案,要动用大量警力来维持秩序。

1992年,上方山建为国家级森林公园。如今园内的诸多景观都维护得不错,更值得称道的是,这片占地七千五百亩的公园有百分之九十五以上的森林覆盖面,望去一片葱茏,再加空气清新,无怪有"绿海"之誉。上方山从烟气熏天到绿风吹拂,是一大改变。但仍有一些善男信女热衷于进香,不知是为加大信仰投资力度,还是为了炫富,进香不是高擎一炷,而成捆成捆地烧。菩萨是否赞赏不得而知,但对山上的空气肯定不利,因此还需改变的,是人的观念。

治平寺风月

石湖之西有座楞伽山，山上有三座佛寺都叫楞伽寺。“楞伽”是古师子国（今斯里兰卡）一座山的名称，相传释迦牟尼在此山说法，传下了大乘《楞伽经》。佛教传入中国后，由于“楞伽”两字有佛祖传法的含意，全国以此命名的佛寺不知凡几。异地同名，犹可区分，但像楞伽山有三座佛寺同名，叫人如何是好？那就只好用寺址的方位来说明了。一座坐落东山腰，由僧法镜建于南朝梁天监二年（503），姑称东寺。另一座坐落山顶，由僧法首建于隋大业四年（698），姑称顶寺，寺后有吴郡太守李显同时建造的楞伽寺塔。还有一座坐落东山腰偏北，由僧永光建造，也建于隋大业四年，姑称北寺。

到唐代，因楞伽山改称上方山，顶寺随之改称上方寺。宋治平元年（1964），在东寺旁又造一座寺，名治平寺。新寺建成，做了东寺的下院，于是新老两寺统称治平寺。北寺在宋大中祥符年间重修后，赐名宝积寺。简言之，就是到了宋代，上方山上三座楞伽寺全改名了，顶寺叫上方寺，东寺叫治平寺，北寺叫宝积寺（明洪武初并入治平寺）。

这事交代清楚，就可以专门来谈治平寺了。

治平寺是楞伽山首建的佛刹，与木渎灵岩寺、昆山慧聚寺、甪里保圣寺建于同年。可是它的始建规模不详，不过据灵岩、慧聚、保圣三寺的规模记载，推想它也不会差到哪

治平寺

治平寺

里。隋开皇十年(590),越国公、行军总管杨素率军到江南平乱后,迁苏州州治于新郭,就把这座佛寺做了他的帅府。他走后又一度做过苏州和吴县的衙署,但遗迹均已无存。今寺前有一口八角大井,相传开凿于吴王夫差时代,俗称“吴朝大井”,雅称“吴井洌泉”,但在隋前已堙塞,自杨素进驻佛寺,命人疏浚,井泉复涌,后称“越公井”、“杨素井”。大业七年(611),邑人王以成又建石栏加以保护。这口井的水质优良,唐陆羽《茶经》品为“天下第六泉”。唐广明元年(880),寺僧茂乾撰有《楞伽寺重修大井记》,记录了上述情况。这口大井是治平寺硕果仅存的古迹。

隋大业四年(608),楞伽山因山顶上造了寺和塔,知名度上升,治平寺也沾光成为必游之处。《石湖志》卷三说:“唐人如李白、罗隐、许浑、白居易俱曾游,有诗。”它说的是治平寺北的宝积寺,但那时都叫楞伽寺,而且是山腰近邻,可以看成一体。唐张祜有《楞伽山》诗云:“楼台山半腹,又此一经行。树隔无差院,溪连勾践城。上玻松径涩,深坐石池清。况是西峰顶,凄凉故国情。”其中“楼台半山腹”句,指的就是治平寺了。不过那时游人还不多,要到南宋,石湖名列吴西南游览胜地后,治平寺才受到公众注目。当时的旅游路线,通常是从横塘经行春桥到治平寺,也比较方便。元代名家如杨维桢、倪瓒、郑元祐、顾瑛等人都曾来游，并留下了纪游诗。

再看它的景观风貌。自南朝梁至宋，寺貌虽有记载，但都落墨不多。南宋乾道年间周必大来游石湖，《吴郡诸山录》记道："遂游楞伽治平寺，主僧房有日观，稍佳。门外八角大井，云隋开皇十年杨素开。"元末诗人杨维桢来游，有《游石湖记》说："少歇楞伽寺，寺僧晚堂领客观冽泉，登西崦石坛酌酒。"说来说去只是对杨素井有印象，说明寺内景观要么不多，要么不上档次。

但到明代中期，治平寺就不一样了，徐鸣时《横溪录》卷四说："随冈阜高下为台殿，厘僧居为十，曰环翠轩、深秀堂、湖山堂、永庆堂、云深处、得月轩、足庵、枫岩、西林、中隐。"可知寺有十大景观，除佛教殿宇外，还辟有不少轩堂，可供游人憩息。《石湖志》卷三也提到了这些景观，并说："泉石清幽，有八咏，为石湖梵刹之冠，中有吴井冽泉，尤为胜迹。本朝正统中，僧道证为右觉义葬于寺后，其徒金书谕祭文揭于环翠轩上，为僧盟之光。山门面石湖，有横冈如曲尺，高二丈许，或断或续，接拜郊台，相传即春秋时吴王姑苏台之城基也。"

石湖地区佛寺众多，如茶磨屿石佛寺、吴山寿圣寺都是名寺，为何到了明代，治平寺独占鳌头，成为石湖梵刹之冠呢？想来原因大致有五，一、它毕竟是南梁古刹，有隋井、古树等历久不废的遗存，根底深厚；二、南宋石湖别墅等景观大多已废圮，而它仍具山水风光优势，旅游地位应运凸显；三、它有老楞伽、治平、宝积三寺合并的规模，具备了接待游客食宿、文士雅集的条件；四、山上五通祠香火旺盛，香客和游人不免顺便来游；五、它已形成郡人重阳登高的首选之地，节俗活动内容多，影响大。

因此，明人咏治平寺的诗很多，现选两首于下，以见一斑。如文徵明《夏日治平寺纳

越公井

凉》诗云 :“竹根雨过石苔斑,钟梵萧然尽掩关。坐爱微凉生碧殿,忽看飞雨失青山。云分暝色来天外,风卷湖声落树间。最是晚晴堪眺咏,夕阳横抹蓼花湾。”又如徐源《游治平寺》写道 :“青山湖上翠微深,谁住僧家第一林。暝树苍烟古来色,劫灰飞尽尚如今。”

说到明代文人与治平寺的情缘,不能不提寺内的石湖草堂。这座草堂创建于明嘉靖初,蔡羽有《石湖草堂记》述说其兴造经过 :“今天子践阼之初,治平僧智晓方谋卜筑,事与缘合,乃诸文士翕至赞助,经画不终朝而成。明年改元嘉靖,来主斯社,爰自四月,缩版尽六月,九旬而三庑落成。左带平湖,右绕群峦,负以茶磨,拱以楞伽,前荫修竹,后拥泉石,映以嘉木,络以薜萝,翛然群翠之表。于是文先生徵仲题曰‘石湖草堂’。”记中“辛亥”是笔误,当作“辛巳”,因为明世宗登基于正德十六年(1521),岁在辛巳。上述记载表明,石湖草堂由治平寺僧智晓创建,得到了众文士的赞助,落成于嘉靖元年(1522)六月底,由文徵明题额。

智晓何许人也?生平事迹没查到,只知明代治平寺出过好几位名僧,据《横金志》卷十六记载,有明心、宝明、道证等,但智晓不在其内。从他倡建草堂,众人纷纷赞助来看,似是治平寺住持。再从他的交游来看,当时唐寅、文徵明、蔡羽、王宠等吴中名流都与之有旧,可知他喜欢跟文人打交道。这当然与文人常来治平寺聚会有关,文人相聚,不免要诗酒酬唱,兴之所至,便即席题书或作画,自然会引起游人围观。也许是为避免闲人干扰,智晓起意另辟雅室,骚人墨客也表赞成,石湖草堂就是这么来的。

这座草堂是什么样子?蔡羽在《石湖草堂记》及《石湖草堂后记》中记述了它的位置、泉石竹木布局以及周边景色,但记载只能提供想象,最好看当时的绘画。这方面资料有王宠《楞伽小图卷》,画的就是石湖草堂,可惜今已不见。但清末鉴赏家顾文彬见过,他在《过云楼书画记》卷九中著录此画说 :“此作古树绕屋,修竹当门,堂内一朱衣人踞几,与黄衣老衲坐谈。门外松奏笙簧,泉鸣琴筑,不数鼓吹两部。前峰窣堵坡下,琳宫梵宇隐见丛薄间,夕阳一痕射相轮作绀碧色,与四山紫翠相映带。‘绝境閟兰若,金天建旌幢’,斯之谓矣。画后自跋云 :‘楞伽之麓,有堂三数楹,堂前有竹数百梃,竹间有泉,余与诸友所游憩而藉以遗世者也。掌之者僧方正,遂谓之曰古泉上人。既为之图,又倡短歌二章,诸友和之云尔。’”

文徵明侄文伯仁也画了一幅,题为《石湖草堂图》,今藏苏州博物馆。魏嘉瓒在《古新郭园林》中介绍说 :“图上山石连绵,松间茅舍,一人抚卷而坐一童侍立。旁一山门,门后石阶绷山上升,似通萧寺 ;门前一僧拱立迎客。左隐太湖一角,石桥通径,湖上一舟待渡,岸边杨柳依依。”

从这两图的文字介绍，大致可知草堂的原貌。它位于治平寺山门旁，建筑规模不大，仅三四间茅屋。堂前有竹有泉，环境清幽。据唐寅《治平寺造竹亭疏》，可知智晓在草堂旁的竹林里建有竹亭，大约为修篁所掩，画面上没有反映出来。

这座草堂的来会者，都是明代书画史上的人物，“地以人传”，石湖草堂也就成了治平寺重要的人文景观。茅屋虽不经岁月风雨消磨，但仍名留后世。后来为了纪念草堂人物，在治平寺内辟五贤祠，祀唐寅、文徵明、王守、王宠、汤珍五人。

因明清易代的影响，治平寺日见衰颓。明崇祯十年（1637），徐汧曾在寺内造了一座亭轩，作为扫墓和避暑之所，到清初已“倾圮摧朽，几不可撑支”（徐枋《思乐亭记》），则寺况之败落可以想象。但自圣祖南巡起，它又振兴起来。因为圣祖、高宗南巡都要到治平寺驻跸，此寺得以修葺和扩建，再加高宗多次来寺，御赐联额，《南巡盛典》卷八十五记道：“嘉靖元年作石湖草堂，文徵明题额，前萦修竹，后带清泉，水石烟云，并擅湖山之胜。”因此寺貌焕然，辉煌一时。

当然，和尚吃十方，修葺费用主要来自施主。因有皇帝南巡的来头，官员帮忙拉赞助，士绅带头来捐款，治平寺不愁经费来源。据褚人穫《坚瓠录》记载，康熙三十七年（1698），因得知明年皇帝将第三次南巡来苏州，治平寺住持十洲想乘机造大佛殿，于是招得一名游方和尚叫恒益，让他在城里宫巷闹市“立关”募捐，果然募得不少银钱。但十洲觉得还不够，于是在八月初造了一个小木阁，高高支在木架上，让恒益在里面坐关，名曰“天关”。人在半空，吃喝拉撒怎么办？用绳子传送食篮和便桶。这一下子轰动了全城，天天都有不少人到宫巷去观看，捐款当然也大大增加了。旧时苏州街道狭窄，由于宫巷一带经常挤得水泄不通，知府石文焯闻知大为恼火，即命长洲县令祖兴乾去抓

石湖草堂

石湖草堂

捕，并把十洲和尚枷号示众，过了半个月才放。

和尚虽然吃了苦头，钱还是到手了。不过钱多了也会出问题，乾隆二十四年（1759），即高宗第二次南巡后二年，就发生了一桩不名誉的事，江苏巡抚陈宏谋得报，治平寺和尚不守清规，私藏妇女。他即派员前往侦捕，结果在禅房密室内抓获妇女四名。经审讯查实，全寺二十二名僧人有十六名犯花案，涉及妇女达二十五人。这种事在晚明不算啥，顶多枷号或打板子，但在清朝却要杖毙的，甚至还要取缔寺院。幸亏高宗对治平寺印象好，批示从宽发往宁古塔为奴，这些和尚才保住了小命。陈宏谋也知道寺不可毁，请得句容高僧性言来作整顿。高宗在第三、四次南巡时，赐了联额，说明高宗没有改变对治平寺的印象。

咸丰末，治平寺遭兵燹重创。虽自同治年间到民国初期有所恢复，但规模大不如前了。1950年代，寺区划归上方山果园。1996年，上方山森林公园对式微已久的治平寺作了整修，并重建了石湖草堂，2005年又修复了治平寺大殿等主体建筑，并都重新辟为游览景点。

如今，上方山下风光依旧，八角大井也还在，只是晋唐月色、明清风流俱成旧梦，只有石湖上悠然而过的画舫，多少载得几分宋人遗韵。

棹歌声里看石湖

苏州评弹《三笑》中有段情节：唐伯虎在虎丘看上了华家婢女秋香，华家进香船返程时，他雇船在后跟随，为引秋香出舱，叫舟子“米田共”大唱山歌。这回书笑料不断，其中舟子唱的山歌尤其有趣。行船时唱的歌称棹歌，是吴歌的一种，有浓郁的地方色彩。自明冯梦龙收集民歌并出版《挂枝儿》等山歌以来，棹歌跟竹枝词、柳枝词一样，从民间进入了文学殿堂，有不少文人借用这一形式，来反映地方的自然风光、人文景观和民俗风情。

石湖地区是水乡，当然少不了棹歌，这在历代都有记载，如元杨维祯《吴下竹枝歌》云：“家住越来溪上头，胭脂塘里木兰舟。木兰风起飞花急，只逐木兰溪上流。”元陆川《吴中竹枝词》云：“石湖晴望水悠悠，风软沙平易结愁。日暮采莲归去晚，郎君荡桨妾操舟。”清蔡云《吴歈百绝》云：“行春桥畔画桡停，十里秋光红蓼汀。夜半潮生看串月，几人醉依望湖亭。”清释宗信《续苏州竹枝词》云：“风风雨雨又重阳，约伴登高走上方。白酒乌菱拼一醉，杏春步月到横塘。”后有梁逸《石湖竹枝二首》、张霨《行春桥竹枝词八首》、潘锺瑞《石湖棹歌三首》等，总量无可计数，但因散见于各家别集中，不大好找。清咸丰年间，吴县人许锷作《石湖棹歌百首》，系统地展示了当时石湖一带的风土人情，因为是专集，比较引人注目。

许锷，字达夫，号颖叔，又号瓢隐居士，生活在清嘉庆到咸丰年间，工诗，也擅书法，在乡里有孝友之名，晚居葑溪可诗楼，著有《异苔同岑诗》。《石湖棹歌百首》写于咸丰八年(1858)，不久苏州就陷入战乱，谁也顾不上来欣赏，影响不是太大。1983年上海古籍出版社影印“瓜蒂庵藏明清掌故丛刊”，就收了这一种。现选介于下，并作一点解释：

“塔影岚光镜里天，渔庄蟹舍夕阳边。画图一幅何人笔，知是倪迂是米颠。”塔影指上方山上楞伽寺塔。渔庄在越城桥东、越城遗址南，当时是渔村，民国时余觉建别墅于此。倪迂是元画家倪瓒。米颠是宋书法家米芾。

“万家箫管太平人，水国云阴又早春。湖上行宫花草茂，当年雨露纪南巡。”行宫在石佛寺，清总督尹继善为高宗南巡所建。

“湖边佳酿久驰名，自昔吴王有酒城。开瓮莫夸香十里，春风吹不到乌程。”酒城在越来溪西，相传为吴王酿酒之处。

“越溪桥下水弥弥，越溪庄下草离离。清风明月一樽酒，为吊诗人王雅宜。”越溪庄在越城桥东北，为明书法家王宠别业。王自号雅宜山人。

“陆巷村边夕照红，弯环碧水小溪通。家家惯养能言鸭，犹有天随高士风。”陆巷村也称后陆巷，相传唐诗人陆龟蒙曾居此，陆自号天随居士，爱鸭成癖，有“能言鸭”故事流传。

“卢家浜口竹编门，转过小桥又一村。邻姊相呼挑菜去，满畦新绿芬生孙。”卢家浜在陈湾，元代瑞安县尹卢廷瑞居处。

“樱桃初熟又残春，看遍群花谷雨辰。宝积寺中香信好，山厨烧笋款游人。”宝积寺在上方山东山腰，治平寺北。

“读书堆已久无闻，碧草芊眠冷夕曛。留得六朝一抔土，至今人说落星坟。”落星坟即南朝陈黄门侍郎顾野王墓，在石湖西下周村。

“沼吴功就载西施，浪迹五湖人不知。疏柳一村依旧绿，湖边留得墅名蠡。”蠡墅在石湖东，传说因范蠡居此而得名，又说是范蠡由此去五湖归隐。

“寻僧每到小天台，石佛岩前往复回。父老夸张年少事，霓旌曾见渡湖来。”石佛岩

吴门十二景·上方山 明沈周绘

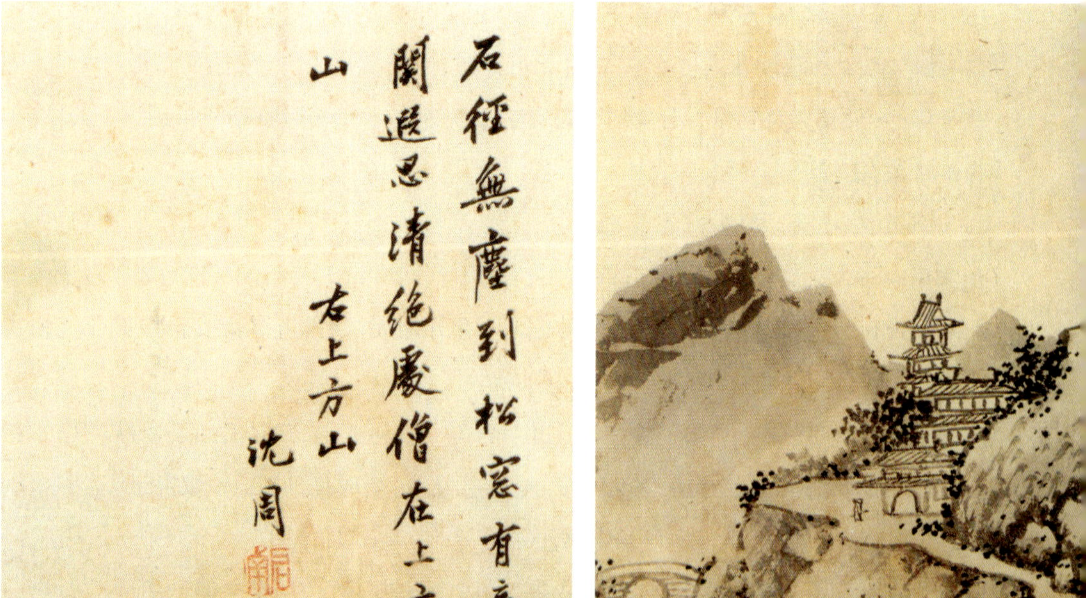

指茶磨屿石佛寺崖下的石观音像。

“吴山山色旧时青，绕向人家作画屏。怪煞新来双燕子，争巢飞上渐佳亭。”渐佳亭在吴山岭半，施水坊下。

“饶稼桥东好问津，相携邻伴共寻春。侬家不学绮罗样，杜织衣衫四时新。”饶稼桥在南周村，跨越来溪。

“南溪北溪景不同，长桥短桥水自通。道人莫问卢园迹，都在江南烟雨中。”卢园在陈湾，为宋宣教郎卢瑢宅园。

“退凉生月满湾，秋林泉水碧潺潺。三官香盛中元节，灯火遥连七子山。”三官指七子山巅的道观三官行宫。

“湖田八月熟香粳，溪后溪前打稻声。谱出范家新乐府，吴歌唱遍阖闾城。”范家新乐府指范成大名作《田园四时杂兴》。

“海潮庵里钟初动，参政祠前舟乍停。一曲采菱斜晚照，荻芦风急浪花腥。”海潮庵即石佛寺，又名妙音庵。参政祠即范文穆公祠。

“年好景入秋多，画舫笙箫穿月过。万点灯光星火集，行春桥下似明河。”此描绘了石湖秋夜游船纷集的景象，第三句指石湖灯船。

“手把红盐肩负柴，竹丝篦子树根钗。林萝鸡犬山前路，一簇人烟买卖街。”买卖街指宝华坞通向鸭踏岭的宝华街。

“香草浮云潘岳墓，夕阳红树五贤祠。一肩黄叶樵苏客，归路迢迢唱竹枝。”石湖有潘岳墓是附会的传说。五贤祠在治平寺内，祀唐寅、文徵明、王守、王宠、汤珍。

“范村菊比晋柴桑，卅六佳名谱晚香。一自绍熙高会后，词人年例作重阳。”范村在城中范成大宅南，植菊有三十六种，后附会在石湖别墅南。

“三家村近桃花坞，曲曲清溪似若耶。笑指蚕娘忙不了，满头犹插做丝花。”桃花坞在吴山岭下。

“莫舍村边几度经？断垣空指绮川亭。闲花开谢无人管，折得新枝插胆瓶。”莫舍、绮川亭均在石湖南。

“荡口荷花映碧波，荷花生日画船多。城中赌酒乘凉客，惯载兜娘此地歌。”荡口指荷花荡，在石湖北。俗传农历六月二十四日为荷花生日。

“松棚宜雨亦宜晴，最爱紫薇村畔行。绝似虎丘山寺里，四时不断卖花声。”紫薇村即寺下村，在上方山麓。

“汲水烹茶度野汀，行来古刹听谈经。井栏剥泐隋朝字，雪里蘼芜一色青。”古刹指上方山治平寺。第三句指杨素井。

这是一百五十多年前石湖情景,作者吟唱胜迹,指点风情,留下了当时写照。但不久就遭遇太平天国战乱,战后的情况,潘锺瑞有《石湖棹歌》云:“好趁纡徐览清景,吴台越垒奈荒芜”,“依旧行春桥畔月,画船何事滞秋风。”说明尽管湖山依旧,但是萧条得很,八月中秋前后是石湖最热闹的时候,却连游船也没有了。

到民国早期,景况有所恢复。这一时期的情景,范广宪有《石湖棹歌》作介绍。范广宪,字君博,吴县人,南社成员,星社创始人之一,曾任苏州救火联合会主席、吴县商会监事会等职,著有《吴门园墅文献》《吴门坊巷待輶吟》、《吴门竹枝词汇编》等。

石湖

这组棹歌共六十二首，特点是偏重于民俗风情的反映，不需要作解释。现选录部分于下：

“空水澄鲜一镜铺，楞伽山翠足清娱。晓暾初上渔烟出，便是侬家范石湖。”原注：“《东皋录》云：‘石湖山水为吴中伟观。’”

“茶墙酒幔傍湖涯，两桨缘流潋滟斜。日美风恬波影活，临奁妒煞女郎花。”原注：“女郎花，唐人谓辛夷也。”

“湖西风日踏歌宜，社赛来寻陈葛祠。酒店不嫌人影醉，管弦听罢奏送词。”原注：“石湖西宝积寺前有陈葛祠。”

“漠漠吴波起麴尘,吹弹杂耍更纷陈。游船如鲫春如海,风日应怜赶趁人。”原注:“湖上杂戏,皆谓之赶趁人。”

“邻娃斗草趁天晴,社下烧钱陌上行。饱吃晶晶云子饭,特来柳涧听啼莺。”原注:“卢守仁《山居八景》之所谓‘柳啼莺’也。张雨诗:‘莫教蜂蝶知踪迹,闲与邻娃斗草归。’”

“渔娃早起绾青緺,湖面罾排密如梭。妾在养鱼城下住,生来不觉养鱼多。”原注:“鱼城在横山下越来溪西,冈陵如城郭,吴王养鱼于此,遗址尚存。盖吴王控越之地,宜为吴城,谓之鱼城,实方言之误也。”

“晃漾湖光似泼醅,熏风时节好怀开。幽栖都说徐家坞,游钓何妨结伴来。”原注:“徐家坞在陈湾。”

“湖干女儿眼垂青,叆叇光明炫水晶。纤手琢磨工艺枝,南喧新郭北殳泾。”原注:“殳泾在石湖东北,一大港出蠡塘,上有殳泾桥,北通新郭入郡城,一带居民都业琢磨眼镜片。”

“闲来小住说彭泾,鸡犬村深静掩扃。女解织机男叱犊,不须乞巧看双星。”原注:“彭泾在湖东南。”

“长虹寂寞卧湖边,委秀输灵说往年。看到串人如串月,几家歌唱月团圆。”原注:“张衮序《石湖志略》云:‘吴多山水,输灵委秀于兹湖者,胜夺之卢氏矣。’”

“村郎多半学拳枪,结队开船趁市忙。身手争夸湖上献,三桥环绕护烧香。”原注:“拳船以保护进香为名,鸣金过市,至石湖演技,串月城乡男女无不往观。”

“秋水蜿蜒放画桡,生涯虾菜正相饶。种鱼人话邵昂港,旧迹空留怀范桥。”原注:“邵昂港在湖东彭泾之东,与九曲港相接,水东入蠡塘,相传旧有石刻‘昂台’二大字在水中,上有怀范桥。”

“半湖云锦碧无涯,捐税难蠲属宋家。绝似求鱼供史宅,渔人苦笑说当差。”原注:“渔舟下网,须向宋纳捐领证。按:吴越钱氏时,西湖渔者日纳鱼数斤,谓之史宅鱼,其捕不及额者,必市以供,颇为民害,载《闲谈录》。”

“瑟瑟湖波落照微,傍村渔火认依稀。疑冬风味斯乡美,稻熟难忘石蟹肥。”原注:“石湖产蟹,故名石蟹,喜食谷。十月稻熟,其黄满腹,味胜阳城蟹,近湖人多以沪得之。”

“石湖千顷是恩波,月满秋清好景多。差喜拂花萦柳处,红毛夷舫日频过。”自注:“范成大诗:‘得得来题小隐诗,拂花萦柳画船移。湖边好景春犹未,须到秋清月满时。’”

“棹艇难为钓雪情,石湖风色寂寥清。玉箫声里初归路,一夜吹香睡不成。”原注:

“自姜尧章有《除夜自石湖归苕溪》诗，录寄诚斋，得报云：‘所寄十诗，有裁云缝月之妙思，敲金戛玉之奇声。’”

这是抗日战争前的情景。自 1937 年日寇入侵，苏州沦陷，这方胜地再次遭到破坏。其时情况也有棹歌反映，但大多是抗战胜利后或是 1950 年代的作品，似乎不够贴近。1998 年《苏州史志资料选辑》中刊出了《恕庵石湖棹歌》，此稿作于 1944 年，它提供的正是 1930 年代后期、1940 年代前期的石湖图景。这组棹歌的艺术水平似不高，但也是当地人讲当地事，因此一并作一介绍。

《恕庵石湖棹歌》共收《石湖棹歌》一百首，《广石湖棹歌》二十四首。作者在序中说：“石湖山水，天然佳胜，不亚于杭之西湖，视虎丘、灵岩、天平则驾而上之。宋以前不著名，自阜陵书‘石湖’二大字以赐范文穆公，于是名闻天下。南巡以后，复增胜迹。自经兵燹，大半荒废，而湖水胜景犹克引人游赏。八十馀年来，维云山如故，而遗迹渐湮（如盟鸥亭、绮川亭、湖心亭、钓鱼台之类）。德生长于斯，见景生感，思欲起而整理之，奈已耄老，有志未逮。爰就力所能及者，仿乡人陈君子宣《西湖棹歌》例，以名胜古迹、风土景物及近所增者，资为吟咏，藉以纪述曩所见闻，存什一于仿佛。”

作者顾德，字一新，晚号恕庵，原姓卫，名馀，吴县蠡墅人。少习举业，入庠为秀才，晚清废科举后，历任小学校长、教育委员等职，一直从事教育工作。苏州沦陷后，大概出任过伪职，他在自传中曾表示忏悔：“不幸重罹浩劫，以五十馀年致力教育之身，不能守一德，亦大可怜。”不过也不能因人废言，这组棹歌还是值得一读的。现选录部分于下：

“越来溪上越城桥，相对杏春百步遥。相去横塘无多路，凉亭遗址在堤腰。”杏春即行春，“杏”和“行”字，方音同。

越城桥

余庄

“福春卖酒记当垆，有约一人两巨觚。六十年来桑海劫，重寻旧肆影全无。”

“杏春桥下有茶寮，遥对上方塔影翘。绝好天然风景处，只今剩有草萧萧。”

“重奎堂里萃天章，两代宸翰此宝藏。今已杳然如黄鹤，仅留片石鲁灵光。”原注：“范村有重奎堂，奉孝宗、光宗两朝宸翰。今不复存。惟‘石湖’两字片石尚无恙，今移在文穆祠中。”

“锦坡玉雪渺浮云，说虎梦鱼逐散氛。农圃堂倾遗址泯，空留题壁上梁文。”原注：“别墅面山临湖，随越城高下为栋宇，天镜阁为第一，又有千岩观、北山堂、寿栎堂（光宗题额），又有说虎、梦鱼二轩。绮川（在莫舍）、盟鸥〈在行春桥右〉二亭，玉雪、锦绣二坡别筑农圃堂。文穆自作上梁文，周益公过之，留题壁中。”

“盟鸥亭畔建书院，俎豆于斯式范公。配以卢雍自不愧，赐书片石庋堂中。”原注：“盟鸥亭下有问鸥石、浴鸭池，遗址尚存。书院之设，明卢雍倡之，以祀范公，奉为模范人物，后人不知。”这是说，从前的酒店和茶馆都没有了，重修的石湖别墅仅存遗址，但孝宗题书的刻石犹在。

“一溪缭绕水迢迢，杨素于斯建小桥。流水常行石不烂，后人思系至今饶。”原注：“桥在新郭塘北，一小浜之上。”

“吴山岭下草扶疏，中有瑞安县尹居。八景分题已灭迹，故庐颓废化丘墟。”原注：“元瑞安县尹廷瑞山居在吴山下，有八景曰：越溪春水、柳涧啼莺、分水松声、上方塔影、石湖秋月、城湾古桂、横山雪霁、吴岭梅开，题咏甚多，今俱不传。”

“湖光荡漾水波清，中有鱼虾两并生。稻蟹上时夸特产，某种名金爪别阳城。”原注：“湖蟹以金爪著名，与阳城有别。”

“陆羽《茶经》品水篇，权衡次序亦厘然。同人有约来山寺，为访吴中第六泉。”原注：“泉在治平寺，即冽泉。”

以上是关于石湖古迹现状的记载。

“南巡故事亦寥寥，湖上皇宫迹未消。遗址昭然在人目，不须叩问向山樵。”原注：“皇宫旧址在海潮寺。”

“康庄大道正平平，南北分行卅里延。砖片悉成人字样，工程寓意广无边。”原注：“御道自盘门至横山分南北，南至灵岩，北至玄墓。”

“石佛寺旁垒嶂舒，摹刊清帝摩崖书。钓鱼台址无遗迹，指点水限问老渔。”原注：“海潮寺俗名石佛寺。左旁崖嶂上刊有乾隆御书‘石湖’两大字。钓鱼台在寺左水限内，遗迹无存。”

以上是关于清两帝南巡遗迹的记载。

“湖山重见草堂开，胜日登临亦快哉。纵览无边好风景，一齐收入眼中来。”原注：“民国戊辰腾越李根源重葺湖山堂，孙光庭记，谷锺秀书刻石。”

“湖心亭子在湖心，九曲桥通浅水浔。指点烟波寻旧址，模糊一片费沉吟。”原注：“亭在渔家村，尚有九曲桥可通。旧址蓝天尚无恙，今年内已渐渐灭矣。”这是说，湖心亭也消失了，惟1928年李根源重建于渔家村的湖山堂犹存。渔家村即余庄。原湖心亭在余庄前，乾隆二十二年（1757）总督尹继善修建。

“八月每逢十八日，倾城士女作湖游。笙歌画舫竞相逐，半靠花墙小逗留。”原注：“游湖之舟都在花墙头下停留，结排成列，两面相对，中有舟行通道。”

“埠头建设便停轮，过客往来好问津。此是花墙旧地址，纷纷踏昼趁船人。”原注：“埠头为殷子振募金建设，并有候船处，可避风雨烈日。”

“试登绝顶到磨盘，遥望长桥眼界宽。夜月上时成一串，游人罕得此奇观。”这是关于八月十八游石湖的记载。磨盘即茶磨屿，俗称磨盘山。

“汤公毁寺净光光，片宇无存孤塔荒。惟有人心终不改，年年十八共烧香。”原注：“寺为汤文正公所毁，而烧香人终不少减。”

“村儿学得好拳枪，结伴开船护进香。趁此堪将身手献，直桥环绕有名扬。”原注：“拳船厂以保护进香为名。”

以上是记当时石湖地区的风俗，下面还谈到了手工艺和渔业情况。

“竹器筛匾与栈条，纷纷赶集涌如潮。行春桥货虽云次，购买人来不用招。”原注：“竹器物品低次，人家称为杏春桥货色。”

“茫茫一白渺无涯，水面主权属宋家。若有渔舟要下网，纳捐手续不能差。”原注：“渔舟下网，须向宋家纳捐领证。”

还有两则涉及人物，许原和许谔，同为清中晚期石湖人：

“图有苔岑名不虚，草堂听雨问何如。丹青能表思兄隐藏，描写篝灯共读书。”原注：“许谔字颖叔，故居徐巷，工诗善书，有《异苔同岑图集》，为袁子辛、陆廉夫、李养泉等所绘。其纪思兄者曰《覃堂听雨图》，其自序有‘读书溪上老屋’之句。”徐巷即徐家坞。

“与稽名义耐人思，丁卯遗型克绍箕。红蓼村中重访旧，风流儒雅洵堪师。”原注：“许原字弱庵，居红蓼村，著有《与稽草堂诗集》。”

这三组棹歌就像文字制作的老照片，让我们看到了近现代石湖的三个截面，既是有资料价值，又有历史认知作用。

丁家山头说丁谓

石湖之西，群山连绵，从茶磨屿、上方山、七子山到吴山岭，诸峰逶迤，风光各有千秋。从历代纪游诗文来看，有不少游人在此流连忘返，甚至翻山越岭，作数日游。但他们都没有提到上方山东南的丁家山，或许因为山丘小，景观少，忽略了。查明《石湖志》，也只在卷二中点了一下："丁晋公宅，在楞伽山下，丁谓故居也，今名丁家山。公建节乡郡，时以为荣。真宗赐以御制诗，尤为盛事，尝刻石立于堂上。"丁谓在宋大中祥符间以参知政事拜平江军节度使，这是很风光的事；再加他家立有皇帝赐诗的刻石，那就愈发荣耀了。捉摸《石湖志》的语气，好像是说，因为丁谓宅在上方山下，所以那里称为丁家山。

山麓有寺下村，旧称紫薇村，《石湖志》卷二又说："紫薇村，在楞伽山下，属灵岩乡一都二十五图，居民稠密，自成市井。游艺机人往来处有治平、宝积二寺。宋丁晋公、范文穆公皆尝卜居于此，故紫薇二字或以二公俱大拜而得名欤？""紫微"亦作紫薇。唐开元元年(713)，改中书省为紫微省，省中种紫薇花，时称中书令为紫微令，中书舍人为紫微郎。后世便将"紫薇"作为位居中枢者的美称。村的得名也说明丁谓确实住在丁家山。

说到丁谓的故居，苏州有多处，其一见《中吴纪闻》卷一"丁晋公"条："所居在大郎桥，号晋公坊，堂宇甚古，有层阁数间临其后。"另两处见《吴门表隐》，卷十一说："甫桥丁家巷，宋丁谓旧宅。南濠丁家巷有丁家园，谓之别业，今道傍有青石坐椅、上马石。"还有一处就是《石湖志》所载的丁家山。其实城里大郎桥与甫桥丁家巷乃是一处，此宅大门朝北，开在大郎桥(今建新巷西段)，边门朝西，开在甫桥丁家巷(今已改造为临顿路南端回车道)。这座府邸是丁谓祖父丁守节造起来的。丁守节是河北人，因任吴越中吴军节度推官，便在此建宅安家。后来他的孙儿丁谓做了高官，又将老宅扩建，所以占了横竖两条巷。丁谓罢官后，府邸抄没，至清代已无遗迹可寻，《吴门表隐》便以为在甫桥丁家巷了。

丁家山的丁宅，其实是一座山庄别墅，《石湖志》卷一说丁谓"创别业于此"。丁谓在此辟建山庄，山因而得名，这也是讲得通的。可是民国《吴县志》卷十九却说，上方山“东南有丁家山，唐丁公著父丧，负土作冢，故名”。原来丁家山不是靠了丁谓的名头，而是得名于唐代姓丁的孝子。

这位丁公著也是苏州人，字平子，幼年母亡，少受父教，举明经，授秘书省校书郎，在京供职，但他为了侍养年老的父亲，辞官回家了。父亡后他不仅亲自挖土筑墓，而且结茅守于墓侧，因为悲戚减食，人瘦得落了形。他的孝行上闻朝廷后，受到了旌表。后来被召为皇太子诸王侍读，其间他写了《太子诸王训》十篇，作为王子守则。皇太子即后来的唐穆宗李恒，即位后就召他入宫，许以为相，但他以老病辞谢，以太常卿终。后来把他当年的结庐之处名之为丁家山，大概就是这个缘故。

不过丁公著不及丁谓有名，再说宰相的别墅不会差到哪里，何况还有赐御制诗的荣宠，在丁谓出事籍没之前，这座别墅肯定也是石湖一景。故说丁家山因丁谓而出名，也不能算错。只可惜这座别墅在仁宗年间给抄没了，丁家山也就风光不再，从此寂寂无闻。既然山的盛衰系于丁谓，那末他的事迹不妨在此作一介绍。

丁谓，字谓之，后改字公言，苏州长洲人。雍熙年间，王禹偁来任长洲县令，因为他是北宋文学革新运动的倡导者，丁谓便与孙何带了习作同去拜见，请他指导。王禹偁读

紫薇村（册页） 明陈淳绘

了他俩的诗文，大加赞赏，甚至说这是韩愈、柳宗元以来始见的佳作，有诗道："三百年来文不振，直从韩柳到孙丁。如今便合教修史，二子文章似六经。"（《中吴纪闻》卷一）有这样高的评价，这两位文学青年就此名传士林。

淳化三年（992），丁谓举进士，历任京官、知府、安抚使等职。咸平二年（999），峡西路爆发了"蛮民"反抗官吏事件，他受命前往处理。按官方惯例，凡少数民族"不服王化"，一律镇压，他却采取以抚为主的方针，不动刀兵就把事情平息了。次年益州王均造反，被雷有终率"蛮兵"讨平。其间有批"蛮兵"不听指挥，乱平后对这批人怎么办？于是朝廷又派丁谓去处理。丁谓认为他们只是不肯为官家卖命，并非反叛，于是召集"蛮兵"头领，宣布有旨一律赦免。"蛮兵"见不予追究，都表示愿意归顺，此事又得以和平解决。他还发现边民闹事大多因为太穷了，而西南边疆多粟而缺盐，黔南民家多良马，就建议朝廷派员去做调节和收购工作。照此办理后，边疆获得了巩固。

他还针对粮赋制度的混乱，提出了改革方案，人丁以景德四年（1007）的户籍为依据，粮赋以咸平六年（1003）的定额为标准，不得变动。方案推行后，地方上任意加赋的土政策全都作废。苏州人特别高兴，因为苏州的人口一直在增长，据大中祥符四年（1011）统计为六万六千多户，比宋初人口翻了近一倍，因此粮赋年年加额，称为"丁钱"。由于人丁钱取消，苏州人在万寿宫为他立了生祠。

丁谓的才干受到了真宗的赏识，大中祥符五年（1012）晋升为参知政事。九年，自请外出为平江军节度使，知升州（今江苏南京）。苏州老家的扩建和丁家山别墅的兴建都在此时。天禧元年（1017），回京复任参政，后改枢密使，取代寇準任中书门下平章事，进入国家最高领导层。

真宗希望自己功越前代，能像汉武帝一样举行封禅大典，但他没有太祖、太宗的功业，于是就走歪路子，伙同宰相王钦若，两次制造了"神人托梦，天书下降"的花样，以示盛世有祥瑞。丁谓见皇帝造假，为了固宠，不但假装深信不疑，而且推波助澜。帝相合伙弄虚作假，搞得"天下争言符瑞"，老有"奇迹"报上来，如陕西上报"黄河水清"，山西上报中条山发现了黄金护封的《灵宝真文》等。丁谓还一下子弄来灵芝三万七千枝，说是亳州（今安徽亳县）献上来的。一地哪来这么多灵芝？宰相寇準怀疑丁谓搞鬼，可是皇帝乐坏了，因此丁谓大受宠幸，加封司空、晋国公。他还身兼天书扶持使、玉皇像奉迎使、奉承祀经度制置使等职，看这些古怪职务，便知他在闹剧中扮演了什么角色。丁、王二人还拉帮结派，打击排挤寇準等正直大臣，达到了把持朝政的目的。

乾兴元年（1022），仁宗即位，因为年仅十三岁，由刘太后垂帘听政。丁谓因有拥立之功，进司徒、侍中。刘太后见他权倾朝野，很不放心。真宗在世时，她就发现丁谓“能结上欢”，但真宗虽然爱搞仙道之类的名堂，却权不旁落，如今换了个小皇帝，那还不是捏在他手心里？因此她一定要搞掉丁谓。要整人总有辫子可抓，先是发现他与内官雷允恭通问，便以结交宦官，“弄权欺罔”为由，将他逐出政府，“分司两京”。继又抓到一条大辫子，真宗陵寝工程冒水，这还了得！查问下来，是由丁谓主管。皇陵冒水按律当斩，但太祖有规定，不得杀大臣，那就宽大处理吧，让他到崖州去当司户参军。

崖州在今海南琼山，大臣贬到那里，即所谓“窜逐海上”，落到底了。但丁谓心态好，到了那里还能说笑话，说宰相到崖州只能当司户参军，可见崖州比京师大。但他也动改善处境的脑筋，如写家信总是痛自责备，要家人不要怨恨政府。后来仁宗见到了，倒有点感动，便把他逐步迁往内地。其实这些信，都是他设法让皇帝看到的。明道二年（1033）迁到光州（今河南潢川）时，刘太后死了，宣布大赦。他年事已高，仁宗特许以秘书监的头衔退休，也就是让他享受三品官退休工资的一半，可见还是照顾他的。同年，他逝于光州。《宋史》本传说：“谓机敏有智谋，检校过人。文字累数千百言，一览辄诵。在三司，案牍繁委，吏久难解者，一言判之，众皆释然。善谈笑，尤喜为诗，至于图画、博奕、音律，无不洞晓。”可见他确实聪明能干，可惜为权欲所迷，惟求投皇帝所好，把国家引入了歧途。尽管他官至极品，且多才多艺，后人却不把他看作值得纪念的人物，如明代的石湖乡贤祠就不予入列。他是诗文家，著作有《丁谓集》、《虎丘录》、《刀笔集》、《青衿集》、《知命集》等，但在死后均散佚，传世的仅有潘汝士所辑的《丁晋公谈录》。乾兴初，他一出事，他在苏州的生祠就改作了土地堂。由于家产籍没，充公的城内大宅和南濠丁家园都作了发卖。丁家园易主后保存较好，后毁于南宋初。丁家山的别墅因有真宗宸翰刻石，不好发卖，便以拆毁了事。从建到毁，只存在了六年。丁谓在那里住了不足一年。

丁家山处于上方山与吴山之间，风光也不错，只因丁谓的事放在那儿，再也没人来盖屋造园，因此山丘一片荒凉，久而山名也鲜为人知了，这正是“成也萧何，败也萧何”。

茶磨屿：乾隆文字狱的见证

茶磨屿在上方山东北、行春桥西，三面临水，故称之为“屿”。《吴郡志》卷八引《吴越春秋》说，吴王阖闾“立射台于安平里”，安平里明清称灵岩乡晏宫里，茶磨屿在晏宫里一都，古射台即在屿上。由于屿顶平坦，像石磨盘，故俗呼磨盘山。山麓有座潮音寺，也称妙音禅院，民国《吴县志》卷三十六说：“妙音禅院，今亦名石佛寺，在行春桥西茶磨山麓。宋淳祐中，尧山主开山。明洪武中重建，有‘石湖佳山水’匾额。嘉靖乙酉，郡守胡缵宗爱其胜，题曰‘崖石涧’。中有大士古像立于岩下，高丈六。明都穆又题‘小天台’。崇祯四年，郡绅申用懋倚山构阁，重建大殿。”

由此可知妙音禅院始建于宋，重建于明，因有石观音像，俗称石佛寺。又据清代记载，高宗南巡时，屿上建有石湖行宫，御制《观打鱼歌》的诗碑就置石佛寺内。民国期间，此寺毁于火灾，但石碑、石像无恙。至“文革”期间，石观音未能逃过劫运，头落崖石涧底，上半身倒地，只剩下半躯及莲座。1984年整修景区，恢复了石佛寺的门厅、回廊和院落，并疏浚了崖石涧。石观音像也于同时修复，还在右侧临湖处重建了钓鱼台。

今山麓有摩崖石刻隶书“茶磨”两大字，为李根源原题。山顶建有望湖楼，在楼上眺望上方、石湖，山光水色尽收眼中。

山水胜地素多墓葬，茶磨屿也不免。但自有坟墓，就有盗掘，官府虽有禁令，但防不胜防，即使雇坟客看守，也难免有疏失。至民国初期，苏州郊外盗墓成风，社会舆论对此反映强烈，于是在1915年，成立了以吴荫培为会长的吴中保墓会。

吴荫培，字树百，号颖芝，清光绪十六年（1890）举一甲第三名进士，授翰林院编修，人称“吴探花”。他曾赴日本考察，官至贵州镇远知府。入民国后，主要从事地方慈善公益事业，办了不少惠及乡里的实事。他任会长时，已年近古稀，但仍和会中司事一起下乡，去调查无主的冢墓和坟地。查实后就登记立碣，丈量绘图，造册报县署备案，并请县政府发告示严禁盗掘。由于保墓会措施得力，盗墓案件大减。当时正在修《吴县志》，就由他编“冢墓”门，他所编的两卷是苏州旧志中考订冢墓最详尽的文献。

一天，他和司事们到茶磨屿作调查，除了查看治平寺前后两座和尚墓塔外，在屿下发现了“内阁学士宋大业墓”，在西麓发现了“文学金逢墓”，到屿顶又发现一座，墓碑残损，但上刻“徐述夔”三字仍可辨识。吴荫培很惊讶，徐述夔是江苏泰州栟茶场(今属南通如东)人，生前从未在苏州工作或寓居，去世后因“逆诗案”被戮尸，怎么葬到了这里来？会不会是同名同姓的另一人？经过一番查考，他确定墓主就是泰州徐述夔，于是在《吴县志》卷四十中作了如下记载：“紫牡丹诗人徐述夔墓，在石湖范文穆祠及海潮寺后、茶磨山顶。吴荫培立碣。”这个墓名有点奇怪，著录冢墓，一般都是墓主姓名上加官衔，平民则上加“处士”、“义士”或“孝子”之类，称墓主为“紫牡丹诗人”则绝无仅有，其中有何讲究？这就要从“一柱楼诗案”说起了。

这桩诗案起于乾隆二十八年(1763)，举人徐述夔在家乡栟茶场亡故，留下《一柱楼诗》等诗稿。其子徐怀祖将遗稿整理后交书坊刻印，定名为《一柱楼编年诗》，共有八卷。付印时发现诗集没有序言，徐怀祖想请诗坛泰斗沈德潜来写，因为沈与其父同科中举，次年又一起在京会试，可能会给面子。因此打点了礼品酬金，到苏州向沈府求文。可是沈德潜年已九十一岁，很少动笔了，再说他已记不起徐述夔这个人，叫他写什么好？徐怀祖没有泄气，又用重金结交了沈德潜的公子沈种松，果然如愿以偿。不过沈德潜写的不是诗序，而是根据送来的作者行状写的小传，而且可能是由门生顾诒禄代笔。但徐怀祖无所谓，只要有名人署名就好。这篇小传补刻后放在诗集卷首，作为代序，全书印成，便分赠亲友。

这本诗集本来影响不大，后来却出了名，因为它是官方查禁的“逆诗”！

官方是如何查到的呢？原来徐述夔生前曾买下同乡蔡家几顷农田，后来蔡家后人蔡嘉树发了，想以原价赎回。这时徐怀祖已亡故，其子徐食田同意取赎，但因地价涨了，要多加三百两银子。蔡嘉树与之商量不通，就在乾隆四十三年(1778)春上，到东台县(乾隆三十三年析泰州东北境置)衙告徐家霸占祖产。但庭审对蔡家不利，因为产权已属徐家，有田契为凭，蔡家不能强买。蔡嘉树见势不妙，谎称家藏原始契约，可以证明产权并未卖断。但在第二次上堂时，他呈上的不是契约，而是检举书，告发徐家刊行“逆书”《一柱楼编年诗》，并列举书中有不满现实、攻击皇朝的字句，实属大逆不道！

东台知县涂跃龙看了状纸直摇头，这分明是拿不出产权证明，想用“逆案”来扳倒徐家。从摘录的“逆诗”来看，证据也不足。不过收了诉状总要审理，于是把徐食田、徐食书传来询问。徐氏兄弟便将诗集呈上，说明这是祖父的作品，自父亲刊行以来从未听说有问题。他俩还亮出已故太子太师、礼部尚书沈德潜的牌子，说此书的代序是沈公写的，文中对先祖揄扬有加，一句批评也没有，可见蔡某是血口喷人。

茶磨屿

涂跃龙看了代序，越发觉得这项控告不能成立，便仍照田产诉讼处理，判蔡家败诉。蔡嘉树是监生，知道当局对文字极为注意，不少“逆案”都是寻章摘句造成的。因此他对判决不服，决定把事情闹大，就越级上告。这一告，就告到了江宁布政使陶易的手里。陶易已看过东台县的审案报告，认为蔡某上告是田产官司的馀波，未予重视，就随手交给幕友陆琰处理。陆琰觉得蔡某是输了官司想报复，于是在诉状上批了“与尔何干”四字，随同批文送扬州府。批文上说，蔡嘉树有诬告之嫌，若查明所控不实，应予反坐。这个批示使扬州知府谢启昆大伤脑筋，上级的意图显然要办蔡某，但蔡某告的是“逆案”，要否定它必须证明《一柱楼编年诗》无问题，这谁能打包票？鸭蛋里挑出骨头来的事并非没有先例。要是对告发者打击错了，皇上怪罪下来就不得了！他思前想后，决定采取拖的办法，以便见风使舵。

这些官员都犯了个致命错误，只看蔡嘉树的诉状，没有细看《一柱楼编年诗》。但是江苏学政刘墉看了，那是如皋童志璘交给他的。童在这年八月中旬听说了这桩官司，因家有这本诗集，怕担上“藏匿逆诗”的罪名，所以上交学政。刘墉一看暗自吃惊，因为这本诗集比乾隆二十年（1755）案发的《坚磨生诗钞》性质还要严重。《坚》诗借古讽今并不明显，但仍被皇帝定为“逆诗”，而《一柱楼编年诗》中有的诗比《坚》诗露骨得多，他若知情不报，恐怕有麻烦。

刘墉不露声色，跳过巡抚和总督，直接向高宗报告。据《东华录》记载，高宗每案必看，且大多有指示，因此他细阅了这本附送来的诗集。当他读到“旧日天心原梦梦，近来世事益非非”，就觉味道不对，作者是说自己生性迟钝，处事日难呢，还是暗指皇帝胡涂，国事日非？另一首《鹤立鸡群》说：“明朝期振翮，一举去清都。”虽说是作者以鹤自喻，表示一飞冲天的抱负，但高宗认为，“明”、“清”字样是故意安排的，“有兴明朝去清朝之意”（高宗御批）。何以见得？看下面的《咏鼠》就明白了，“毁我衣冠真恨事，捣除巢穴在明朝”，岂不是说清廷下令剃发易服，毁了明朝的衣冠，他要反清复明吗？

这还了得！高宗非常恼怒，当即给此案定性：“徐述夔身系举人，乃丧心病狂，敢于《一柱楼诗》内系怀胜国，暗肆诋讥。谬妄悖逆，实为罪大恶极。虽其人已死，将来定案时仍当剖棺戮尸，以伸国法。”以言论文字入罪，并加以严厉打击，是专制王朝维护统治的手段，因此冤狱不断。但这次高宗没有弄错，因为徐述夔的思想确实是与清王朝对立的。

徐述夔原名赓雅，字教文，号廉斋，生于康熙中叶，乾隆三年（1738）中举，赴京会试时，因试文中有“讥讪”语，被主考官赵国麟取消资格。会试落第有选补知县的机会，但他放弃了。他确有反清思想，很佩服具有民族思想的吕留良。他有两个学生，一个叫徐首发，一个叫沈成濯，名字都是他取的。合起来是“首发成濯”，头上无发光秃秃，显然是表达对剃发的不满。

同年十一月，大学士九卿会议拟定判决。徐述夔作逆诗，应按大逆律戮尸，枭首示众。其子徐怀祖刊行逆诗，也应戮尸枭示。其孙徐食田、徐食书藏匿逆书，拟斩立决。高宗看后基本同意，但为表示宽大，将徐食田兄弟俩改为监斩候，秋后处决。又为表示严密，不让后代漏网，加上将徐述夔曾孙徐道南、徐寿南及孙媳缪氏、沈氏发付功臣之家为奴，拼茶徐氏就此灭门。

此案还牵连了一大批人，其中江苏布政使陶易因“为逆犯张目”，被判监斩候，不久病死狱中。扬州知府谢启昆和东台知县涂跃龙因“迹近包庇”，均被革职。江宁巡抚杨魁因嗅觉不灵遭到申斥。列名“逆书”校对的徐首发、沈成濯，及批“与尔何干”的陆琰被判斩监候，秋后处决。为“逆书”作跋的毛澄杖一百，流放边远地区。

作跋的流放，那末作小传代序的沈德潜呢？大学士九卿会议对他的处理颇费踌躇。他生前是宠臣，但涉及的是“逆案”，应该轻处还是重判？后来探出了皇帝的心思，才拟请追夺官衔谥号及所赐尊荣，也就是废为庶民，不牵连家属后代。皇帝虽然照准，但还是在上谕中把沈德潜大骂了一通。相传另有一个原因，《清朝野史大观》卷三说：“迨归愚疾歿，上命搜其遗书读之，则已平时所乞捉刀者咸录焉，心窃恶之。”上谕下达后，京师贤良祠马上清除了沈的牌位，刚过冬至，钦差阿弥达和江苏巡抚杨魁带差役到苏州觅渡桥东南的姜村，扑倒沈墓大碑，磨去御赐碑文。与此同时，苏州知府杨灿带人到沧浪亭前，把沈祠里御笔题写的匾额和楹联统统撤掉。

但处理仅至于此，因为高宗认为沈德潜为徐述夔作小传“揄扬颂美”，“系贪图润笔为囊橐计”，不是徐的同伙。而且以前一直对他优礼有加，评价极高，现在自打耳光也不能打得太重。但《清朝野史大观》卷三说，高宗“又闻其有《咏黑牡丹》诗云：‘夺朱非正色，异种亦称王。’遂以为是近诽谤也，命戮其尸。”这完全不确。高宗在上谕中说过，即使沈德潜未死，也“不至与徐述夔同科”，表明两者有本质区别。看《咏黑牡丹》诗，可知是骂关外“清夷”抢夺了朱明王朝的江山，确属“反诗”无疑。这是深沐皇恩的沈德潜不可能写的，只有具有强烈民族意识的志士才敢这样一吐为快。那么作者是谁呢？博学的吴荫培给了答案，就是徐述夔。故给他重立墓碣，称之为“紫牡丹诗人”。

但有几个不解之谜，徐述夔开棺戮尸，东台的原墓当已不存，孙子又全死，曾孙则为奴，那末他的残尸由何人收葬？又为何葬到了苏州茶磨屿？是什么时候入葬的？可惜吴荫培都有没有解答。

有人猜测，在当时的政治高压下，不可能有人收葬，残尸必是被差役扔入乱坟岗草草埋了。茶磨屿上的墓可能是他的衣冠冢，是具有反清意识的志士偷偷建立的。是不是这样不知道，因为这座坟墓今已不存，无法查考。但是吴荫培立的墓碣有可能堙没在土中，如能找到，应予重立，因为这是乾隆文字狱的又一实证，有历史的认知作用。

清高宗弘历像　清佚名绘

重阳登高话旧俗

农历九月初九，例有重阳登高的活动。

据南朝梁人吴均《续齐谐记》记载，东汉汝南道人费长房，有天对徒弟桓景说，九月九日你家有大难，可令家人用红纱囊盛茱萸系在臂上，登高饮菊叶酒，就可消灾。是日桓景遵嘱而行，举家登山回来，见家中鸡犬牛羊都死了。“今世人九日登高饮酒，妇人带茱萸囊，盖始于此”。《荆楚岁时记》也说：“九月九日，四民并籍野饮宴，佩茱萸，食饵，饮菊花酒，令人长寿。”可知重阳登高后来演变为传统习俗。苏州也有这一风俗，《吴郡岁华纪丽》卷九说：“今俗以九日登高，为祓除不祥之义。”苏州人对节俗的重视是出了名的，这有《清嘉录》为证。因此每到重阳，苏州人除了张罗茱萸花、重阳糕、菊花酒，就要外出去登高。

怎样才是“登高”？上自家阁楼不算，一定要到山上去。体力不支怎么办？可以就近去不高的虎丘。实在不行，上城楼望望也算应了景。不过旧时登高是有讲究的，首选地点在吴山。

吴山，本是古代对吴地山丘的总称，如前人诗云“吴山点点愁”、“日落吴山暮”之类，都是泛指。但在苏州，也把石湖西南的一座山叫作吴山。山名的由来，《横金志》卷一说：

吴山远眺

石湖(册页)　明文徵明绘

“吴越广陵王子文奉建吴山院于此,故名。”钱文奉是吴越广陵郡王钱元璙之子钱文奉,官任中吴建武军节度使,是苏州最高行政长官。这话是说,因为地方长官在此造了吴山院,这座山就叫吴山了。但也有疑问,苏州历史悠久,山川大抵早就有名称,吴山非小山丘,何待到五代方始得名?还有,这吴山院是道院、寺院,还是山庄别院?

这两个问题,《吴郡志》里有解答。吴山院到北宋治平年间改称寿圣院,卷三十三说:“寿圣院,在吴县西南二十里。晋天福五年,吴越国中吴军节度使、威显公文奉创建,以奉其父广陵王元璙墓祀,初名吴山院。至本朝治平中,改赐今额。”这记载表明,吴山院是奉祀广陵王的墓祠。但查后晋天福五年(940),钱元璙时任吴越检校太师、同平章事,有权有势又有钱,活得有滋有味的,为啥要造他的祭祠?再说钱元璙后葬七子山九龙坞,墓祠怎么会造到另一座山上?崇宁元年(1102)钱文奉曾孙钱公著请强浚明写的《寿圣院记》,另有说法,有曰:“晋天福辛丑岁,曾祖威显公始建寺于吴山之麓,以为薰修之所,因其山名之为吴山院。这就很清楚了,吴山院建于后晋天福六年(941),是座佛寺,因吴山而得名。《吴郡志》能将不同说法附以备考,供人研究,不愧有善志之誉。对照之下，除了建院年份尚待细考外，问题都弄清了，一、此院不是墓祠而是佛寺；二、吴山院因山为名，说明在五代前，这座山已称吴山了。

吴山院在宋天圣间曾三移其址，最后迁在吴山宋坞。《吴郡志》说治平中改称寿圣院，是笼统的说法，实际上赐额为“寿圣广福禅寺”，以区别于尧峰山上的寿圣寺。此寺在明洪武、永乐间曾重修，成化间吴江史鉴来游，有《登吴山绝顶》诗云：“古庙经年久，荒台落叶深。”说明这座寺院虽荒而犹存。但山寺萧索对风光没有多大影响，因为此山东临越来溪、石湖，山光水色相映，景色优美，加之山上又多林泉池石之胜，自是一方胜地。

吴山院的大体情况，《石湖志》卷二介绍说：“吴山岭，横山之支陇，在上方之西南，自陈湾村有砖街历级而上，约半里许有渐佳亭，又半里许方至岭上。亦名分水岭。有施水坊，树林阴翳，泉石清幽，洒然一佳境也。”“施水坊”即施水院，明嘉靖间，华钥有《吴中胜记》说：“褒忠西坞特起而南，曰吴山岭。岭腰有寺，寺有井，僧言凿石得之，宋时龟蛇怪见，寺以井胜，病者汲之，多愈，故名分水岭，又曰施水院，一碑篆《龟蛇记》，甚古，记多与僧言合。”

这说明吴山院到了明代，因有龟蛇神怪的传说，寺僧以井水有灵，施予病家治疗，故又名施水院。但到嘉靖之后，它就不见记载了。吴山少了首建的古寺固然可惜，不过既是“洒然一佳境”，必然吸引不少游访者，有的干脆在吴山下营造别墅，借得真山水，亲和大自然。历代著名的宅园，就有宋卢瑢的南村，后称卢家园；元卢廷瑞的求志居，也称卢氏山居；明吕纯如的梅隐，清张大纯的泛月楼等。其实吴山本身就是天然大园林，王宠有诗《登吴山》道其景色之清幽：“丛篁古桂阴凄凄，斗然一道青云梯。太湖杯倾两山水，一水线曲千峰齐。林端风色层虎豹，石上泉声逢鹿麋。诛茅绝壁吾有意，聊与山翁时祝鸡。”

《横金志》卷一“吴山”条下说：“每岁重九日，吴人登高于此。”说明它是重阳登高的主要地点。但是苏州名山有的是，登高何必吴山？原因大致有三，一是既曰登高，山低则不相称，但过高也费劲，吴山岭高一百五十八米，比较适中，且铺有砖道，上下方便；二是吴山位于石湖风景区，游山可兼游湖，一举两得；三是吴山岭上有座机王殿，明清苏州机织业发达，这天城内外织机户都要来“鼓乐酬神”，多了一重节目，更见热闹。

前人诗云“满城风雨近重阳”，重九那天保不定下雨，总不能打了伞上吴山吧？苏州人有变通办法。明万历年间袁宏道来任吴县令，说苏州有“三件大奇事”，一是“六月荷花二十四”，那天荷花生日，市民都涌向葑门外荷花荡赏荷，黄昏时往往有雨，人们赤脚而归；二是“中秋无月虎丘山”，俗以中秋赏月虎丘，若浓云蔽月，市民也照去不误，在千人石打灯笼听曲会；其三就是“重阳有雨治平寺”，也即重阳这天下雨不便登山，但游人兴致不减，改到上方山治平寺去活动。这座古刹在东山腰，上去也算登了高，而且寺有厅轩，下再大的雨也不碍事。这有清沈朝初《忆江南》词为证，词曰：“苏州好，冒雨赏重阳。别墅登高寻说虎，吴山脱帽戏牵羊。新酿酒城香。”自注：“吴山九日登高，牵羊戏博，俗称扑羊。”顾禄《清嘉录》卷九也说：“登高，旧俗吴山、治平寺中，牵羊赌彩，为摊钱之戏。”

其中“说虎”是猜谜语，“牵羊”是什么？就是斗羊为博，让两只公羊入圈相角斗，抵撞一次为一个回合，如此反覆，直到其中一只战败怯阵为止，便有银钱输赢了。两羊相斗，含有“重阳”（羊）的意思。但“牵羊”虽然好玩，却要事先觅羊牵到寺里，也有点麻烦，后来就演变为掷骰子，六粒为一把，以掷出红色四点多者为赢家，所以后来把掷骰子赌博叫作“掷老羊”。

不过“说虎”、“牵羊”之类是概说登高的活动，其实活动项目还有许多，明人申时行有《吴山行》诗，对此介绍得比较详细。诗云：“九月九日风色嘉，吴山胜事俗相夸。阖闾城中十万户，争门出郭纷如麻。拍手齐歌太平曲，满头争插茱萸花。横塘迤逦通茶磨，石湖荡漾绕楞伽。兰桡桂楫千艘集，绮席瑶尊百味赊。玉勒联翩过羽骑，青帘络绎度香车。鬖缨挟弹谁家子，跕屣鸣筝何处娃。不惜钩衣穿薜荔，宁辞折屐破烟霞。万钱决赌争肥羜，百步超骧逐怒騧。落帽遗簪拚酩酊，呼卢蹋鞠恣喧哗。只知湖上秋光好，谁道峰前日易斜。隔浦晴沙归雁鹭，沿溪晚市出鱼虾。荧煌灯火阗归路，杂沓笙歌引去槎。此日遨游真放浪，此时身世总繁华。道旁有叟长叹息，若狂举国空豪奢。比岁仓箱多匮乏，县官赋欲转增加。闾阎凋瘵谁能恤，杼轴空虚更可嗟。何事倾都涸丘壑，何缘罄橐委泥沙。白衣送酒东篱下，谁问柴桑处士家。”申时行的这首诗，形象地提供了晚明重阳登高的活动场面，从中可以想见当年吴山和治平寺的盛况。惜自咸同兵燹后，寺毁山寂，登高活动也换了地点。

然而山水风景区是不会久受冷落的，1980年代石湖景区开始重修后，治平寺也重焕光彩。虽然重阳登高已演变为各种秋游活动，但如今旅游业的兴旺，远非古人能望其项背，因此石湖景区游人云集，节假日客流量之大超过了明清。历史就是这样有趣，几经变幻往往又回旋到起点。今日登临吴山或游于治平寺，尽管明清旧梦已难拾，但只要了解它们的历史，仍能谛听到古老岁月悠长的回声。

申阁老长眠吴山

吴山、越溪一带，山环水萦，按风水先生说法，是聚气不散之地，在此下葬，家人和子孙都可得福，因此吴山之麓冢墓累累。且说东麓周家桥西有申家坟，自元至正中申敏三在此下葬，以下七代到申周都葬在这里。这八座墓都是不起眼的寻常土堆，年深月久就有堙废之虞。但事有不然，到第十一代出了一名高官，获有诰封三代之荣，申周被追赠少师，例有墓前焚黄表祭告的仪式，因此申家祖坟修缮一新。这位高官就是明万历内阁首辅申时行，他去世后也下葬在这里，由于墓主名声大，墓葬规格高，此地就不叫申家坟了，改称“申文定公墓”，俗称“申阁老墓”。

这座大墓老远就能望见。它的占地面积在百亩以上，墓前牌坊高峙，墓道两边有墓表、翁仲、石兽相向。墓穴封土高出地面三米多，围有青石罗城，前有月牙形照池。墓祠门为青砖砌三环拱卷式，进正门，可见正中高约三米的石碑，上刻“明太师申文定公神道”。其后为享堂五间，堂内有高达三米以上的万历碑八方，碑文均由后任内阁首辅王锡爵撰写。它的规模之大，在苏州今存历代冢墓中，堪称首屈一指，向被视为明代高官墓的典型。可惜在“文革”中，地表建筑遭到严重毁损，仅存碑亭和神道碑、享堂和万历七碑。今已修复，被列为江苏省文物保护单位。

申时行墓

申时行墓神道碑亭

这里有个问题：既然申家的祖宗八代和第十一代申时行都葬在这里，为何缺了中间两代？原来第九代申乾从小过继给母舅徐氏，改了姓。徐家祖坟在齐门外虎啸村，所以第九、第十代都葬到那里去了。申时行本也姓徐，后来复姓归宗，故又葬到吴山申家祖坟来。这一曲折引出了故事，后面再谈。

申时行，字汝默，号瑶泉，苏州吴县人，明嘉靖十四年（1535）生于今平江路混堂弄。父亲徐士章是秀才。母亲王氏在他十二岁上去世，继母姓黄。他少年时读书用功，四书五经背得烂熟，同学戏称他为“经神”。“经神”固然不凡，二十岁入庠后，二十七岁即中举，次年会试高中状元，授翰林院修撰。

中状元，点翰林，何等荣耀，但他行事低调，常以“安分身无辱，闲非口莫开”（《申氏世谱·百字铭》）告诫自己。这时权倾朝野的严嵩父子开始失势，高层官员斗争白热化，他却不闻不问，埋头于督抄《永乐大典》的工作。大学士袁炜见他做事认真勤快，常让他代拟文稿。有天皇家林苑生了小白兔，那时视为祥瑞，大臣例要向嘉靖帝祝贺。贺笺中以他为袁炜捉刀的《白兔表》和《白兔瑞应诗》最合皇帝之意。可惜刚引起袁炜的注意，他因祖父徐乾去世回乡守制了。两年后起复，他向皇帝提出归宗的申请，经批准恢复原姓，所以他要到三十岁才称申时行。

翰林院的冷板凳一坐就是十年，隆庆五年（1571），申时行迁詹事府任职，他为太子朱翊钧起草的奏章被当政的张居正看到了，觉得此人文笔老到，是把好手，就任命他为《世宗实录》副总裁。不久穆宗病死，朱翊钧继位，即神宗，申时行得以大显身手。郭子章《太师申文定公传》说：“例有诏诰鼎革事宜，多出公擘画，而劝进笺表，闻皇太后及今上览之色动。”张居正也赞扬他有水平，说他起草的文稿“不求工而自工，真经世文章”（《申氏世谱·墓志》）。他开始走运了，从万历元年（1573）起青云直上，从左庶子、詹事升到礼部右侍郎、吏部右侍郎。万历六年（1578），张居正要回乡三月给亡父落葬，推荐申时行等两人入阁参预机务。次年他又升文渊阁大学士兼礼部尚书，并主持了万历八年（1580）的会试，加太子少保衔。

他当然知道是谁一手提拔了他，但微妙的是，他和这位炙手可热的首辅始终保持一定距离。或许他认为以文字受知，不必用其他手段去巴结，或许他已察觉张居正权势熏天，决非好兆，不宜过从甚密。万历十年（1582）张居正病重，许多大臣都到祠庙去为他祈祷，这当然是一种政治姿态，申时行却没有去。不知是否这个原因，张居正临终推举的人选中没有他。张四维继任首辅后，仍留申时行在内阁，任武英殿大学士兼户部尚书，次年转为建极殿大学士兼吏部尚书。巧了，就在这年，张四维因父丧丁忧去职，时年四十八岁的申时行便递升为内阁首辅。

申时行履新之初，正是张居正形象转变之时。这位前首辅以铁腕改革正德、嘉靖以来的弊政，挡住了明王朝下滑的势头，史称“万历新政”。但因威权震主，去世后遭到了神宗的清算，被定为“专权乱政”的罪人。皇帝定了案，申时行内阁自然要紧跟，因此“凡江陵所斥者，皆召为中朝显官”（《申氏世谱·墓志》），而涉嫌“张党”的官员均被罢黜。此外对张居正的“新政”也要推倒，但申时行知道，新政行之有效，动了就要乱，但对“新政”一点不动也不行，于是就拿“考成法”开刀。这是检查官吏业绩的制度，由于每年要总结考评，官员有压力。申时行说，这是跟全国官员作对，就把它一风吹。即便是六年一次的“京察”（对京官和各地巡抚的考核），他也让大家走过场算了，于是官场皆大欢喜。可以说，晚明吏治大坏与申时行不无关系。

神宗起用申时行为首辅，是看中他性格柔顺。当年他在詹事府教读时，从不以帝师自居，始终态度恭敬，按太子的心意办事。他当政后也是如此，如对皇帝难以批答的奏章，他建议“留中不发”，为神宗日后不理朝政开了方便之门。凡遇到皇帝和臣下顶牛的事，他一味居中调停，以免事态扩大。这大概与他的处世哲学有关，他的《百字铭》就说：“温柔总益己，强暴必招灾”，“暗中休使箭，乖里放些呆。”因此他上台后，力求当个“老好人”。

申时行墓神道

申时行处事谨慎，又得到皇帝信任，要攻倒他不易。但他毕竟受过张居正提拔，攻击者就在这方面做文章，万历十二年（1584），御史丁此吕上书揭发了两件旧事。一件事是指责申时行担任主考时，让张居正两个儿子名列前茅。但此事皇帝知道，当时送评张居正之子懋修为第三名，倒是皇帝改为第一名的，因此没事。但另一件事严重了，说礼部右侍郎高启遇向张居正“劝进”证据是高在南京主持乡试时出题《舜亦以命禹》，借舜禹禅让之事作暗示。高启愚是申时行荐举的，推荐人岂能脱掉干系？申时行向来遇事不慌，但这次急了。他向皇帝申辩说，用这种不明不白的事陷人于死地，“非清明之朝所宜有”（《明史》本传）。但为表示承担责任，他上了辞呈。皇帝认为出题不妥是考官的事，与申时行无关，因此又没事。一年后，李植等人攻击他的亲家徐学谟在礼部尚书任上没给皇陵选个好地方，申时行有失察之罪。皇帝虽说首辅不是风水先生，不能对此负责。但也有疑惑，便亲自到陵地去查看，最后认定是“吉壤”，于是攻击者全被贬往外地。

有皇帝支持，申时行始终立于不败之地，但到万历十九年（1591），站不住了。

这事起于万历十四年（1586），郑贵妃生了儿子叫常洵，有迹象表明，皇帝想立他为皇太子。朝臣大起恐慌，因为按立嫡立长的祖制，应立恭妃所生的大儿子常洛，于是纷纷上章，要求遵制册立常洛为储君。皇帝自知理亏，但又不愿改主意，便采取拖的办法，对不断上书催促的臣工，不是训斥就是贬逐。君臣对立，闹得很僵。

申时行当然站在维护祖制一边，但他知道皇帝的脾气，恼羞成怒是要硬来的，于是一直从中调和。这事拖到万历十八年（1590），皇帝为缓和矛盾，放出烟幕说，再隔两年一定册立常洛，大家不要再提了。次年阁臣却联名上书，提醒皇帝别忘了明春册立之事，并把因病请假的首辅列在首位。申时行知道后吃了一惊，赶紧上了一份“密揭”，说自己抱病在家，不知道联名上书的事；又说册立时间的早晚，“惟宸衷亲裁，勿因小臣妨大典”。神宗看了高兴地说：“申先生知我！”（《申氏世谱·墓志》）可是在批答后一时疏忽，竟将这份秘密报告混在奏本里公开了，引起舆论大哗。于是立即有两名官员上书，指责申时行规避列名责任，“排陷同官”，又说他表面附和群议，背地里又向皇帝讨好，显然是个两面派。由于皇帝处分了这两名官员，群情更加激愤，抨击矛头全部指向申时行。其实他是想稳住皇帝，却得不到大家理解，于是采取老办法，向皇帝送上辞呈。皇帝深感失望，于是不再挽留，同意他辞职。

回顾申时行当政的九年，国家相对安定，故有“太平宰相”之誉。其实他在大政方针方面建树不大，之所以能保持稳定，是“万历新政”尚未完全败坏的缘故。不过他虽曲顺帝意，也有所规谏，例如奏减三吴织造和江西烧瓷的任务，多少减轻了人民的负担。

还力阻宦官在大内举行操练,防止了宫廷隐患。因此有人说,后来神宗派税监到全国乱收费,多次激起民变,申时行若在位,当不致如此。

申时行提前退休了,由于是皇帝批准的,所以他取堂名为"赐闲",意思是皇帝让他享清福。这倒不是自夸,他确有享清福的条件。在政治上,圣眷未衰,不排除再次起用的可能,而且他两个儿子用懋、用嘉又都做官,谁敢对他不尊重?在经济上,他当高官多年,宦囊丰硕,当朝期间他就在苏州广置房地产了,《吴门表隐》卷五说:"申文定公时行宅有八处,分金、石、丝、竹、匏、土、革、木。衙前、百花巷各四大宅。庭前俱有白皮松,阶用青石。西宅有御书'同心匡辟'匾;大鼓,严嵩故物,上所赐也。东西跨街碑坊,东曰'台衡盛世',西曰'师柱清朝'。米栈在山塘、新桥、冶坊浜三处。赐闲堂在慕家花园,国初陈相国元龙所居,后为谷州尉志斌宅,今归董封翁如兰宅,傍有旷观楼,前有梅花园。"

他本是诗文家,归居家园后便以翰墨自娱,"为园曰适适,日与客游咏,顷刻百千言,传觞对弈,夜分无倦"(李维桢《申公碑文》)。"少年诸俊皆与唱和,梅花落花诗至百韵,非甚病不谢客,非甚冗不却席"(《申氏世谱·墓志》)。他家还蓄有声伎,成立了昆曲戏班,人称"申家班"。据说演出水平"为江南称首",所演剧目以《鲛绡记》为最有名,时称"申鲛绡"。他也喜欢出游,除了游山玩水,饱览吴中胜迹,"吴趋委巷,歌楼僧舍,词翰流传,互相矜重"(《列朝诗集小传》丁集中),这倒并非他老来风流,晚明风气就是如此。

不过他对地方公益活动也很热心。他当官时,曾捐俸修葺吴县学明伦堂,倡修报恩寺塔,又在中吴书院旧址上捐建了言子祠。退归后出钱重修了虎山桥、火神庙和虎丘文昌阁等处。他是大地主,光是捐作义庄的田就有八百亩。万历二十七年(1599),由

申时行像 《吴郡名贤图传赞》卷十

于清核吴县役田，发现少了许多，势必分摊到公众头上，他立即捐助了二百亩，基本上解决了问题。万历三十一年（1603）又助置学田五十亩，让贫寒的秀才有饭吃，去世前还倡议捐修了娄江的石塘。总之为家乡做了不少好事，因此到现在，苏州人还能指说他的遗迹，如景德路的故居遗址、卫道观东华堂读书处、虎丘申公祠等，当然，还有吴山的申文定公墓。

最后，交代一下他复姓归宗引出的故事。

元末张士诚割据苏州期间，出了一件风流案，司徒李伯昇之子失踪，结果发现死在尼姑庵里。明万历年间，王锡爵的门客以此为题材，编成戏剧，附会为申家事。邓之诚《骨董琐记》卷六说："万历间，吴县申时行、太仓王锡爵两家私怨相构，王作《玉蜻蜓》以诋申，申作《红梨记》以报之，皆两家门客所为，相传至今。"

至清乾嘉年间，《玉蜻蜓》经弹词艺人改编演出，传播面就广了。故事说，苏州南濠富家申贵升因夫妻反目，到山塘去散心，在法华庵与王姓尼姑志贞发生了婚外情。从此流连不归，病死庵中。之后志贞云房产子，请佛婆乘夜将婴儿和贵升遗物玉蜻蜓送去申家。途中婴儿啼哭，佛婆惊惧，弃于桐桥堍，为豆腐店主朱小溪拾得。朱因遭火灾，又将婴孩卖给离任的苏州知府徐上珍。徐爱如己出，取名徐元宰。元宰长大后得知身世，到庵堂寻得生母，并复姓归宗，兼祧申、徐两家香烟。

这本是虚构的故事，但因故事人物徐元宰之名与"状元宰辅"申时行相符，而申又有复姓归宗之实，再加他生母姓王，申氏族人认为这是污蔑申家祖上是尼姑的私生子，因此告到官府，于是禁演。可是《玉蜻蜓》情节曲折，人物生动，深受听众喜爱，艺人为能继续演出，便改"申"为"金"，以免麻烦。但到民国早期，申氏后裔仍以"影射先祖"为由告官，又一度禁演。这两次风波反倒扩大了《玉蜻蜓》的影响，其中《庵堂认母》等情节还被改编为戏剧演出。自此，徐元宰即申时行就和弹词《三笑》中的唐伯虎一样，成为民间传奇人物。

申时行长眠吴山已四百年了，但在叮叮咚咚的弦索声中，他的化身依旧游走在人间。

画眉泉与一粟山房

有句名言说，生活中并不缺少美，而是缺少发现美的眼睛。这话用在自然界也一样，天然美景知多少，不能发现也枉然。比如苏州吴山岭半腰老江北园有一处画眉泉，泉清山幽，只因藏在山坳人未识，春去秋来两由之。清顺治间有个子山和尚，发现此处大有禅意，于是临泉造了一座松木庵。

百年后又来了一位老人叫徐大椿，发现此地恍若仙境，于是买下荒圮的庵址，造了一座别业。徐大椿是社会名流，自他卜居于此，寂寂无闻的画眉泉方显名于世。他造的这座别业相当雅致，袁枚在《徐灵胎先生传》中介绍说："先生隐于洄溪，矮屋百椽，有画眉泉，小桥流水，松竹铺纷。登楼则太湖奇峰，鳞罗布列，如儿孙拱侍状。先生啸傲其间，人望之，疑真人之在天际也。"所谓"矮屋百椽"，不是说建筑规模有上百间，而是指屋子造得比较宽敞，这从友人的赠诗可以看出来，如彭启丰说"梅花百本屋三间"，官懋彬说"一庵小筑太湖湾"句，可见就那么几间。其中一间名一粟山房，是带楼的厅堂，一间名半松书屋，是他著述的场所，还有卧室和佛堂，徐大椿不信佛，这佛堂是松木庵的遗存，略加修葺，作为点缀。门外有小桥跨溪，并植有松竹梅桂之属，总体来说是个小园林。这座别业以主建筑一粟山房命名，但也有人就叫它画眉泉，又因主人的吴江老宅名洄溪草堂，本人又自号洄溪道人，有人即以洄溪草堂称之。

徐大椿是名医，与社会各界都有交往，一粟山房落成后，少不得有客来贺，有友来访，甚至苏州知府也来探望。为之题词的嘉宾也不少，后来他的儿子徐爔将这些题词刻在泉西侧石壁上，有袁枚的"仙境"、钱大昕的"云壑"、王昶的"迹留千古"、王勿庵的"小匡庐"、孔传炣的"上池琼液"等三十多处。

至今过了二百多年，一粟山房早已不存，摩崖石刻都蒙上了苔藓，山泉亦已干涸，但读他的《画眉泉记》，依稀可想见当年胜状："其泉发源于山半石穴中，山腹窈然中空，泉从穴中涌出，作瀑三折，此为正流。其右有石壁一带，壁高二丈，长则四倍。壁上有隙数处，水从隙出。壁下有石池，水俱汇而归焉。池形如箕，方广三丈，深不满尺，满则泻入涧中。涧水东流，或伏或显，三里而至平地，可溉田十顷。若夫大雨骤注，或连阴数日，

画眉泉石刻

则山泉迸发，声若轰雷，近如白龙夭矫，远如皓鹤回翔。壁上细流纷落，恍若珠帘不卷，玉屑腾霏。即或天日久晴，亦复涓涓不绝，药草长滋，点滴清池，声同编磬。其水则芳甘清洌，不染纤尘。缘此泉离姑苏台只二里，吴王游览于此，尝取水应宫中之用，此泉之所以得名'画眉'也。其山势则两峰如抱，菁葱相映。面临太湖，水光可挹，客艇渔舟，风帆如织。"

从文中也可看出，作者很喜爱这方胜地，今石壁上刻有"古画眉泉"、"不信在人间"和"梦游处"，就是他自己题写的。关于泉名的来历，他认为与姑苏台宫女取水梳妆有关，这恐怕是听来的传闻。因为据古籍记载，姑苏台有"天池"可行舟，未必要到吴山来汲水。清人叶启祥《游画眉泉记》对此有交代，他说此处积水成池，"画眉饮浴其中，山之樵者因呼之曰画眉潭。"此说后为《横金志》所采，卷二"画眉泉"条下的补注云："相传有画眉鸟时浴其中，故名。"旧时苏州鸟类很多，如东山雨花台就是画眉鸟的王国。这里比雨花台更幽僻，且有泉池，画眉鸟时来栖息是非常可能的。

徐大椿一直在吴江松陵行医，病家挂号要排队，出诊要预约，业务这样兴旺，为何要搬到交通不便的山坳里来？这就说来话长了。

徐大椿，又名大业，字灵胎，因晚年有旨召请，诏书为示尊重，称其字而不名，后来就以字行。康熙三十二年（1693）他出生在松陵镇上的书香门第。曾祖徐韫奇是万历诸生，有文名，明亡后绝意仕进，著有《文体正伪》、《医略》等。祖父徐釚是文学名家，又是藏书家，官任翰林院检讨。父亲徐养浩也是饱学之士，被选任州判，因路远不就。徐大椿幼受家学熏陶，上三代又都是科举出身，读书入仕是顺理成章的事。他有散曲《六十自寿》有云："想当年束发从师，志薄风雷，也曾经穷经辨史，也曾谈玄讲理，也曾嗜癖探奇。原指望少博微名，幸叨半职，些微布展苍生计。"说明早年也有意于功名。但他入庠后却没有走这条路，原因之一，是家有藏书万卷，他读得越多，就对科举必考的八股文和试帖诗越无兴趣。八股文要按固定形式表达圣人思想，试帖诗则必须"颂圣"，这种束缚思想性灵的东西他是瞧不上的。某次应岁考，他撇开"颂圣"而独抒胸臆，有诗句云："徐郎不是池中物，肯共凡鳞逐队游？"这下犯忌了，即遭学政取消生员资格。原因之二，是家人多病，他的三个弟弟先后罹疾，请了好几位名医，吃了不知多少方药，却都没救活，他父亲很伤心，不久也病故了。面对亲人一连串的死亡，他对自己无能救助深以为恨，从此放弃科举，转向对医学的研究。晚年他在《自述纪略》中回忆："家藏有医书数种，朝夕披览，久而通其大意，质之时医，茫如也。乃更穷源极流，自《内经》以至元明诸书，广求博采几万馀卷，而后胸有实获，不能已于言矣。"可知他是自学成材。没有名师指点，他就以前人医学著作为师，下苦功夫攻读。但也不是死读书，"胸有实获"说明他能融会贯通。有了扎实的基础，再加在临床实践中谨慎探索以及不断总结经验，医术日进，终于成为一代名医。

他成名之时，前辈名医叶桂、薛雪均在世，而且风头正健，他能鼎足而三是很不容易的。袁枚对他极佩服，《徐灵胎先生传》说他"每视人疾，穿穴膏肓，能呼肺腑与之语；其用药也，神施鬼设，斩关夺隘，如周亚夫之军从天而降"。民间传说更是神乎其神，如说

画眉泉石刻

画眉泉石刻

他看得出怀胎是男是女，观气色能判人生死，用药变幻莫测而无不对症，甚至能起死回生。如“征士连云龙病，六日不言不食，且炯炯直视，大椿按之，曰此阴阳相搏证也，投以剂，须臾再饮以汤而跃然。张雨村生子，无肌肤，惧欲弃之，大椿令以糯米作粉，掺其体，以绢裹之，埋土中，出其首，仍乳之，两日夜而皮生。任氏妇患风痺，两股如针刺，大椿令作厚褥，遣干妇挽持之，任其颠扑，叫号不得释，以汗出而止，竟勿药而愈”（《中国历代医家传录》引《苏州府志》）。这都说明，他对病理、药理都有精深的研究，故而能见效如神，妙手回春。

由于医名远播，乾隆二十五年(1760)，经刑部尚书秦蕙田推荐，皇帝下旨召他进京。这年他六十八岁，怕出远门，便以衰年有病谢辞。谁知次年皇帝命江苏巡抚陈宏谋来接，这就推不掉了。在京城的五个月里，他忙于为大学士蒋溥、大司农李元亮等高官和中贵看病。其中蒋溥已卧床多日，他一把脉就知病已不治。皇帝闻报信疑参半，召问原因。他说，《内经》云“一脉不二见”，病人两脉均见洪大，恐怕捱不过立夏。秦蕙田得知此事急坏了，怪他说话不留馀地，直到立夏那天闻知病人在凌晨去世，才放下心来。皇帝对此印象很深，要他留在太医院供职，他以自己年老多病婉辞，于同年五月回归乡里。

一回吴江，他就把诊所关了，怕皇帝问罪，以年老多病为由不肯留京供职，回到地方却又开业了，岂不是欺君之罪？可是病人不知道，反而盛传皇帝要他当御医，来的人更多了，因此有了避地画眉泉之举。老江北园与松陵仅一水之隔，与老家联系方便，却又僻在山坳，病家难找，绝了祸由。

当然，这话不能公开讲，对外只说年老息影了。除了知交请医或病有急难情不可却外，不再出诊。这是不是多虑了？倒也未必，高宗耳目甚广，三任苏州知府的孔传炯就

難經經釋卷上
盧國秦越人扁鵲著　吳江後學徐大椿靈胎釋
一難曰：十二經中皆有動脈，十二經手足三陰三陽也。動脈，脈之動現於外，如手太陰天府、雲門之類，按之其動亦應手是也。獨取寸口，以決五藏六府死生吉凶之法，何謂也？寸口即太淵、經渠穴之分，兼兩手上中下三部脈也。
按首發一難，即與靈素兩經不合。素問三部九候論，明以頭面諸動脈為上三部，以兩手之動脈為中三部，以股足之動脈為下三部，而結喉旁之人迎脈，往往與寸口並重，兩經言之不一。獨取寸口者，越人之學也。自是而後，診法精而不備矣。又按十二經之動脈，明堂針灸圖、甲乙經諸書指稱動脈者二十餘穴，然與寸口之動微別。惟靈樞動輸篇，帝問經脈十二，而手太陰、足少陰、陽明何以獨動不休，下文岐伯之意，蓋指太陰之經渠，少陰之太溪，陽明之人迎，言則可稱動脈者，惟此三穴，故亦用以診候。其餘不過因其微動，以驗穴之真偽，俱不得稱動脈也。
難經經釋　卷一
然：寸口者，脈之大會，手太陰之脈動也。會，聚也。手太陰，肺之經也。大會，靈動輸篇云胃為五藏六府之海，其氣清上注於肺，肺氣從太陰而行之，其行也以息往來是也。又靈經脈篇云手太陰之脈循魚際出大指之端。人一呼脈行三寸，一吸脈行三寸，呼吸定息，脈行六寸。人一日一夜，凡一萬三千五百息，脈行五十度，周於身。呼出氣也，吸內氣也。靈五十營篇人經脈上下左右前後二十八脈，周身十六丈二尺，呼吸定息氣行六寸，二百七十息氣行十六丈二尺，一周於身，一萬三千五百息氣行五十營於身，度適也。按言適一次也。二十八脈實數詳靈脈度篇。
按經文明言周身十六丈二尺為一度，何等明白，今刪去此一句，則五十度三字何從算起，作難經所以明經也，今直寫經文，而又遺其要，則經反晦矣。
漏水下百刻，按隋志刻漏始於黃帝，一晝一夜定為百刻，浮箭於壺內，以水減刻出，分晝夜之長短。營衛行陽二

徐大椿《难经经释》书影

常到画眉泉作客，殷勤得可疑，他不能不留个心眼。他的小心谨慎在，《画眉泉记》中也可看出，他向来不喜"颂圣"的人，起首就说："乾隆辛巳春，奉诏入都。复蒙圣恩，怜其老疾，即放归田。草野馀年，靡从报称，欲求深山僻壤，潜息其中，旦夕焚香，祝颂升平，咏歌圣德"，结尾又说："乃知山中雨露，尽是圣朝膏泽，非慕高隐之名，于此乐饥也。"这些话显然是败笔，去掉了毫不影响《画眉泉记》的完整，那为何要自添瑕疵？他还写了《述恩记略》，表示对皇帝宠召的感激，这更不类处士淡泊的襟怀。但若考虑到皇帝的多疑，以及当时大兴文字狱的背景，就知道涂上一层保护色是有必要的。

在画眉泉养老，因时有文朋诗友来会，他并不寂寞。馀时就从事著述，如医学名作《兰台规范》就是在半松书屋完稿的。此外还写下不少曲艺作品，其中有篇道情《时文叹》，对八股文讽刺入骨，传颂一时："读书中，最不济，烂时文，烂如泥。本来原为求贤计，谁知变成了欺人技。看了半部讲章，记了三十拟题，状元塞在荷包里。等到那岁考日，乡试期，房行墨卷，汪汪念到三更际，也不晓得三通四史是何等文章，也不晓得汉祖唐宗是哪朝皇帝。读得来口角离奇，眼目眯萋，脚底下不晓得高，大门外辨不出东西。更有两个肩头，一耸一低，直头吃几服低迷魂剂。又不得稳中高魁，只落得昏沉一世，就是做得官时，把甚么施经济。得趣的是衙役随，只有百姓们精遭晦气。劝世人，何不读几部有用经书，倘遇合有期，正好替朝廷出力，若遭逢不偶，也还为学校增辉。"

在山中逍遥了十年，却不料皇帝还记着这位把脉即知生死的老名医。乾隆三十六年（1771）十月，又一纸诏书飞降，命他入京效劳。徐大椿时年七十九岁，又正卧病在床，怎耐得长途劳顿？然而皇命难违，只得由次子徐爔再次陪护，勉力成行。到京养息了三天，方能起坐应客。但自病自得知，他的自我感觉并不好，于是自书墓联一副，曰："满

徐大椿夫妇塑像

山芳草仙人药，一径清风处士坟。”徐爔素知父亲豁达，不以为异，谁知就在这天晚上，他在谈笑间闭目而逝。朝廷闻报，送丧葬银一百两，追赠儒林郎，这对死者有啥用？因为徐大椿连秀才也不是，有了行政级别，丧仪可以办得风光一些。

翌年春，徐爔扶榇归里，葬父于吴山之麓越来溪旁。乾隆五十六年（1791），又迁葬吴江八坼祖坟。他留下了丰多的著作。医学方面有《难经经释》、《医学源流论》、《神农本草经百种录》、《张仲景伤寒论类方释》等，曲艺方面有《道情》、《乐府传声》等。

徐爔归来后，在画眉泉一粟山房住了三十六年。他将宾朋和父亲以及自己的题词都刻在崖壁上，增添了一道景观。从题词中的“甲申上巳洞庭姜恒庆种树”和“吴江徐爔开山建亭，嘉庆元年三月书”来看，一粟山房在徐爔一代还小有增建，但在他之后就逐渐败落了。

如今画眉泉已成旧梦，但有绘于嘉庆元年（1796）的《画眉泉图》可赏鉴。此图是徐爔六十五岁时请叶逢金画的，今保存在上海中医药大学医史博物馆内，不过叶逢金是据《画眉泉记》的内容绘就的，与实景有一定距离，但这是画眉泉惟一存世的形象资料，也弥足珍贵。

为了纪念医学家徐大椿，今人在吴山支脉城皇山上重建了洄溪草堂，并将画眉泉的摩崖石刻仿刻在草堂附近的山壁上，以存旧意。这正是“无可奈何花落去，似曾相识燕归来”。

尧峰寻胜

如果把横山山脉比作向太湖爬行的恐龙，那末龙头就是尧峰山。它昂起于木渎、横泾之间，登临山巅，东西太湖尽收眼底。

尧峰，山名古意森森，相传因唐尧时洪水泛滥，灾民到此避难而得。宋周必大《吴郡诸山录》引罗处约《吴郡图经》说："昔在帝唐，以洪水肆暴，吴人族遁于此，俗语呼免水鼎，苏帅钱传璙易名尧峰。"可见迟在唐代就有这个传说了。

尧峰山高二百二十四米，峰顶广平，的确可避水灾。但吴西山丘多的是，其中穹窿山、阳山、东西洞庭山都比它高，更能保障灾民安全，为何独称它为尧峰？清徐崧《百城烟水》卷二解释说："实南朝遥授山名，亦如无锡沿湖有舜峰，谓舜耕于此。"这是说尧峰与无锡的舜峰一样，得名于南北朝，所谓"遥授山名"，是指南朝管舆图的官员随便给它按上的。这就有点扫兴了。考证往往击破传闻的失实，可是民间传说似乎更受欢迎。唐末僧开（字慧齐）在尧峰山顶造了一座佛寺，取名免水院，就是采撷了尧民避难这一传说。

查旧志，免水院似是此山最早出现的建筑。不过从地理位置来看，尧峰在春秋晚期是姑苏台的南部屏障，山下又是阖闾游猎场，但因记载阙如，只能推免水院为尧峰历史的发端。五代后周时，世宗取缔无敕赐寺额的佛寺，免水院有麻烦了。幸吴越钱氏政权崇尚佛教，对此政令打了折扣，方得保留。北宋仁宗时，它有了敕赐寺额，名尧峰寺。这与住持颢暹（字宝云）的努力是分不开的。以往山寺香火不旺，自他主持寺务后，以讲经说法为号召，吸引了不少信众。由于常有数百人上山来听课，他在鲁坞开了深井，以解决山上饮水问题，又造轩建亭供人憩息，提高了寺院的接待功能，打开了局面。还有蒋堂的推誉也起了作用。蒋堂字希鲁，曾两任苏州知州，退休后住在城内灵芝坊（今侍其巷），有园名隐圃，又有山居在尧峰鲁坞。他曾应宝云之请，写了《新井歌并序》和《题半峰亭》诗，诗中称誉尧峰为"宝方金地"，于是山名渐显。

南宋建炎末，苏城内外惨遭金兵焚掠，尧峰寺因僻处深山而逃过一劫。至光宗时，尊孝宗为"至尊寿皇圣帝"，故又改寺名为寿圣寺。经过持续的开发和经营，寺院规模弘敞，山上景观众多。绍兴初，平江知府李弥大闻名来游，有诗《游尧峰院》，对山中风光作了描绘："云峰何岧峣，去天馀几丈？其下蔚华林，幽禅几相向。我游先朝暾，海日射巾杖。飞盖不须持，步步苍松障。山僧知我来，罗立凫雁行。提携两行人，为我谈实相。一种勿弦琴，三叹无声唱。开轩面东南，千里入俯仰。西登妙高台，更欲恣旷望。土断泽绕山，烟涛渺云浪。恐是六鳌连，蓬壶堕莽苍。又疑鲸入海，偃脊起青嶂。时方老火炽，金石流欲炀。须臾变云雨，为作雄风壮。翻手回凉秋，掀舞千林响。谁云免水宫，自是神龙藏。三高如可作，吾欲五湖访。洗足巨浸心，振衣孤峰上。寄语夸夺流，得饱但相忘。长哦可当歌，踏月下空旷。"当时山上景点有清晖轩、碧玉沼、多景岩、宝云井、白龙洞、观音岩、偃盖松、妙高峰、东斋、西隐、白龙洞、妙高峰等处，寺僧怀深有《山居十咏》，此为"尧峰十景"之滥觞。

宋元易代后，寿圣寺颓败了，僧人星散，景观也多废弛。明弘治初，有道莒（字云谷）和尚偕徒弟文通来山居住，面对荒草断垣，他俩发愿修复，但因经费无着，云谷想到了时任少詹事兼侍读学士的吴宽。早年吴宽曾借山上旧寺读书，为人又厚道，想必肯帮忙。果然，云谷通过吴宽的信札介绍，结识了不少当地士绅。由他们牵头赞助，带动了信众，一年后就筹得了大量资金。王鏊《尧峰山佛殿记》说："始相与立山门，缭以石垣，观音、龙王之殿，宝云、碧玉之沼，东斋，西隐，以次修复。"云谷圆寂后，释文通又建成大雄宝

尧峰山

殿，终于恢复了原寿圣寺的规模，并自此复称尧峰寺。

但因当时交通不便，去山之路迂回曲折，故尧峰不很有名。万历间，山寺住持为性海（号湛川）。这个和尚比较另类，喜欢用棍棒让人开窍，叫做“棒喝禅”。但这个和尚很能干，一手创建了露禅庵和兴福院，作为尧峰寺的中院、下院，还经常举办水陆道场等大型宗教活动，并请赵宧光在石壁上题刻了“石有佛性，万山点头”八大字，很有气派。张封《尧峰山志序》说：“洎湛川性禅师证道白龙洞，肇始丛林，十万云聚，而人咸知有尧峰。”可见尧峰到了晚明声誉日隆，终于跻入吴中名山之列。但是与宋代比较，景观有了变迁，民国《吴县志》卷十九记道：“十景后废及半，人因取露禅庵、千人坐、响泉、松冈、竹径以足之。俗又以寿圣寺为上尧峰，露禅庵为中尧峰，兴福院为下尧峰。山半有叆叇岭（原注：俗称鸭踏岭），岭下石坞中产文石，吴人采之以叠假山。其东岩洞绝胜，有鉠金山产石，摩之金银屑黏掌，擘之成片，云是云母岩也。”

这是说“尧峰十景”到明代失去了一半，经性海的经营，新增五处，补足了十景。到天启年间，省恒任尧峰寺住持，他又添加了一处，名护石亭。这一景观的由来，陆广明《护石亭记》说，尧峰“石多赘附，有力者负之而趋，即博刀钱、易粟帛，以实其家，盖用力浅而贸易易，不若洞庭之石出于水，非积有岁月不奇，非连舸巨舰不胜任。于是匠石日注仄尧峰，而封君逸士之所取材，无不资于是山者，赘附尽而睨盘郁，畚锸尽而寻斧斤，林

錾离披，烟霞版荡，山之容日益削矣。寺僧省恒住寺，山寺日以取石因缘而为说法，因创一亭于山之肩。余侍伯舅湛持太史登此山，而省恒以亭额来请，太史即以‘护石’名之”。湛持太史即文震孟，他在记后加了跋语：“尧峰半岩，美石如层浪，与湖光相映带。有匠石睥睨其侧，山灵夜惊，风景欲煞，居士属山僧筑亭护之，因额之曰‘护石’。此亭不毁，此石永存。即亭毁而名存，后之君子必能护此石者。”（《护石亭跋》）从中可知，当时常有人到尧峰山来偷石头，搬得动的就搬走，连在岩体上的就凿走，山景遭到了破坏。省恒和尚向文震孟求助，其时文震孟因削职在家，也无能为力，就叫省恒筑亭护之，后者就在山肩造了这座护石亭。

这事的背景是，自万历以来，观赏石形成了市场。尤其是三吴富庶人家，罗致庭除，润色苑囿，少不得用山石布置。尧峰多美石，自然成为开采的目标。和尚说法劝导没起作用，造了护石亭是否有效呢？据陆广明说：“远近之人，闻有是亭，咸起悔悟，相戒敛手，无肯揶揄此山之石，且以石之取而未鬻者，复辇而致之山，山之踞以为利者，悉券而鬻之寺。”（《护石亭记》）据《横金志》卷十八所录当时陈仁锡等十二篇文章，也是一片叫好声，其中惟有文谦光说了几句扫兴话：“护石者亭也，亭岂能护石者？所赖众居士持坚固心，发宏大愿，愿意生生世世尽未来际永护此石，则此石亦当点头自护矣，不然与揭榜禁约何异？”这是老实话，造亭护石不比官府勒碑永禁，而且就算立了禁碑不落实也是白搭，保护自然环境要靠长期坚持，否则造护石亭也等于一纸空文。

话虽如此说，但这些文人一致支持和尚护石，原因大致有两个方面，一方面当然是为了保护山景，另一方面则是他们对尧峰寺有感情。古代佛寺大多有提供食宿的业务，读书人为图清静，也常借山寺读书。张封《尧峰山志序》就有唐慧齐开禅师“建免水院，居方外学人”的记载，可见尧峰山寺早就有这样的传统，就拿来明代来说，在尧峰读书的人就有不少，其中最出名的要数吴宽和陈仁锡。

吴宽，字原博，号匏庵，苏州长洲人。早年他曾在尧峰山寺读书，张封《尧峰山志序》说：“自吴文定公未遇时，读书山椒免水院，而人始知有尧峰。”当时寿圣寺已残破不堪，在那里生活虽有僮仆服侍，却也清苦得很。吴宽经多年苦读，终于在成化四年（1468）中举，四年后又高中状元，授翰林院修撰，继入东宫教太子读书。孝宗继位，他从少詹事兼侍读学士、吏部左侍郎，直升到礼部尚书。弘治十一年（1498），谢迁任东阁大学士，觉得自己的资历和声望不如吴宽，便向内阁首辅刘健建议让吴宽入阁，后来谢迁引退，再次推荐吴宽接替，但刘健都没有同意。刘健向有贤相之称，他岂不知吴宽德高望重，为人宽厚好相处？但他认为吴宽讲“恕道”，不肯得罪人，做阁臣不适合。有人为他鸣不平，

苏台十二景册·尧峰积雪　明张宏绘

吴宽却无所谓，说："我本就没有这个想法。"他出任礼部尚书已是六十八岁了。弘治十七年（1504）卒于任上，谥文定。著有《匏庵家藏集》。他又是大书法家，他的行、楷出自苏轼，用笔朴厚，有自己的独特风格。吴宽卒后，释文通在寺内专辟吴文定公祠，感念他对山寺的帮助。嘉靖间祠废，周天球在山上另建了一座景贤祠，纪念吴宽和他的老师文徵明。

陈仁锡，字明卿，号芝台、澹退居士。他是万历年间来尧峰寺寄居读书的，那时山寺经湛川振兴，生活条件好多了。张封《尧峰山志序》说："昔者陈明卿氏，亦尝读书其巅，爰有志略，但取游观水石，白云自怡。"他于天启二年（1622）举进士，授翰林院编修，工作是"典诰敕"，起草朝廷文件。可惜时机不好，正逢宦官魏忠贤弄权。他不肯阿附，甚至拒绝为魏氏撰写铁券文，因此落职归里。崇祯初魏党垮台，他被召回朝，迁国子监祭酒。卒谥文庄。著有《无梦园集》、《陈明卿集》等。他对尧峰最大贡献是，编写了《尧峰山志》，并在序中对此山中景色大大赞美了一番，扩大了尧峰的影响。崇祯年间，张封对《尧峰山志》作了增删，流传至今，是尧峰山的惟一专志。

寄居山寺的生活再好，也不如自建别业来得称心，因此在宋代就有自号山人的仇道和节度推官马云同在尧峰山麓买地盖屋，又有王安石后裔、浙西茶盐司提举王铚在东麓建造了环谷，据《横金志》卷六记载，环谷有"园亭池沼、花竹奇石环绕其屋，距宝华寺二里"。惜因年代久远，遗址已难指认。但清代的园第如尧峰山庄、南垞草堂和石坞山房等，尚有旧迹可寻，这里介绍一下。

尧峰山庄是汪琬的别业。

汪琬，字苕文，号钝庵，又号玉遮山樵，晚居尧峰山，因自号尧峰，苏州长洲人。他

吴宽像 《吴郡名贤图传赞》卷六
陈仁锡像 《吴郡名贤图传赞》卷十三

十一岁丧父，从学舅父徐汧。清顺治十二年（1655）中进士，十五年（1658）任户部福建司主事，再迁大通桥分司、云南司员外郎，改刑部郎中。十八年（1661）奏销案起，他受其弟欠赋牵累，降为北城兵马司指挥。他在任执法公正，以不畏权势闻名。康熙五年（1666）官复户部山西司主事。三年后因指斥满官舞弊，犯了忌，谪至江宁西新关仓当仓官。这下他灰心了，次年告病回乡，在尧峰山胡巷购得卢氏废园，造了尧峰山庄，作隐居打算。但因他是与侯方域、魏禧齐名的古文家，康熙十八年（1679），被举荐应试博学鸿儒，名列一等，授翰林院编修，与修《明史》人物一门。他是快手，入馆六十天就写了史稿七十五篇，但是明史馆副总裁叶方蔼同他学术观点不合，屡挑他的毛病，同事也经常与他发生争执，因此两月后即提交辞呈，一年后获准归里，从此在尧峰山庄闭门著述。

汪琬工诗词和古文，他的散文长于叙事，行文自然流畅，简明清新，被誉为"国初三大家"之一。著有诗文集《钝翁前后类稿》六十二卷，《续稿》五十六卷，后又自己删定为《尧峰文钞》五十卷。从他的著作中可以知道，顾炎武经世致用思想对他影响很大，文学观则与钱谦益相近，但他对钱的论述大加攻击，其实是鄙薄钱的为人。他的学生很多，其中以惠周惕成就最高，是"吴派经学"的代表人物。

据《横金志》卷六记载，他建的尧峰山庄，有锄云堂、梨花书屋、墨香廊、羡鱼池、瞻云阁、东轩、梅径、竹坞、菜畦等处，自撰《尧峰山庄记》、《皆山阁记》等，又有《尧峰杂咏》数卷，都是他在尧峰生活的记录。圣祖南巡，还记得他，让他接驾，有旨："编修汪琬素有文名，又居乡不与外事，是诚可嘉。今赐御书一轴，可遣官赍赐。"（《采风类记》卷一）皇帝赐翰虽然荣耀，却也是个麻烦，必须建阁敬藏，于是他将皆山阁改为御书阁。

尧峰先生名头大，尽管他不交世事，但也设席讲学，因此有不少人来求教。有位儒

汪琬像　《吴郡名贤图传赞》卷十七

医叫吴公绅，经常偕次子于石来拜访他，后来吴于石做了他的学生。吴公绅见这里的环境不错，便在胡巷南买地造了一座小宅园。因传说其地有“南北二垞”，是元末顾阿瑛的避居处，故名之为南垞草堂。宅内建有堂阁轩廊，并有泉石花木之属，汪琬有《过吴氏南垞草堂》诗云：“高下数株石，周遭卍字栏。广除分美荫，圆沼引清湍。”约略可见这座草堂的风貌。

汪琬还有个学生叫王申荀，字咸中，是王鏊六世孙。家住城西天官坊。那里有祖上的怡老园和耆老堂，足以流连，但他为了追随老师，同时也爱上了尧峰山乡风光，就在鸭踏岭下造了一座别业。因其地产文石，故名石坞山房，内有真山堂、木瓜房、鱼乐轩、快惬窝、自远阁、梅花深处、面峰台、牡丹径、芍药畦、曝背庐、苇间、松坡、莲溪、藤门诸景。一时名家如施闰章、王士禛、吴雯、查慎行、汪琬等均有题记或诗咏。

汪琬之后，又有一位名家住到胡巷来，他叫刘献廷，字君实，号继庄。祖上是苏州人，他出生于河北大兴，后来回苏州居住。他自少好学，但不求功名，而以经世济用为目的，因此读书极博，《木渎小志》卷六称其“于天官地理、农田水利、刑名钱谷以及阴阳壬遁、兵阵刀槊之类无所不究”。他又爱好旅游，曾周游河北、两湖，还深入边塞作考察，更充实了学问。因此人到中年，门生以千百计。万斯同对他很钦佩，曾邀请他参与《明史》的考订。他自己则最钦佩金圣叹，金被杀后，他搜罗遗诗，编成了《沉吟楼诗选》。“三藩之乱”起，他因人际关系广泛，颇受官府注意，为此他避居西洞庭山，后又屡次迁徙，居无定所，最后归居胡巷，埋头著述。可惜英年早逝，终年四十五岁，学生共葬之于陆墓山。他著有《广阳杂记》、《新韵谱》等。

往事越千年，虽然尧峰的自然风光依旧秀丽动人，但是人文景观多有变迁，即使是四百年前的寺庵园第也早已消失了。不过通过历史记述，尧峰的文化脉络还是可以捉摸的。这是一笔无形资产，对今天的山乡文化建设来说，仍有一定的参考价值。

宝华有街连尧峰

先说题目，“宝华”即宝华山，山下宝华坞有条东西向的道路，西可达尧峰山鸭踏岭。这条山路因为常有商贩在此做买卖，故称宝华街。山上有街并不稀奇，如洞庭东山有座石坊，坊额上题“莫釐阛阓”四字，意思就是莫釐山中的街市。但一条街能连通两座山，则是罕见的。因上文《尧峰寻胜》重在文脉，不及街市，故在这里作一介绍。

鸭踏岭在尧峰山中部，于此可南望白龙洞，北眺观音岩。岭下有个葫芦池，常有野鸭飞到这里来栖息，因而得名。“鸭踏”虽是民间称呼，可是凫落山池，也颇有意境，《尧峰山志》说：“鸭踏岭，在龙洞北，道通宝华坞。岭上即浮青庵，兴福僧于此施茶，以济山行者。”王申荀的石坞山房就造在岭下。

鸭踏岭又称“叆叇岭”，这大概是文人嫌“鸭踏”两字俚俗，取谐音而改的。此岭地势相对低矮，又有密林围匝，常有云气缭绕，称之“叆叇”，也说得过去，只是有人写作“叆踏岭”，那就不伦不类了。

这座岭的豁口处叫童梓门，门西有兴福院（即下尧峰），门东有座浮青庵。庵前有山道，南通上尧峰，东通宝华山。由于它是尧峰山较为低平的一段山路，贯穿中部东西，从前陆墓山、宝华山南的人家和管渎、前庄的村人要到木渎去，就以此为捷径。元人戴良与友人作宝华、尧峰两山之游，有《登尧峰山》诗云：“已从憨泉游，复向尧峰去。”“憨泉”即宝华山上的憨憨井，说明他从宝华到尧峰，走的就是这条山路。

有人说，这条山路潮湿难走，如清顾汝敬《过叆叇岭》诗云：“著脚原无路，攀援手足兼。草根霜后滑，石角雨后铦。跻顶云疑合，褰裳翠欲沾。回头望来处，足底是山尖。”这大概是实情，因为确有雨后人驴滑倒的记载。

但在晴好天气里，走这条街还是安全的。如尤崧镇《登叆踏岭》诗说：“篮舆岁岁过尧峰，此日绕来叆踏中。暂狎白云成漫客，敢疑黄石是仙翁。岭头烟润非关雨，春尽花飞岂为风。时序推迁今昔感，汪伦已共水流东。”在他眼里，岭上烟云实在美得很，简直有飘然欲仙的感觉。其实这是鸭踏岭的阴晴两面，说好说坏要看游人的心情。但一般行人不会想那么多，他们走这条路只是因为比从山下绕行方便。后来由此经行的人多了,小贩看到了商机,就在这条山路两旁设摊搭棚,做起了买卖,久而形成了街道。因为街道的东端在宝华坞,故称宝华街。这在《横金志》卷首的《横金全图》上有明确标示。

尧峰山在《尧峰寻胜》中已作介绍,下面来谈宝华山。

宝华山本是横山的一部分,在七子山南,尧峰山东,陆墓山西。山南有坞叫薛家湾,因在宝华山下,也称宝华坞,今属越溪旺山村。这座山宋前无名。南朝梁武帝大兴佛教时,传说有个来自西域的和尚,号憨憨,到此山来开辟道场。当时山南麓有个叫吴广的居民,信奉佛教,于是舍宅给憨憨,做了佛寺,名宝林院。五代吴越钱氏据有苏州时,因见寺后山脊像莲花展开,左三瓣,右四瓣,似七宝莲花,故改名宝华寺,山就称为宝华山。

宝华寺于宋大中祥符时重建,改名智显禅院。《吴郡志》卷三十三说 :“智显禅院,在吴县西南三十里宝华山。” 并附宋人孙规《新钟记》云 :“宝华山智显禅院,面震泽之洪澜,背长洲之故苑,左控洞庭之峻,右挹灵岩之巅,刻蟠之阈相望,游麋之虚密迩。真三吴之佳地,一方之上游。先是梁天监中,有僧号憨憨者,至自梵天,营立香界。植锡杖之故所,化灵源之尚存。年祀滋深,缔架几圮。国朝祥符乙卯岁,故府侯崇仪秦公羲,当岿然之未坠,思勉矣而可兴,其畴尸之必有能者,即以今心印师居焉。增庳为高,变陋成丽。台殿之类,岌起金碧。垂一纪间,精庐克备云云。” 此文提供了如下信息,一、此寺由苏州知州秦羲重建于宋真宗大中祥符八年(1015),并请心印禅师担任山寺住持,宋初佛教盛行禅宗,大概宝华寺以前奉律宗,至此就改奉禅宗,故称禅院 ;二、重建的寺院规模扩大,有殿堂经藏合三百楹,号为胜刹 ;三、南朝梁时憨憨和尚在寺旁 “植锡杖” 开了一口井,叫憨憨泉。

但《吴郡志》所附《新钟记》不是全文,没有谈到 “新钟”,据《横金志》卷十七说 :

鸭踏岭

“宝华山慈颜智显殿楼铜钟铸‘重和元年将仕郎前昆山县主簿王珏施净财一万铸造’二十二字。”上文中的“慈颜”当为“慈严”之误。关于“新钟”有个故事，颇为神奇，洪迈《夷坚支丁》卷三记云：“王德全少卿珏，绍兴十四年待行在粮料院阙，寓居平江横金市。市之西南曰鲁都湾，有田数百亩，欲卜筑于彼，未果也。相去又半里宝华山，有禅刹曰慈严智显，殿宇宏敞，近村寺舍皆莫及，土人呼为小灵隐。主僧来谒王，言昨夜梦神人告云：‘横金王判院，乃旧檀越，与兹一方有善缘，盍勉之使居此地。’其意殊不可晓。于是王决策谋徙，而未能遽办。适会其妹婿李籽通判以所居求售，即买之而拆毁其材植以供用。甫两岁，第宅雄成。他日同姻朋诣彼刹，登钟楼，读其镌志曰：‘重和元年将仕郎前昆山县主簿王珏施净财一万铸造。’正与己姓名同，主僧相顾叹异，始悟神人有缘之语。”

明洪武初，智显禅院归并穹窿寺管理。到了晚明，因尧峰山、吴山的兴旺，处于其间的宝华山受到带动，游人增多。清朱鹤龄《吴门杂咏》有一首咏宝华山，颇能反映山景的特点，诗云：“山色连湖霭，茅茨抱碧岑。谷虚声自答，松老气常阴。野市鱼虾杂，村烟荠麦深。素怀谁与共？萝月候孤琴。”好地方总有人看中，明清宝华坞出现了等多座别墅，其中最有名的是思翁别业。《横山志》卷六说：“思翁别业，在宝华山坞，董尚书其昌读书处。姚希孟记。”

董其昌，字元宰，号思白，明松江华亭人。万历间举进士，授翰林编修，曾任东宫讲官、湖广副使。泰昌（1620）时召为太常少卿，天启年间又兼侍读学士。那时宦官魏忠贤弄权，大兴东林党狱，他持不激不随的态度，故能免祸，也未遭清流指责。天启二年（1622），奉命编《神宗实录》，因此于次年擢升礼部左侍郎。五年（1625）任南京礼部尚

宝华寺山门

憨憨井亭

书，那时他已七十多岁了，几次申清退休，但没有获准。在崇祯朝又干了几年，到八十一岁方以诏加太子太保致仕。前后历事四朝，四个皇帝对他的印象都不错。

董其昌虽然官至尚书，但政绩平平，再加他对家人少管束，华亭董家成了鱼肉乡里的一霸，以致激起公愤，发生了乡人火烧董宅的事件。但在另一方面，他又是晚明的书画大家，《明史》本传说："其昌天才俊逸，少负重名。初，华亭自沈度、沈粲之后，南安知府张弼、詹事陆深、布政使莫如忠及子是龙，皆以善书称。其昌后出，超越诸家，始以宋米芾为宗，后自成一家，名闻外国。其画集宋、元诸家之长，行以己意，洒洒生动，非人力所及也。四方金石之刻，得其制作手书，以为二绝。造请无虚日，尺素短札，流布人间，争购宝之。精于品题，收藏家得片语只字以为重。性和易，通禅理，萧闲吐纳，终日无俗语，人拟之米芾、赵孟頫云。同时以善书名者，临邑邢侗、顺天米万锺、晋江张瑞图，时人谓'邢张米董'，又曰'南董北米'，然三人者，不逮其昌远甚。"他的著作也相当丰富，有《容台集》、《画禅室随笔》、《画旨》、《画眼》等行世，影响深远。

董其昌去世后，葬在渔洋山，这也大可寻味。他的家乡华亭也有好风水，为何舍近就远，葬到太湖边来？恐怕他对乡人毁宅之事还心有馀悸吧？

思翁别业是董其昌早年的读书处，姚希孟在《宝华避雨记》中记道："祈见岸上双扉半启，拟为村中旧家，仰窥有颜其楣曰'太史宗伯'，走奚奴讯之，知玄宰先生别业也。虽主人不在,苍头衣裋褍而应门,乃颇解事,肃客甚谨。引余至厅中,寻转一廊,登其楼,楼外多嘉树,树杪出垣甍上,稠阴如幄。楼上复筑一小阁,蹑跻之,觌面皆浓云,黝黑沉沉,矗峙半空中。”别业入清后日渐废圮,但在乾隆间犹有遗迹可寻。后经咸丰十年(1860)战乱,宝华坞的建筑大多毁废,这座别业也就遗踪全无了。

晚清宝华山一片荒芜,从宝华街去木渎的人少了。清末民初,小火轮兴起后,各乡镇均有定期班船往来,宝华街更少行人了。智显寺亦已圮废,民国《吴县志》卷三十六说:“其地为豪家所占,改为坟墓,别于寺之东重建数楹,亦颇荒废矣。”后因香火不济,日趋没落。到1950年代末,山上除留有一口憨憨井外,什么也没有了。

到1980年代,随着石湖景区的次第修复,宝华山的整治也渐排上议事日程。其时尧峰、宝华两山均划属越溪旺山村管理,村人便以恢复家乡山水景观为己任。2000年,旺山村人在宝华山东迁的旧寺原址上重建了山寺,复名宝华寺,并陆续整修了山上景观。

今进入宝华坞,即可见到山麓溪河前一座四柱三门的石坊,上书“宝华寺”。走过牌坊后的石桥,经绿竹交护的甬道,即是山门,上有砖额题为“宝华禅寺”。山门后为天王殿,殿后有石台,上有大雄宝殿高峙。大殿前置宝鼎,两旁分列钟楼、鼓楼。寺院殿宇两侧均有环廊连通,可折向僧寮和客房。寺旁憨憨井也修复一新,并建六角亭加以保护,还在尧峰山麓重建了传说中憨憨和尚遗下的“五瓣井”,井口围有五面石栏。整修后的宝华寺重现了前清风貌,山景的恢复也可直追前明,可见整修者的匠心。但也有小小的遗憾,山门上“宝华禅寺”四字横额的排列为从左到右,与石坊上的题字排列不统一,不合古代题额的书写习惯。这虽有吹毛求疵之嫌,但提出来可供以后整修者的注意。

那末宝华街呢?这条连通两山的砾石山道还在,虽然已无市集影迹,但仍是宝华坞通向鸭踏岭的主要行道,而且不改其烟云飘忽、林石幽邃之致。游人如欲“发思古之幽情”,不妨去走一走,领略一番山中古街的风味。

新老五龙桥，古今蠡墅船

吴中区长桥镇有两个有名的集镇，一是五龙桥，一是蠡墅。

说起五龙桥镇，老辈人也许有印象，半世纪前，龙桥大队是农业生产的典型。但本文要说的是，这个集镇得名于那里的五龙桥，这座桥更有历史意义。五龙桥位于长桥镇北部，高踞大龙港之上。其地南濒澹台湖、大运河汇合处，此处水流湍急，缘由大龙港水于此注入大运河，复又南通鲇鱼口，澹台湖也南接鲇鱼口，宛如五条水龙来会，故得此名。此桥又称五泓桥，为五孔石拱桥，宋淳熙年间由提举薛元鼎始建，明弘治十一年（1498）傅潮重建，崇祯十五年（1642）吴县知县牛若麟又重建，清顺治十八年（1661）诸生张我城等重修。多次重建或重修，说明这座桥必不可少。因为在从前，五龙桥是城南农民出入盘门的必经之地。

在清代，五龙桥被列为兵防险要之地，此见郑若曾《江南经略·五龙桥险要说》："盘门外一水洪阔而南行者，谓之蠡塘，其长约十二里，分二水口出太湖。在东阔一百三十丈者，曰鲇鱼口。在西阔八丈者，为面杖港。二口之外，湖光渺茫，直通湖、常二郡，难于控御。跨蠡塘者，有五龙桥焉，离盘门七里。在塘半途，东通宝带桥，西通跨塘，乃郡南之关钮也。设险于此，则北可以屏翰盘门，而新郭、仙人堂、胥泾诸近地，亦不至罹屠戮之惨矣。"

蠡塘即大龙港，又称西塘河。民国《吴县志》卷五十三也说五龙桥其地有"五水合流通各港，为城南锁钥"。为此清雍正二年（1724），在五龙桥等城郊要地设营汛防守，以作城南屏障。每处汛地驻兵约七十员，这点兵力对付一二十人以下的盗贼团伙大概还行，若遇到有组织的农民军，就只能"三十六计走为上"了。这倒不是丑化清兵，因为在咸丰十年（1860）四月，李秀成率太平军来攻苏州，五龙桥的兵勇听到消息就逃光了。

李秀成占领苏州后，在城郊设立了十处兵垒，五龙桥即为其一。同治二年（1863）九月，清淮军程学启部与戈登"常胜军"来夺取苏州，先是清除太平军外围兵垒，于是在五龙桥发生一场恶战。"常胜军"炮火猛烈，太平军败退，这座古桥遭到了严重破坏。

同治十二年（1873）重建五龙桥。新建的桥长四十二米，宽六米，高十二米。有桥联曰：“锁钥镇三吴，下饮长虹规半月；支条锺五水，远通飞骑扼全湖。”1979 年为便于车辆行驶，作了大规模整修。这次整修保持了结构原貌，主要将两边石级改成水泥坡，同时加长了桥坡。1994 年，因建造太湖西路，在五龙桥北十米处，造了一座跨大龙港的新五龙桥，系平板砼桥。再加 1995 年又造了跨澹台湖的长桥，老五龙桥便失去了交通价值，成为仅供观赏的历史遗迹。

五龙桥镇以桥闻名，蠡墅镇则以船闻名。

蠡墅在长桥镇南部。它的故事要从春秋吴国说起。吴国在周简王之前，经常挨打，后经十九世吴王寿梦振兴，军事力量开始壮大，到吴王阖闾、夫差时代，就有了一支强大的水师。这支军队以太湖湾为基地，经伍子胥、孙武的训练，“西破强楚，北威齐晋，南伐于越”（《吴越春秋》卷四）。吴军远征主要是走水路，所需军船不仅数量大，而且还要求性能不同。据前人引《越绝书》佚文《伍子胥水战兵法内经》，吴国水师的战船有艅艎、大翼、小翼、突冒、楼船、桥船等各种类型。其中艅艎是旗舰，有三层高的指挥台；大翼可配备将士九十一人，船长三十多米，与其他战船配合，抵得上一支大舰队了。从阖闾攻楚、夫差伐越的胜绩来看，除了士兵勇悍、兵刃锋利，吴国战船也起了重大作用。这说明到了春秋晚期，吴国的船舶制造业相当发达，造船技术已达到了第一流水平。

这与吴王重视造船是分不开的。据记载，当时吴国设有多处造船工场，时称“船宫”、“舟室”或“石塘”，分布于欐溪城（今江苏无锡梁溪河北岸）、蠡墅、胥口等地。造船工人叫“木客”，计有数千人。越国灭吴后，这些工场可能未废。《越绝书》卷八说：“勾践伐吴，霸关东，徙琅琊，起观台，台周七里，以望东海。死士八千人，戈船三百艘。”这是说，越王勾践迁都琅琊（今山东诸城东南）后，在海边驻扎了一支水师，以威慑诸侯。水师

五龙桥　1920 年代摄

用船需要保修、增补或替换，原吴国的造船工场还是派得上用场的。到秦汉，吴县为会稽郡首府、东南军事重镇，会稽太守朱买臣曾大造楼船，以备征讨东越，后来横海将军韩说率兵渡海南征成功，就是靠了吴地制造的战船。自三国孙吴至元代，由于海运的发展，造船业扩大到娄县（今江苏太仓）和青龙（今上海松江）等地。南北朝时，吴地已形成全国造船中心之一。当然，吴地造船业之所以长盛不衰，并非全赖军需的刺激，史称吴人“以船为车，以楫为马”，满足水上交通的日常需求才是它的主要任务。

弹指二千多年过去，苏州迭经变革，但是蠡墅自古开创的造船业不变。

蠡墅是个古老的地名，相传越国灭吴后，范蠡一度居住在这里，故有此名。又相传范蠡是乘扁舟泛五湖而去的，这倒与蠡墅挂得上钩，或许是勾践叫他到蠡墅去督造迁都的船只，他正中下怀，乘机弄了一条船开溜也未可知。传说太湖六桅船就是范蠡为了“移家”而制造的，清吴庄《罛船竹枝词》云：“少伯功成早见几，杜圻洲上岂忘归。遗将六扇移家具，尽与渔郎觅食衣。”原注：“相传六桅船式是其遗制。”金元理《太湖备考》卷十六说：“其造船之处，在胥口之下场湾、西山之东村、五龙桥之蠡墅、光福之铜坑。”因此也有这个可能，范蠡蠡墅造了一条六桅船，带上“其私徒属”从太湖逃亡了。

这事太遥远，就让考据家去研究吧，还是谈谈近几百年来的情况吧。清雍正二年（1724）蠡墅正式建镇，1948 年一度改称石湖镇，原属吴县，今属吴中区长桥镇。由于蠡墅地处苏州南郊，又与石湖为邻，明清时商业兴盛，镇上有粮店、米行、油坊、酒坊、酒店、铁木竹器作坊等，并出现王、陆、徐、冯四家巨商，当地人称“四大家族”。后又兴起了刺绣、镜片、油漆等行业。但是最有名的，还是要数历史悠久的造船业。

这一传统行业主要分布在蠡墅镇上及舟坞村、永兴村、马家村、邵昂村、彭泾村、南

五龙桥

库村、史家上、夏村、陈家村、殷家村、五龙桥等地，其中镇上和庞家浜、庙泾浜、许家浜、栈郎浜的居民，大多是世代以造船为业的工匠，堪称“木客世家”，可见传承之绵长。到明末清初，蠡墅已出现了较大规模的造船工场。康熙年间，陆、朱两家的造船工场有工匠二百馀人，年修产木质船只达二百馀艘。蠡墅木船经过千百年的不断改进和优化，形成了独特的造型风格。总体说来，它具有“美、宽、快”三大特点，“美”是指首尾平，头工翘，横截面肥圆斜坦，外型美观；“宽”是指自重轻，舱口大，中部宽，装载多，实用性强；“快”是指船身扁，吃水浅，阻力小，行驶快而灵活。因此，江南地区都称之为“蠡墅式”，成了公认的名牌，向江河上来往的舟楫望去，造型独特的蠡墅船是一眼就可认知的。

1950年代，造船工匠组织了生产小组和合作社。1958年成立了吴县蠡墅造船厂，主要修造木船和拖轮。到1960年代，开始生产钢丝网水泥农船、胶板轮船，修造钢质船。水泥船笨重，但在那时，却是节约木材的创新之举，多少解决了农船的急需。不过从现代水上交通的发展趋势来看，船舶以钢材取代木材已成定局，因此从1969年开始，蠡墅造船厂告别了修造木船的历史，全面转向钢质船的建造。是年，大型钢质轮船“海交一号”、“运交一号”、“运洋一号”试制成功，交付使用。1985年，吴县蠡墅造船厂被列为中国船舶工业总公司定点生产厂，并成为江苏省惟一的散装水泥船定点生产厂和全国游艇生产主要基地。

可是木船不可能一下子就淘汰了，1970年在蠡墅镇东白塘成立了吴县工农船厂，1975年改称吴县造船厂，专门修造木质农船、拖轮和货驳。但到1976年，也开始修造钢质船了。1997年因工厂转制，任务转移，不再造船。1978年还建立了一家专门修造木质船和水泥农船的工厂，因为位于澹台湖北岸，故名吴县澹台湖船厂，九年后拆迁，原址现已建为澹台湖公园。

太湖六桅船

蠡墅造船厂旧址

蠡墅作为古吴开创的造船之乡，历史之悠久自不待言。惜因久经沧桑，古迹大多已不存，如马家村的西陆司土地庙、邵昂村的圣姑夫人庙和万寿庵、庙金浜东侧的东观音堂、彭泾西村的祇树庵、杨子堂及红庙、镇下塘西端的东岳庙、镇上的司马冥王土地庙、蠡墅桥北的玉帝堂等，均已早废。但作为公共建筑的古桥至今大都尚存，大抵分布在蠡墅港两侧，如须茂桥，为单孔石拱桥，建于清道光十三年（1833）；蠡墅桥，也是单孔石拱桥，始建年代不详，现存者为清代重建的；永兴桥，原名马良桥，梁式石桥，始建年代无考，桥堍立有清嘉庆二十一年（1816）所刻《重修永兴桥记》碑，记录了修缮此桥的情况；太平桥，也是梁式石桥，经清代重修。这四座桥均为苏州市文物保护单位。

蠡墅自明清形成商业街市后，镇上大宅也多，较有名的都是“四大家族”的宅邸。如镇下塘南侧的三益堂，为王姓所建，据说有屋千馀间，其中主建筑三益堂建于清中期，宅后有园。1949 年后被多家单位占用，面目渐非，1994 年拆除，建为农贸市场。又如洋海上的冯德明堂，是清末进士冯似琛的住宅，有正厅、前后花厅等百馀间，人称“一百零八间”，1949 年后曾作农会驻地，土改时分给农民，散为民居，但尚存旧迹。再如镇太平桥东驳岸的陆家四有堂，为清初建筑，原有花楼、翠凤楼、西花园等，均因年久失修，或拆或改建，旧貌已难寻。另如下塘南侧的陆家南二房、镇西北朱家桥的徐贻善堂，都有大宅园规模，惜早已废圮了。

然而蠡墅的老街仍保有民国早期的格局，漫步其间，犹可捉摸些许古典韵味。但自友新高架路建成，正好通过老街西口，不免大煞风景。有人建议，可在西口垒高墙，上植乔木，组成一道绿色屏障。这倒是个补救之法，不知行得通否？

寻找长洲苑

吴王阖闾兴建吴大城后，造了不少离宫别苑，其中有一处在长洲，人称“长洲之苑”，唐后方志称“长洲苑”。

古代的苑是君王贵族的休闲场所，内植林木花卉，并畜有飞禽走兽，性质属于早期的园林兼动物园。《越绝书》、《吴越春秋》都有阖闾“走犬长洲”的记载，“走犬”是纵狗行猎的意思，可知长洲苑更像是野生动物园。可惜吴国灭亡后苏台鹿走，宫苑俱废，长洲苑的原貌不得而知。不过唐人孙逖有诗《长洲苑吴苑校猎》，可藉以略窥一二，诗云：“吴王初鼎峙，羽猎骋雄才。辇道阊门出，军容茂苑来。山从列阵转，江自绕林回。剑骑缘汀入，旌门隔屿开。合离纷若电，驰逐溢成雷。胜地虞人守，归舟汉女陪。可怜夷漫处，犹在洞庭隈。山静吟猿父，城空应雉媒。戎行委乔木，马迹尽黄埃。揽涕问遗老，繁华安在哉。”这首诗不仅渲染了吴王出猎的盛大声势，而且点出长洲苑是山峙水绕、有汀有屿的大园林。

孙逖在唐开元中任典诏诰，有机会见到内府秘籍，可能会发现长洲苑的早期记载，故能下笔如此。汉景帝时，吴王刘濞联络六国起兵反汉，郎中枚乘上书分析形势，劝他罢兵，《汉书·枚乘传》录了这通《说吴王辞》，其中说，汉皇“修治上林，杂以离宫，积聚玩好，圈守禽兽，不如长洲之苑”。长洲苑毁失已久，怎么到汉初又出现了呢？原来刘濞当了吴王，自恃国富，便在长洲苑故址造了一座大园林，时称茂苑。上林苑是秦代苑囿，在长安之西，经汉武帝重修，周袤三百里，有离宫七十所，极为壮观。枚乘说刘濞的茂苑超过了上林苑，或许有所夸张，但茂苑规模之大，于此可得印象。不过茂苑存在的时间不长，刘濞兵败身死后就荒废了。然而作为吴地著名古迹，声名不坠，以至茂苑后来成为苏州的别称，它的前身长洲苑也仍有人提起。《吴郡志》卷八引《吴地记》说，三国时，孙权派使臣徐详向曹操示好，曹操对他说：“孤比老愿越横江之津，与孙将军游姑苏之上，猎长洲之苑，吾志足矣。”可知姑苏台、长洲苑虽早已不存，却依然流传人口。

古迹是历史文化的实证，少不得有人来寻访凭吊。可是随着岁月流逝，环境变迁，长洲苑的遗址成了历史之谜。顾名思义，长洲苑当在长洲。那末古吴的长洲在哪里？

查前人记载，有两种说法。

一说在吴国东部。如《吴郡志》卷八引韦昭语曰："长洲在吴东。"韦昭是三国吴国史官，学识赅博，注疏严谨，他的认定很有影响。唐万岁通天元年(696)析吴县东部和北部置长洲县，《元和郡县志》卷二十六即称长洲"取长洲苑为名"，其根据或就采韦昭之说。《吴郡志》卷十七又举出长洲县内的苑桥、长洲县前(今旧学前)和县前东南(今临顿路苹花桥)，"故传皆阖闾苑囿游憩之地"。说明相传那里是长洲苑遗址。

另一说是在吴县西南部。如《元和郡县志》卷二十六、《太平寰宇记》卷九十一均称长洲"在县西南七十里"。又，《吴郡志》卷八引《吴地记》说："长洲，在姑苏南太湖北岸，阖闾所游猎处也。"这都是说，长洲苑在吴县西南的太湖边。

长洲苑到底是在吴东还是吴西南？宋米友仁作过查考，结果是"订之于古，莫得其实"(《茂苑堂记》)。但因为长洲县是唐朝政府定的县名，官方命名必有依据，因此长洲苑在吴东的说法占了上风，如《百城烟水》卷三就说："长洲县，本吴之长洲苑。"

然而官方认定也得通过史实的检验，经后代学者研究，发现"吴东说"靠不住，韦昭确有"长洲在吴东"之说，但他说的长洲是古吴地名，方位要以春秋吴大城为准。夷考吴大城遗址也有两说：一说在今苏州城；一说在木渎、藏书一带，依山筑城，东界在横山。若依后说，则"吴东"在横山之东，总方位还是在吴西南。《吴郡志》列举长洲县三处古吴苑囿，但都采自传说，而且那里无山无汀，与孙逖诗的描述不合，未可作为定论。《元和郡县志》虽有"长洲，取长洲苑为名"的记载，但是长洲县北接常熟，东邻昆山，南毗吴江，辖地很大，长洲苑在它的哪一处？没有指明。

相比之下，"吴西南说"就明确得多，尤其是《吴地记》指出长洲在"姑苏南太湖北

姑苏十景册·长洲　明沈周绘

岸”，不仅与后来的《元和郡县志》、《太平寰宇记》所说的方位一致，而且指明了具体地点。《太湖备考》卷一说，太湖又称五湖，得名于湖东岸五个湖湾，自北至南为贡湖、游湖、胥湖、菱湖、莫湖。据此，南太湖当指胥湖以南。再看同书卷首《吴县沿湖水口图》，莫湖之东为洞庭东山，时属湖中岛，难以“走犬”，可以排除。菱湖北岸即今横泾、浦庄，胥湖北岸即今胥口，说明这一带就是“阖闾所游猎处”。再有《吴郡志》卷八说：“走狗塘，吴王作。”《姑苏志》卷八又补充说，越来溪“由跨塘桥折而南，为走狗塘，荷花荡在焉”。这一记载说得再明白不过了，即古长洲的地望在越来溪南，即今横泾、浦庄、渡村一带。

这一地区旧称横金，分属胥台乡青墩里四都、太吴乡南胥里八都、吴苑乡胜化里九都，其西属太平乡全吴里七都、吴苑乡胜化里十都，其南属遵礼乡守义里二十七都，都在吴县地界。在北宋前，它的西部尚未成陆，东、南、西三面沿太湖，似是狭长形的洲。《吴郡志》卷八引三国时学者孟康语，称长洲苑“以江水洲为苑”。同书卷三十七引杨备诗云：“太湖东西即长洲，临水孤成远若浮。”这都进一步证明古长洲在东太湖、西太湖之间。民国《木渎小志》卷一说：“百花洲，即古长洲（阖闾走犬处），在姑苏台下。杨万里、吴师道、高启诸说皆同。”姑苏台始建于姑苏山，后来吴王夫差移建于横山绝顶，而横山之南就是横金，方位也是吻合的。

据旧志，横金其地自秦一直属吴县，那为何唐代认定长洲苑在长洲县呢？这就要查长洲县地图了。虽然宋代《吴郡图经》已佚失，但看清代《吴县长洲元和图》也一样。元和县是清雍正三年（1725）割长洲县南部所置的，元和县西南紧接太湖和吴江，与横金仅一水之隔，说明原长洲县西南就在太湖之滨。由于长洲苑跨地甚广，春秋吴国又未划县界，唐代政府的误认也不足为病。

今日横泾已纳入城镇化格局，但是山峙水绕的风貌未变。1981年，那里发生了一件趣事，当时苏州向陕西借来一头大熊猫，名“白雪公主”，以供市民观赏，孰料“公主”不守闺训，向往大自然，到苏州后钻空子脱逃，这还了得，于是四处搜索，直到两个多月之后才找到。原来“公主”逃到了横泾山林里，在古长洲苑着实过了一把瘾。

横金·义金·横泾

《长洲苑之谜》谈到，春秋长洲苑实在横金。清柳商贤《横金志》卷首《横金全图说》对它有如下介绍："其地三面皆太湖，北则群山相逶迤。兹以横山以南石湖为断，广十馀里，袤二十馀里，而横金一镇，实横亘其中。"据图示，横金辖今横泾、浦庄、渡村、胥口南部和越溪西部。"三面皆太湖"指东、南、西三面临水，说明晚清时其南部尚未与洞庭东山相接。

横金的得名，据乾隆《吴县志》卷八说："相传横金于地有管鲍分金墩，故名。"管鲍分金是春秋早期的故事。《史记·管晏列传》说："管仲夷吾者，颍上人也。少时常与鲍叔牙游，鲍叔知其贤。管仲贫困，常欺鲍叔，鲍叔终善遇之，不以为言。已而鲍叔事齐公子小白，管仲事公子纠。及小白立为桓公，公子纠死，管仲囚焉。鲍叔遂进管仲。管仲既用，任政于齐，齐桓公以霸，九合诸侯，一匡天下，管仲之谋也。管仲曰：'吾始困时，尝与鲍叔贾，分财利多自与，鲍叔不以我为贪，知我贫也。'"这是说，管鲍成为好朋友，是因为鲍叔牙了解管仲的才能，能包容他。管仲被囚，又因鲍叔牙的推荐而任国相，终于辅佐齐桓公成为霸主。管仲回忆当年事，列举鲍对他的帮助，其一就是早年他和鲍叔牙合伙经商，分红时自己拿得多，鲍叔牙知道他穷，并不计较。后来"管鲍之交"成为友情深厚的典故。

两人分红的具体地点在哪里？有不同的传说。横金当地的说法也有两处，一说在横泾上塘街中段的义金庵，那里本是土墩，叫分金墩；一说在尧峰山西南侧，那里有块大石头，因管鲍"横金"于石上结算，故称分金台。

对此清人管弘进和尤侗作了考证。管弘进《分金墩辩》说："往年北游时，过荥泽道中，见有石坊耸峙，道左上刊五字曰：'管鲍分金处'云。""姑苏横金有丘一区，高非逾尺，卑不蔽岭，土人相传为分金墩。夫吴与大梁相距数千里，仲父徘徊失意时，未尝一履吴地，金何从分？分金墩何由名？"尤侗《义金庵碑记》则说："予考管鲍分金处，海南之鲍山。叔牙、夷吾未尝之吴，此必误矣。"

一个说分金遗址在河南荥泽县，一个说在渤海之南的鲍山（今山东历城县鲍城），说法不同，但都说明分金地点不在今横泾。其实从时间上推算也不可能，管仲于齐桓公元年（前685）任国卿，则两人分金当在此之前。其时吴国都城在今江苏丹徒，太湖东部还是一片处女地，中原商人怎么会跑到这方荒山野地来结账呢？有人考证说，横金一词始于南宋。洪迈《容斋四笔》卷十二说："权尚书、御史中丞、资政、端明殿阁学士、直学士、正侍郎、给事中，金御仙花带，不佩鱼，谓之横金。"这是说，宋朝文官标明阶级高低的一种饰金佩带，称为横金。南宋孝宗时陈湾出了个卢瑢，官至宣教郎，充浙西常平茶盐司提举；理宗时绮川出了个莫子文，官至朝散大夫，知广德军，都有"横金"资格，因此称其家乡为横金。但早在北宋就有横金了，苏舜钦《苏州洞庭山水月禅院记》说："是岁十月，遂招徐、陈二君，浮轻舟，出横金口，观其洪川荡潏，万顷一色。"

那末为何叫它横金呢？据《三国志·吴志·孙权传》记载，汉兴平二年（195），孙策率军渡江东指，在进占吴郡时，有童谣说："黄金车，班兰耳，闿昌门，出天子。"意思是华丽的黄金车来了，打开阊门后，要出皇帝了。据《横山志略·祥异》说，这一童谣是横山下一个独脚小孩唱开的，后来孙权固然做了天子，相传童谣应验后，这一带便以"黄金车"为名。吴语"黄"、"横"音近，后取谐音名为"横金"。因为民间传说不知出典，后来就跟管鲍分金的事弄混了。

横金得名虽早，却因人烟稀少，一直寂寂无闻。到隋开皇十一年（591），杨素迁州治于横山之东，横金便成为州城的近郊，开始得到开发。至唐代，横金已出现自然村，属吴县横山都。北宋熙宁元年（1068），夏季大旱，太湖水退，今胥口南部和浦庄北部形成了新陆（今清明山南尚存新麓村之名），时称"水东"，辖属于横金。到南宋，横金村落渐多。绍兴中洪迈经过这里，有"寓居横金市"之语。"市"指市场贸易，说明那时横金已形成了市集。

南宋横金尚未形成乡镇，那末洪迈所说的市集在哪里？一般想来，当在今横泾塘两岸人口密集处。但据《横金志》说，最初的市集在今镇南村东南的长源。其地水路交通发达，利于四乡农民前来赶集，因而形成了街市，称长源街。但也因为地低多水，太湖涨水时便有浸淹之患。元皇庆二年（1314）一次大风雨，导致太湖发大水，长源街市被冲毁无存。自此，市集便北移到横金塘畔，重新形成集镇，因此当地有俗语说："先有长源街，后有横金镇。"

元至正中，横金改名义金。《横金志》卷六说："乡贤金宏业宅，在水东下堡村，至正中授义兵千户，诏其里曰'义金'。卢雍《白洋湾》诗'一棹西来自义金'，即其地也。"金宏业，字修可，祖上是吴江人。元至正间，因金家六世不分居，被视为孝友典型，受到了朝廷表彰。金宏业有个堂兄叫金宏道，有田在今渡村北部，请他去管理，他便迁家于下保（今临湖）。元顺帝时，太湖盗匪频出抢掠，沿湖村庄首当其冲。金宏业就出钱出粮组织民兵自卫。但自至正八年（1348）起，黄岩方国珍入海起兵后，太湖盗匪与之联合，势力就壮大了。十二年（1352），湖匪赶夜来袭击沿湖村寨，金宏业的两个儿子不在家，就由两个孙儿荣一、荣三带领民兵抵抗，两孙不幸战死。是年冬天，湖匪又来抢劫，金宏业父子上阵，英勇杀敌，把湖匪赶出了黄洋湾。《横金志》卷十一称其“杀获无算，一境以全。江浙行省上其事，授予义兵千户。乡人德之，名其地上保、下保，以表其功”。上保、下保，即今临湖的上保和穗丰。

元末，义金塘两岸已呈街市雏形，其时上塘中段建有义金庵，当地传称此庵是管鲍分金墩遗址，其实是借用了元代的地名。

明洪武初，恢复横金之名，始建横金镇，属大吴乡南胥里。洪武三年（1370），置横金巡检司。五年（1372），又在水东地区驻兵屯垦。士兵亦兵亦农，以屯地为家，子孙世袭为军，被称为军户。年久人口繁衍，形成了以军户姓氏命名的若干村落，如费庄、浦庄、石庄、徐庄、高庄、张庄、马舍、柳舍、石舍、陆舍、吴舍、陶家舍等，故有“横山之南九庄十八舍”之说。

弘治年间，横金出现了两座私家园林，一座在塘桥。《横金志》卷四记道：“塘桥，今名孔家塘桥，相传由孔彦仁自郡迁此，独力建桥而得名。明正德时，王铨筑且适园于此，兄鏊为之作记，且有唱和诗。”记载说且适园建于正德时，有误，据王鏊《东望楼记》，应是始建弘治十五年（1502）。园主王铨，字秉之，号中隐，吴县东山人，王鏊之弟。

横泾塘

王鏊在弘治中已任吏部右侍郎，他却久困科场，不得一第，后来居水东之塘桥，筑且适园。据王鏊《且适园记》记载，园中有东望楼、遂高堂、远喧堂、观稼轩、楚颂亭、观鱼亭等建筑，还有格笔峰、浣花泉、理丝台、归帆泾、菱港、蔬畦、柏亭、桂屏、莲池、竹径等景观。正德四年（1509），王鏊退休归来，在家乡东山盖了真适园，后来侄子王学又在东山造了从适园，多少是受且适园的影响。正德七年（1512），王铨以贡生资格授杭州府经历，他已五十四岁了，无意出仕，于是常与文朋诗友优游园中，诗酒唱酬，给这方屯兵之地添加了文化色彩。但自嘉靖元年（1522）王铨去世后，这座园林就不见记载了。还有一座水云庄，《横金志》卷六记道："水云庄，在水东双桥驿。洞庭东山叶具瞻别业，子齐芳结吟社于此。唐荆川书额尚存。"因没有查到与双桥驿相关的文字记载，园况不详。

到嘉靖年间，因明世宗迷信神仙，道教兴盛，七子山巅造了一座道观，内奉三位灵官，称"三官行宫"、"三官殿"，一时香火旺盛。清顾禄《清嘉录》卷一说："上元、中元、下元日为三官诞辰，俗以正、七、十月朔至望日嗜素者，谓之'三官素'。或以月之一、七、十日持斋，谓之'花三官'。遇三元日，士庶拈香，骈集于院观有神像者。郡西七子山，有三官行宫，释氏奉香火。至日，舆舫络绎，香潮尤盛。""释氏奉香火"这句很有趣，是说这座道观是由和尚管理的。七子山有荐福寺，和尚为了适应形势，包揽了三官行宫业务。为何"香潮尤盛"？因为信奉三官神有很大好处，同书引《道书》说："上元，十天灵官、神仙兵马与上圣高真妙行真人，下降人间，考定罪福。中元，九地灵官。下元，水府灵官。上元、中元、下元皆大庆之月也，长斋诵《度人经》，则福及上世，身得与神仙并。"《度人经》即《灵宝无量度人经》，俗称"三官经"。长期持斋念三官经既能超度先人，又有成

后巷古桥

后巷古桥

仙的希望，信徒当然要大念而特念了。可是三官经卷帙浩繁，共有《上品妙经》六十一卷，《上经大法》七十二卷，哪里念得过来？加之明清乡民基本上是文盲，只能跟着道士学舌，不免念得错讹百出。横金、木渎与七子山道观相近，所以这两地去的香客特别多。去了就要念诵三官经，可是同一部经念出来不一样，于是我说你错了，你说我不对，互相争论起来。因此流传了两句话："瞎缠三官经，木渎到横金。"后来"瞎缠三官经"就成为苏州民谚。据《吴方言词典》解释，此语引申为纠缠不清。但是苏州人引用此语，实有指人牵强附会、强作解人之意。

1912年，依"江苏暂行地方制"，将清代苏州府吴县、长洲县、元和县合并为吴县。据这年出版的《吴县市乡图》，原横金地区标名为"横泾"，辖横泾、渡村、侯巷、湖桥、浦庄、黄垆、溆庄、石塘、前庄九镇及十八乡。自后区划虽有变动，但横泾之名一直沿用至今。

今横泾为吴中区街道建制，人口约五万六千，含外来人口二万四千，共有保留自然村庄八十七个。2013年，这些村庄入选为苏州市"美丽乡村"示范点。

苦酒城与横泾烧酒

唐刘禹锡《酬乐天衫酒见寄》诗云："酒法众传吴米好，舞衣偏尚越罗轻。"吴地水好米好，酿酒有天然优势，因此起源极早。任昉《述异记》卷上说吴王造姑苏台，"上别立春宵宫，为长夜之饮，造千石酒锺"。可知早在春秋后期，吴国就酿酒了。

吴王好作长夜饮，又造特大酒缸贮存，说明对酒的需要量很大，那必然要有专门酿酒之工场，《吴郡志》卷八引《吴地记》说："苦酒城，在鱼城之西南，有故城。长老云：筑以酿酒，今俗人呼为苦酒城。"鱼城在越来溪西，《吴地记》说它是"吴王养鱼处"。但朱长文《吴郡图经续记》认为是"吴城"之误，卷下说："鱼城在吴县西横山下，遗址尚存，盖吴王控越之地，宜为吴城，谓之鱼城，误也。"吴王夫差在其西南圈了一块地方专事酿酒，这就是苦酒城的由来。据清人朱霞《酒城议》考证，"苦酒城之筑，应在黄池争长之前"。按"黄池争长"是指公元前482年，夫差率大军到黄池与晋定公争霸，越王勾践乘机发兵攻吴，焚掠姑苏台而去。公元前475年，勾践再次攻吴，围城两年后灭了吴国。那时两军相持之地在今石湖一带，苦酒城正在其间，大约毁于此时。今石湖景区西南部有个景点叫"渔城"，这一带就是苦酒城的遗址。

先秦的酒多为甜酒，为什么夫差要自酿苦酒呢？其事无考，据《礼记·丧大记》记载，有一种醴酒，酒精度低，甜中带点苦，别有风味，想来吴国生产的就是这种酒。

苦酒城消失后，吴地酿酒的传统不废，如汉有酒醋城，正德《姑苏志》卷三十三引《吴地记》，称其在"胥门西南三里"，传为刘濞所建。又据旧志记载，后来苏州生产的"靠壁清"、"三白酒"等都很有名，晚出的名酒有太仓"十月白"、常熟"桂花白"等，度数不高，都是甜酒，颇适合喝不惯烈酒的人。但到明清时期，苏州却冒出了一种烈性酒，产地在原苦酒城之南的横金地区。《古今图书集成·职方典》记其酿造规模说："众人开酿，比户造酒，街市设有酒肆。"所生产的酒称"横金烧酒"。明人吴钦认为，这与古吴的苦酒城有传承关系，《横金志》卷五引其《酒城》诗云："霸主昔耽饮，割地五湖傍。迁徙善酿者，居此各献长。至今得其术，以业走四方。"

但是古吴生产的是发酵的甜酒，明清生产的是发酵蒸馏的烧酒，酒精度有高低，口味也不同。发酵酒可以热饮，曹操有“煮酒论英雄”事，白居易有“烧酒开来琥珀香”句，都说明古人喜欢烧热了来吃。但是这种“烧酒”不是明清蒸馏的烧酒，因为制酒的蒸馏技术始于元朝，可知横金的烧酒与古吴苦酒是不相干的。不过横金确有制酒的传统，《吴门表隐》卷九说：“酒仙庙在横金镇，祀杜康、仪狄，宋元丰二年建，酿酒同业奉香火。”仪狄是夏禹的官员，杜康是周代人，都是制酒的老祖宗，北宋建庙以祀，说明那时横金制酒已形成了行业。到元代便以生产烧酒闻名。

这种蒸馏酒以米、粞为原料，经发酵蒸馏而成，酿醅期约半个月。酒精度在四十八度左右，酒味香冽。后经改进，用当地晚粳糙米和元麦作原料，以十六味中草药制成的“大元”为酒曲，封缸发酵，再用稻草文火蒸馏，酿成的酒更是香气扑鼻，入口醇厚，称“横泾烧酒”或“横泾土烧”，因价廉物美而畅销市场。《横金志》卷八说：“烧酒以出于横金者为贵，宜水性也。横金西南业此者居十之四五。”由此可知明清横金产酒之盛。

至民国年间，横泾酿酒已发展为当地主要副业。其时镇上坊肆林立，上塘、下塘两街各延伸至千馀米。上塘街为商业中心，下塘街则是米行、酒行的集中地，光是酒坊就有十多家，酒香满街，成了名副其实的酒乡。1934 年，横泾烧酒作为土特产参加了江苏省物品展览会，获得好评。1992 年《吴县文史资料》“工商史料专辑”有古木《横泾酿酒业及其“土烧”》一文，其中说：“土烧均由民间酿酒灶户酿制，横泾及西南渡村、浦庄、

横泾全景

采莲一带的酿酒户约占农户的百分之四十。每户每天蒸米二至三石不等，一般灶户月产烧酒二吨左右。拥有两灶的大户月产三吨以上。除了专门的酿酒灶户外，另有流动于乡镇的‘乡作’，他们三人一档，自带蒸桶、锡锅等工具，为客户代酿烧酒。灶户所产之土烧大多为酒行收购，然后批发转售给城乡酒店。当时横泾镇上的酒业行栈有万森润、张同丰、聚泰、合作、元丰等六七家，尤以万森润、张同泰两家的业务量为大。其中张同丰行栈职工多达七十馀人，行栈内备有枪支武器，以防盗贼。酒行一般预付部分定金给灶户，每隔数日由行栈职员放小船去乡间农户驳酒。灶户贮酒多者，直接上门看货过秤外销，少者带回行栈另行储藏趸批运销。”

《吴门表隐》所说的镇上酒仙庙，到民国年间依然香火旺盛。这座庙自宋以来历经重修而不废，从侧面说明了当地酿酒业的发达。酒仙庙还有庙会活动，传称农历八月十八为杜康生日，到这天横泾地区例要祀神，除了供奉猪头三牲，还要唱宣卷娱神，并有象征酒神巡行的“抬酒仙”等活动。又因横泾烧酒被列为苏州特产之一，城内小日晖桥烧酒同业公会内设有专门批卖点，生意红火。

可是到了 1920 年代后期，外地白酒涌来了，市场竞争日趋激烈。据 1930 年吴县县政府社会调查处统计，横泾区钱庄、横泾、渡村的酿酒户仍有五百馀家，镇上有万森润、同丰复、元丰、义顺、聚泰等到十多家酒行。1937 年日军入侵，民生凋敝，酿酒业一度衰

落。抗战胜利后酒业再度复兴，横泾地区的农户几乎家家酿酒，产品远销江浙、安徽、上海等地，年销烧酒约有六百吨，1940 年代后期，横泾已成为苏南的烧酒生产基地，与无锡华庄、吴江严墓、丹徒宝堰并称为“苏南四大酒场”。

1950 年代，经酒类专卖、组织联营等产销体制的变更，酿酒户走上了集体化道路，但横泾烧酒质量不减，仍是名牌。后自 1958 年起，进入了三年困难时期，因粮食供应紧张，人吃还不够，哪有馀粮做酒？横泾酿酒户纷纷停业或转业。后来形势好转，也有酒厂试图恢复生产这一名酒，但因技术人员流失，始终达不到原有质量，也就打不开销路，横泾烧酒自此退出了历史舞台。

也不能把话说绝，市场上横泾烧酒固已不见，但是私家酿了自饮的也还有。有次在当地人家吃到开甏白酒，酱香型，浓冽芳醇，大有茅台风味。我惊问是何方名酒？主人笑道，不好意思，自家酿的，祖传横泾烧酒！

后　记

木渎和石湖，于我一熟一生。

说熟，是因为去得多。童年时就随长辈去游木渎了，但印象已模糊，只记得吃，在石家饭店吃了鲃肺汤，只觉腥，吃炝虾，酱油溅到衣裳上，挨了骂。还有少年时徒步远足，往往选择“灵岩翻天平”，一清早出门，回城已万家灯火，次日双腿酸得迈不开步，却兴致不减，下回还去。二十多年前又因忝列木渎白云泉文学社顾问，尽管是滥竽充数，却增多了接触木渎的机会，并通过周菊坤等文友，加深了对这方古镇的了解。

石湖则比较生疏，要到1980年代初方得一见。那次是与文友数人“自驾游”，各骑一辆自行车到石湖，同时游览了上方山和吴山。其时上方山是林果场，只见农工在忙碌，游人很少。吴山更荒凉，申阁老墓尚未修复，石马、石碑都倒卧在泥土中。近年因工作关系，倒是访游了多次，不但看到了修复的申墓、石观音和石佛寺等，还参观了治平寺和石湖草堂。虽然重建的治平寺与我的预想有差距，但是景区主要景点的恢复还是值得大加赞扬的。尤其是环境的整修，除了远处有白色楼群挡住山影外，整个景区保持了清旷的氛围，水乡风味十足，漫步在青山碧水间，大有物我两忘的感受。

因此有机会来写这两个景区，很高兴。强调这一点，是因为近年视力退化得厉害，看报只能看标题，偶作短文尚可，写书已力有不逮。这次写作除了重访这两个景区，还需到故纸堆爬梳。不巧正逢搬家，书堆了一地无暇整理，找资料书成了重体力劳动。再加旧志字小看不清，查阅成了苦事。后来想出了办法，把有关资料复印放大，电脑操作时改用大字号。感谢现代科技，总算顺利完成，因恐催稿人不知，这里自我表扬一下。

本来也不想劳神去翻旧志，新编的志书大多有复述，但是有件事提醒了我，原始根据非常重要。先前我写过关于木渎历史的文章，曾引用新编志书的话，它说“据《元丰九域志》载‘北宋设木渎镇，属吴县，镇以渎名’”。元丰时期的人怎么会知道自己身处“北宋”呢？肯定引录有误。因手边没有原书，就把“北宋设”三字删掉了，自以为这样比较正确。这次写到《木渎的童年》，又要引用这句话，想到稼句先生藏书丰多，必有《元丰九域志》，就请他查一下。他将原文发过来，方知新编志书的引文大误，不查原书就上当了。

谈历史人物相对容易一些，因为志乘上都有介绍。但是旧志也有毛病，一是喜欢把不相干的名人拉进来，有的仅是路过做了一首诗，也列入“流寓”卷；二是对地方名人说好不说坏，甚至“拔高”，如范仲淹五世祖范隋明明是县丞，却也要加上“柱国”即公卿级的荣誉头衔。新编志书则比较注意历史观念，如对农民起义一律持歌颂态度，人物如有反对或镇压的情节，或根本不提，如韩世忠擒方腊，或提出批判，如冯桂芬对抗太平军。这种非黑即白的简单化处理，无助于了解历史人物的复杂性，因此还是实事求是来反映为好。

另外，写作也是学习过程。有些古迹如春秋姑苏台，因年代久远，以为早已消失了，但经翻阅资料，意外发现它在宋元时还在，而且重建得很漂亮，真正消失要到清代。此事或许鲜为人知，于是写了《细说姑苏台》，交代了来龙去脉。有时诸家记载不尽相同，依谁的说法为好？那就不能看作者的名头了，需要考订史实来作分析。如古吴长洲苑的方位，《吴郡志》上有吴东、吴西南两说，未加判断。自唐代割吴县东部设长洲县后，古长洲在吴东差不多已成定论，但据诸多古籍和诗文资料分析，我确认应在横金（今横泾、浦庄等地）。又如清黄昌寿《华山书》说苍玉洞在华山，但据明人引宋人的记载，应在天池山。《华山书》虽是研究华山的权威著作，但也得以史实为准。再如横山是指哪座山，说法颇多。有人说是上方山，根据是隋杨素曾移州治于“横山下”，即今上方山之东的新郭；有人认为是七子山，因为有记载说吴越广陵王钱元璙葬于“横山九龙坞”，九龙坞在今七子山北麓；今人则以为是横塘的黄山，因为那里有横山烈士陵园。“一山各表”，令人一头雾水。经查《横山志略》、《横金志》等志乘，方知名称分歧是历史变迁造成的，说清楚变迁脉络，就不致混淆了。本人非考据家，但在史料中爬梳出一些真相，虽然费点工夫，却也乐在其中。

这也说明，为什么人到老年还要在电脑前敲键不休。作家陈学昭有部小说，书名叫《工作着是美丽的》。我想套用一下说，工作着是快乐的。是啊，不为快乐之事，何以遣有涯之生？

2014 年 6 月于南郭西塘村

附录:主要参考书目

二十五史,[汉]司马迁等撰,中州古籍出版社 1998 年版。

越绝书,[东汉]袁康等辑,岳麓书社 1996 年版。

吴越春秋,[东汉]赵晔撰,江苏古籍出版社 1986 年版。

吴地记,[唐]陆广微撰,江苏古籍出版社 1986 年版。

吴郡图经续记,[宋]朱长文撰,江苏古籍出版社 1986 年版。

吴郡志,[宋]范成大纂,江苏古籍出版社 1986 年版。

石湖志,[明]莫震撰,莫旦增辑,扬州广陵书社 2003 年影印版。

百城烟水,[清]徐崧、张大纯编,江苏古籍出版社 1999 年版。

尧峰山志,[明]陈仁锡辑,张封重辑,抄本。

穹窿山志,[清]吴伟业、向球纂,李标编,康熙刊本。

韩忠武王祠墓志,[清]顾沅编,道光刊本。

横山志略,[清]顾嘉誉纂,抄本。

吴门表隐,[清]顾震涛辑,江苏古籍出版社 1986 年版。

太湖备考,[清]金友理纂,江苏古籍出版社 1998 年版。

横金志,[清]柳商贤撰,江苏古籍出版社 1992 年影印版。

吴郡岁华纪丽,[清]袁学澜撰,江苏古籍出版社 1998 年版。

吴县志,曹允源、李根源等纂,江苏古籍出版社 1991 年影印版。

木渎小志,张郁文纂,苏州华兴印书局 1921 年版。

灵岩山志,俞友清撰,苏州文新印书馆 1935 年版。

宋平江城坊考,王謇撰,江苏古籍出版社 1986 年版。

苏州市志,苏州市地方志编纂委员会编,江苏人民出版社 1995 年版。

吴县志,吴县地方志编纂委员会编,上海古籍出版社 1994 年版。

木渎,周菊坤著,古吴轩出版社 1998 年版。

木渎镇志,本志编纂委员会编,上海社会科学院出版社 1999 年版。

横泾镇志,本志编纂委员会编,古吴轩出版社 2007 年版。

长桥镇志,本志编纂委员会编,苏州大学出版社 2003 年版。

苏州文献丛钞初编,王稼句点校编纂,古吴轩出版社 2005 年版。

苏州山水名胜历代文钞,王稼句编选,上海三联书店 2010 年版。

枫桥地方文献汇纂,徐建良主编,中国文史出版社 2005 年版。

中国历史大事年表,冯君实编,辽宁人民出版社 1984 年版。

明清江苏文人年表,张慧剑编著,上海古籍出版社 2008 年版。

图书在版编目(CIP)数据

苏台烟云石湖月 / 朱红著. -- 南京 : 凤凰出版社，2014.11
(吴中文库)
ISBN 978-7-5506-2071-1

Ⅰ. ①苏… Ⅱ. ①朱… Ⅲ. ①随笔－作品集－中国－当代 Ⅳ. ①I267.1

中国版本图书馆CIP数据核字(2014)第266051号

摄　　影　(按姓氏笔划为序)
王永康　乐菊泉　沈家俊　张炎龙　陆华春
郑思年　钱桂锋　梅祥根　鲍建国
篆　　刻　张炎龙

书　　名　苏台烟云石湖月
著　　者　朱　红
责任编辑　常宁文
装帧设计　周　晨
出版发行　凤凰出版传媒股份有限公司
凤凰出版社(原江苏古籍出版社)
发行部电话　025-83223462
出版社地址　南京市中央路 165号，邮编：　210009
出版社网址　http://www.fhcbs.com
经　　销　凤凰出版传媒股份有限公司
印　　刷　苏州市越洋印刷有限公司
苏州市吴中经济开发区天鹅荡路 2号，邮编：　215000
开　　本　718×1005毫米 1/16
印　　张　17
字　　数　302千字
版　　次　2014年11月第1版 2014年11月第1次印刷
标准书号　ISBN 978-7-5506-2071-1
定　　价　80.00元
(本书凡印装错误可向承印厂调换，电话：　0512-68180788)